源于现实的思想原创
原汁原味的心灵鸡汤

Want to be nice to you
想要对你好一点

丁明超 著

内 容 提 要

《想要对你好一点》一书首先想表达的是对家人和父母妻儿的感恩与愧疚之情;后来,又在此基础上推己及人,由小到大、由家到国、由近及远、由人到物,想要真心表达对朋友、对国家、对动物、对植物,甚至对敌人、对全人类、对全宇宙的热爱与感激。本书归属在散文集,但其实有散文、言论,也有小小说、小幽默。另外,还整理有诗集、论文集、访谈集、新闻作品集。

图书在版编目(CIP)数据

想要对你好一点/丁明超著.—北京:人民交通出版社股份有限公司,2014.8

ISBN 978-7-114-11609-4

Ⅰ.①想… Ⅱ.①丁… Ⅲ.①中国文学—当代文学—作品综合集 Ⅳ.①I217.2

中国版本图书馆 CIP 数据核字(2014)第 187037 号

书　　名: 想要对你好一点
著 作 者: 丁明超
责任编辑: 崔　建
出版发行: 人民交通出版社股份有限公司
地　　址: (100011)北京市朝阳区安定门外外馆斜街 3 号
网　　址: http://www.ccpress.com.cn
销售电话: (010)59757973
总 经 销: 人民交通出版社股份有限公司发行部
经　　销: 各地新华书店
印　　刷: 北京市密东印刷有限公司
开　　本: 720×960　1/16
印　　张: 17.5
字　　数: 280 千
版　　次: 2014 年 11 月　第 1 版
印　　次: 2014 年 11 月　第 1 次印刷
书　　号: ISBN 978-7-114-11609-4
定　　价: 39.80 元
(有印刷、装订质量问题的图书由本公司负责调换)

真心欢喜

——《想要对你好一点》序

唐德亮

子曰:君子不器。

读丁明超同志的这部随笔作品集《想要对你好一点》,一个直接感受是:这位作者不仅有丰富的生活积累,且写作题材甚为宽泛,无论社会人生,古今中外,凡人小事,旁征博引,左右逢源,思想活跃,思维敏捷,显出了他的博学多思。他的思维是发散型的,他的写作自由率性。本书不仅体裁多变、表现手法多样,而且写作对象也没有局限,天南地北、时令政治、家国情事、所见所闻,能长则长、能短则短,但大多短小精悍、小中见大。看似信马由缰、想到哪儿写到哪儿,各篇文章虽风马牛不相及,实则思想细腻、以文言志、感情丰沛、体察入微、新颖别致,充分体现了一个"家事国事天下事事事关心"的赤子情怀,着实惹人喜欢。

认识明超同志两三年了,知道他先后在铁路、公路部门工作,也做过报刊记者、编辑和企业管理,一直走南闯北,漂泊流离。虽然现已客居广东,但仍然过着深圳安家、清远工作的追梦生活,在工作繁忙的情况下,能够长期坚持在业余时间写写东西实为不易,其勤奋创作的精神难能可贵。

关于这一点,我们可以从其写作心得《有心·有情·有才——散文创作之我见》中一管窥豹。在这篇文章中,明超同志为大家分享了寻找灵感的"枕头法"、"字典法"、"冥想法"等等。这些有趣的方法,应该是他的实践经验的结晶,也确实很实用,因此我建议写作爱好者都可实践实践。他的散文《有点事做,真好》、《我要收获的是星星》、《神笔洞记》等等,也都反映了好学深思、勤能补拙的观点。从这些文章中,我发现他正如其文章标题所说的那样"有心、有情、有才",而这一切都证明他"一直在努力,一直在用心"。由作品到人品,我为又发现一位优秀的作者而欣喜!

读明超的作品,你会更乐意和他交朋友。因为,他的文章自然流露着率真、质朴、坦诚、平和、乐观向上的气质,自然流露着正能量和唯物辩证法。其中典型的如:《捡钱》、《听取哇声一片——读莫言的蛙有感》、《糊涂岁月》、《问问幸福你是谁》、《绝对相对》、《想要对你好一点》、《贫富贵贱也是自然生态》等等。他这些通过对生活的认真观察、反复思考，而融会于心、挥笔成文的作品，既有生活的体验，也有理性的思考，从点滴之处反映出作者对真善美的追求，再现了作者的文化素养和人格品质，显示出他的审美积累与提炼把握能力，给人留下了深刻的印象。

作为一个写作爱好者，要想写出一般好文章，或许只需学识、勤奋就够了；但要写出充满正能量的好文章，则必须有做人的良知和强烈的社会责任感！与一些低吟浅唱、孤芳自赏、纯粹自说自话的文章不同，明超同志的杂文随笔始终跳跃着一个时代的脉动，一枝一叶总关情，时时处处让人感受到责任和担当的力量。譬如《我们公司不兴这个》、《要敢于对环境污染出重拳》、《非议公路收费，媒体不能一边倒》、《政策因素已成高速公路投资最大风险》、《致 CCTV 的小小建议》、《比天大的事》等等，都表达了作者位卑未敢忘忧国的大公之心和博爱情怀，有胆有识，尤为令人警醒，令人称道。

做文先做人，文品如人品。明超同志在《有心·有情·有才——散文创作之我见》中"要求自己热爱生活、关爱他人、热爱国家，有良心和良知，有一颗敏感的心、多情的心，同时通过做人做事做文章，由心、由情有感而发，通过丰富的情感，讲述自己的心情故事，表达自己的爱憎、追求和品位"。就是这么寥寥数语，让我对他的作文和为人有了进一步的了解和认同。而且，现实生活一再验证，做人重于做文。因此，从做文看做人，我为又发现一位优秀的作者而欣喜！

明超同志说，这部作品集只是对此前做人作文的一个小结。依我看，这个小结亦是他走进写作新阶段的开端，且开局良好、高开高走、成功在望。真心祝愿明超在笔耕之路上向着新目标、新高峰，奋力开拓、勇于攀登，取得更好更大的成绩！

是为序。

（唐德亮，广东鲁迅文学奖获得者，国家一级作家、中国作家协会会员、广东作家协会理事、广东作家协会诗歌委员会副主任、广东现代作家研究会副会长、清远市作家协会主席、清远日报副总编）

自　序

受着几位作家朋友的几番鼓动，一时心血来潮，想着想着，咱也老大不小了，该出本书了吧。

于是，就将近几年的业余习作搜罗了一大箩筐，大致分拣、拼凑、删减，就成了您所看到的这个东东。

请不要刻意评论这东东的文化价值、艺术价值有几何，也不要评论其写作水平有多高，观点有多妙。因为您完全可以把这些文字纯粹地看作是作者某时某地的一点自娱自乐，只是作者的一点所见所闻所想所言而已，就像随地抓起的一把沙子一样，还远远没达到文化、艺术和水平的高度。

但是，作为一名文学爱好者，我也有一种实在的感受：作文容易作好难，写作确实是个辛苦活儿！因为，做一篇文章宛如打一场千军万马的仗，作家要通过组织调度、调兵遣将、修改演练，充分发挥每一个文字的能量，通过遣词造句、起承转合、精雕细琢，准确表达一个观点，阐明一个道理，或讲述一个故事，最后打赢这场文“仗”，都是要花费很多心思方可如愿的。所以，唐代大诗人贾岛曾专门题诗感叹：“两句三年得，一吟双泪流。知音如不赏，归卧故山秋。”

与贾岛同怜，我写故我在。从参加工作开始，伏案迄今，码字上千万，公开发表各类文字数百篇，其中部分文字可能已在相关媒体与您见过面。汇入这个集子的文字，均是业余赶制，基本不涉及工作和专业，其中有些尚是窖藏多年后首次面世，所以能明显感觉她的稚嫩与浅白。

不过，没关系。鲁迅先生曾经教导我们：说了，就不怕发表嘛！

我把这个集子归属在散文集，但其实有散文、言论、杂文，也有小小说、小幽默。另外，还整理有诗集、论文集、访谈集、新闻作品集，还有部分文稿，在随我东西奔波的过程中不慎遗失，特别是电脑和网络普及前的文稿，包括早些年发表在相关报刊杂志上的文稿，一经遗失，就无处追寻，只能算作一点小遗憾了。

当今信息时代，“碎片化阅读”和“快餐文化”已经蔚然成风、引人所爱。所以，这里选取的文章，除少数几篇篇幅较长外，大部分都短小精悍，其中观点也都点到为止,因为“你懂的”,何必浪费宝贵的时间。这个集子虽是大杂烩,但也显出专题散文所没有的百味杂陈的好处,套用那句广告词所说:“总有一篇让您喜欢!”

本书取名《想要对你好一点》,源于其中一篇同名散文,首先想表达的是对家人和父母妻儿的感恩与愧疚之情;后来,又在此基础上推己及人,由小到大、由家到国、由近及远、由人到物,想要真心表达对朋友、对国家、对动物、对植物,甚至对敌人、对全人类、对全宇宙的热爱与感激!不管这是不是博爱,我还是要借此机会说出那句酝酿在心的肺腑之言:想要对你好一点!我的亲友,我的祖国,我的地球!

在本书出版之际,我要特别感谢湖北老家的阮红英女士对我的文学启蒙教育,感谢中铁十一局的肖和平先生对我工作上的培养和指引,感谢太太和家人时常给予的支持和慰藉,感谢众多文朋诗友及老师、领导给予的指点、帮助和不尽的鼓励与鞭策!

本书出版过程中,还得到了中国公路行业资深专家、原交通部工程建设监理总站站长、原中国公路学会秘书长熊哲清先生,著名桥梁专家、同济大学博士生导师姚玲森教授,长沙理工大学博士生导师张起森教授等前辈的鼓励支持;得到了国家一级作家、广东现代作家研究会副会长、清远市作家协会主席唐德亮先生,新华社金牌摄影师、清远日报记者李作描先生的指导帮助;得到了人民交通出版社、深圳高速公路股份有限公司、广东清连高速公路有限公司、中交第一公路勘察设计研究院等单位有关领导和朋友的大力支持,在此一并表示衷心的感谢!

由于时间仓促、水平所限,书中难免存在偏差和疏漏,祈望批评指正!

作者:

2014年9月8日于深圳

目录

悟人生

小小说

思无邪

点个赞

贬时弊

家国情

踏莎行

人物志

悟人生

问问幸福你是谁

幸福，是一种令人神往的美妙境界，每个人都在梦寐以求。自古以来，人类从未停止追求幸福的脚步。恍恍惚惚中，幸福之路之于我们的人生，总是时隐时现、时有时无，时而咫尺、时而天边，不可捉摸、不可把握。

问问幸福你是谁

追求幸福不是问题，但"幸福是什么"仍然是个谜。

问问幸福你是谁？每个人感知幸福的能力不同、标准不同，相信一万个人对幸福会有一万种解释。

我的解释是，幸福是一种心理上、精神上的感觉，是一种对于生活的、人生的满意度。而幸福其本身，实乃一种幸运之福、万福之福。

幸福就是健康。当你正在为自己没有合适的鞋而苦恼，却惊讶地发现别人连脚都没有的时候；当你感冒在医院一边挂吊瓶一边看电视，却惊讶地发现有人瘫痪在床成了一动不动的植物人的时候，你一定会感到自己能够平安无事是多么幸运、多么幸福！

幸福就是理解。本来能做却由于某种原因没有做，或者本来不能做却由于某种原因非做不可，或者本来好心却办了坏事，诸如此类的事情，对错不论，结果却没人对你产生误解和偏见，没人给你穿小鞋，这时你一定会高呼万岁，并深刻理解什么是幸福。

幸福就是信任。为什么很多爱情小故事，都是以"青梅竹马，两小无猜"开头，以"从此过上了幸福的生活"结尾？有人说这是公式化、套话式的故事，而我认为这是由两小无猜的信任，导致的必然幸福的结果。因为，信任对于一个组织、一个家庭尤显重要，特别是在夫妻之间，信任往往是幸福的基石。而一旦丧失信任、猜忌不断，生活必定走向幸福的反面！

幸福就是分享。独乐乐不如众乐乐。假若你有一个快乐，你分享给了我，你就有了两个快乐。分享，有时也是分担。假若你有一个悲伤，而我能为你分担，你就少了一半的悲伤，直至没有悲伤。分享抑或分担，能让悲伤变成快乐，能让快乐的更加快乐。而自私,只能让快乐变成悲伤,让悲伤变成悲剧!

幸福就是奋斗。奋斗是一个追求的过程,是一个创造的过程,无论创造了多少财富(精神或物质的),创造本身都是幸福的。尽管你生活富足,有钱有闲,但如果从此停止了奋斗,没有了生活目标和人生追求,整天只是吃喝玩乐、无所事事,相信要不了多长时间,你就会失去现有的快乐,耗尽现有的财富,陷入不幸的深渊。这方面的例子不可胜数。

幸福就是爱。爱意味着奉献、关怀、呵护、情感。有能力创造社会财富,有爱心帮助别人、关怀别人、呵护别人,是幸福的;有幸得到别人的帮助、关怀、呵护,也是幸福的。一个其乐融融的四世同堂的孩子,比一个形影相吊、没人要的孤儿,肯定幸福千万倍。

幸福就是自由。自由比金钱、甚至生命更可贵。匈牙利诗人裴多斐说:“生命诚可贵,爱情价更高。若为自由故,二者皆可抛。”自由,一般包括肢体的、物质的和精神的三大方面:自己的身体能自由活动,想伸胳膊就伸胳膊,想踢腿就踢腿,想去哪儿就到哪儿,这比起那些动弹不得的残疾人,比起那些身陷囹圄的罪人,是幸福的;自己有足够的金钱和财物可以支配,想买什么就买什么,想要什么服务就有什么服务,这比起那些为生计犯愁的穷人,比起那些身无分文的乞丐,是幸福的;精神是思想的生命基础,梦想、幻想、空想、假想、理想,都是一种思想,思想是精神的一种表现形式,也是精神的高级阶段。能够天马行空,想我所想、想入非非,任思想纵横驰骋,比起那些什么也不想、什么也不敢想、什么也想不到的人,是最幸福不过的。

问问幸福你爱谁

由上可以看出,对于幸福有 N 种解释,一万个人可能有十万个幸福。

但是,幸福需要感知,没有感知就不存在幸福。本来生活很幸福,你却身在福中不知福,感受不到幸福,这是相当悲哀的。对于这种情况,除了缺乏感知幸福的能力以外,我们还可以从两方面分析原因:

一是不知足,造成不幸福。俗话说,知足常乐。对于金钱的、物质的、欲望的追求,要恰到好处,幸福最爱知足的人。有了 100 万,还要 1000 万、1 个亿;当了县官还要当州官,当了宰相还要当皇帝,如此种种,一味贪恋钱权,欲壑难填,是不会有幸福感的。为什么现代社会,会有“楼房越高,幸福指数越低”的悖论?不知足大概是其中一个原因。

而要做到知足常乐,就必须清心寡欲,培养淡泊、平和的心态。弱水三千,我只取一瓢饮；广厦万间，我只要容身之地。虽然世间万物取之不尽，但于我而言“够用即好”，多得的都是奢侈、都是浪费，同时对于别人多得的，不眼红、不嫉妒。如果能做到这一点，定是非常幸福之人。

二是无追求，导致无幸福。没有追求，也就没有幸福可言。刚才说了要知足，现在又说要追求，这看似矛盾的两个观点，其实也是辩证的统一。除非傻子，无欲无求的人并不存在，但是无追求的人却是一抓一大把。因为追求是一种较高级的欲望，是对吃喝玩乐之外的正事上的、事业上的、精神上的渴求。一分为二地讲，对于自身物质欲望的追求，可以适可而止地知足而乐；对于事业的、精神的，对于大众福祉的，对于真善美的追求，却可以永无止境，有追求的人往往更幸福。

比如对于事业的追求，你摆地摊、开商店只能说是赚钱糊口，还说不上什么事业。但如果你把一个地摊、一个小卖部，发展成一家超级市场，从一家超级市场发展成遍布全国、全世界的超级集团，这就是事业。追求事业的目的不能只为个人赚钱、个人发达，而要提升到造福大众（比如增加就业、增加国家税收、创造社会价值等）而不是祸害大众（比如剥削工人、便于逃税、当土皇帝等）的高度。只有这样，在追求事业做大做强、为社会做出贡献的同时，自身的社会地位和经济价值才会成倍增长，克制骄奢淫逸、消除欲念贪念的能力也会成倍增长，你的事业和金钱才有了精神层面的积极意义，而你获得的成就感、幸福感自然就分外强烈。

幸福犹爱真善美，幸福犹爱追求真善美的人。因为幸福感都是暂时的，如果想继续拥有幸福，就必须不断地去追求。

三是不要攀比，主要是指物质方面的攀比。人比人气死人，攀比即不知足。就是对于精神、事业等方面的追求，也要切合实际，要与自身能力相适应，否则过度的追求或者攀比必会带来痛苦。

问问幸福你和谁

什么是幸福？亚里士多德说，所谓幸福，就是一种称心如意的、有成就的、有满足感的生活。就是天天过得很舒心、很快乐，天天都很“High”！

俗话说，幸福的人都是一样的幸福，不幸的人各有各的不幸。

富人有富人的烦恼，穷人有穷人的快乐。金钱可以买到房子，但买不到家。金钱可以买来舒适，但买不来幸福。金钱不是万能的，所以幸福与金钱无关。

研究发现：随着社会经济的发展，人们在精神文明、精神文化生活等非物质财富方面所能获得的幸福，远远大于物质财富方面所能获得的幸福。当一个社会充满金钱意识的时候，人们的思想也开始堕落了，社会也将沉沦了，人民的幸福也就走入极端而无处可寻了。

正因为幸福之可贵，近年来，政府关于放缓 GDP、降低 CPI 的政策不断出台，“建设幸福广东”、“建设幸福社区”、“建设幸福中国”的口号也是铺天盖地、响彻云宵……

问问幸福你和谁。

佛曰：想开点儿，放下点儿，快乐点儿，幸福就在你身边。

真诚祝愿你，祝愿每个人都幸福！

（原载 2010 年 5 月 5 日中国作家网）

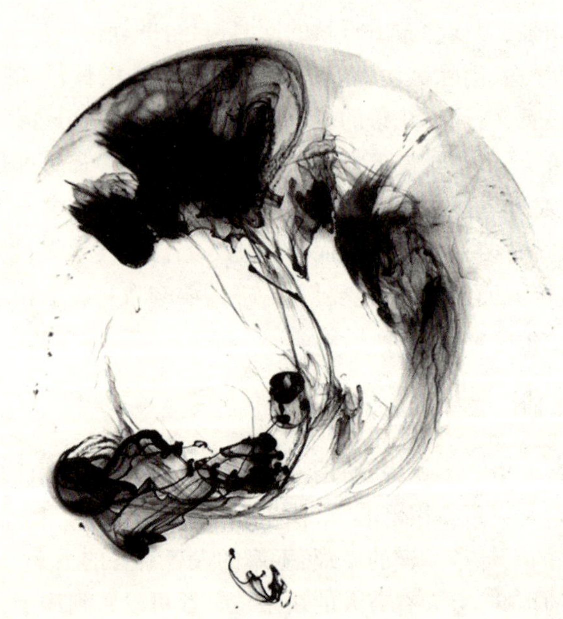

贫富贵贱也是自然生态

过年几天,闲着无事,在“恭喜发财”“马到成功”“马上有钱”的贺喜声中,静下心来好好参悟了一回。突然醒觉:这世间贫富贵贱其实也是自然生态。譬如地球上的动物植物本没什么高低贵贱之分,但因了金字塔食物链的缘故,置于顶端的物种自然成贵,置于底端的物种随而得贱;又因了物用价值和势利眼光,物以稀为贵,以质优价高为贵,以质劣用低为贱。

人亦如此。劳心者治人,劳力者治于人。加之各人智商、情商、资源、机缘、偏好及家庭背景、主观能动性等等条件千差万别,在金字塔型社会构造及优胜劣汰竞争格局下,自然就分出高低贵贱贫富成败智愚等种。一万个人中,绝不可能出现并列一万个第一。六十亿人中,也绝不可能六十亿人都是大富大贵。因应中国一句老话:“如果人人都是相公,就没人抬轿子了”。所以,星辰亿万,太阳只有一个。真正的第一只能是唯一,真正的大富大贵和成功者也只能是少数。

最近世界银行又出了分析报告,说人类的财富越来越聚集到少数人之手了,恐世界会越来越不公平了。可笑,世界本就是不公平的,为何在地球运转了五十亿年之后才有此说?况且世间财富的绝大部分也本来一直掌握于少数人之手,这也就是所谓的“二八定律”。但如今这个二八定律的二八之比显然虚高了。世界银行的报告显示,美国5%的人口掌握了全国60%的财富,而中国则是1%的家庭掌握了全国41.4%的财富。看来,这财富“越来越”聚集到少数人之手确实成了趋势。

就财富而言,财富的流动、聚集,与水的流动、聚集是一个道理。地球上的水只能由高处向低处流动,并聚集成海。如果地球上没有高低之分,也就没了水的流动,也就没了陆地和海洋之分;同理,如果人人都是亿万富豪、都是达官显宦,不但财富、官宦本身没了价值,人们也没了生活的动力,且那些服务性、低端性的工作也没人去做了。

物有万级,而人分九等。总统和平民是平等的么?国家主席和农民是平等的么?绝不可能!所谓人人平等只是一种社会理想罢了。佛语云“众生平等”,也只是佛的愿望。就算人们达到口头上的平等,其实永远不会平等;就算竞争前平等,是所谓站在同一起跑线上,竞争后的第一和第二也不会平等。这种种的不平等人人皆知，只是人们熟视无睹而已。

依此类推，官僚政客与普通市民、百万富翁与落魄乞丐，甚至是乞丐与乞丐之间，事实上都是不平等的。因为，只有大家的智商、情商、资源及自身条件、主观努力、外部机遇都是相同的，才会出现真正的人人平等，而这些条件是绝不可能人人等同的；再者，如果人人平等，便没有了男女老少之分，没有了上下内外之别，人类社会将停止运转；如果人人平等，优胜劣汰的自然规律将不复存在！人类进步的动力也将不复存在！

再打一个比方：比如地球也是不平等的，为什么地球的地势有的地方高，有的地方低？因为有了高低，才能形成水的流动，才能形成动物植物、大千世界。为什么地球上的气候有的地方冷，有的地方热？因为有冷热，才能形成空气的流动，才能形成风霜雨雪、春夏秋冬。设想地球上是一样的平坦一样的温度，还会有地球万物吗？

老子曰："有无相生，难易相成，长短相形，高下相倾，音声相和，前后相随。"又说："天之道，损有余而补不足。人之道，损不足以奉有余。"所以，世人的贫富贵贱成败得失都是自然生态，都是优胜劣汰、适者生存的结果。人皆富贵而无贫贱，或人皆贫贱而无富贵，都不符合自然规律，都破坏了生态平衡，真正的"均贫富"在地球上是不会出现的。因此，英明的邓小平先生才提出要让一部分人富起来。因为贫富是相对的，要想人人发财、人人成功也只是一种美好愿景，要让所有人都真正富起来也是不可能的。

中国还有一句古话叫做"生死由命，富贵在天"。算命先生经常借由此话，告诫人们所谓一切都是先天注定，要人们听天由命。而我理解这句古话并非针对个人而言，而是针对全人类来说的。就像一场赌博，如果其游戏规则是公平的，其规律肯定是有输有赢、输多赢少。如果大家都赢，那又是赢谁的？如果大家都输，那又输到哪里了？断不可能都赢或都输！

贫富贵贱是自然生态，此论并非唯心。所以，我们万万不可就此放弃追求、放弃拼搏、放弃战斗，而选择所谓顺其自然、听天由命了。我们要理解，贫富贵贱是自然生态，它有规律，有比例，贫富贵贱成败得失是可以相互转换的。天行健，君子以自强不息。地势坤，君子以厚德载物。所以，暂未成功者要抱持积极向上的心态，努力充实自身条件，抓住一切机遇，去争取成功；而成功者也不能得意自满、放纵松懈，要努力巩固自己的成功状态，不致陷入贫贱和败亡。

（原载 2014 年 2 月 7 日中国作家网）

戏说过年

红尘翻滚，时光横流。一不留神，平平凡凡磕磕绊绊的日子便过得度日如年手忙脚乱。“年好过月好过日子难过”和“单调枯燥”“空虚无聊”之类的厌语牢骚也在每个难过的日子铺天盖地地渲染开来。

A

“难过”声中一岁除，总把新桃换旧符。想旧年望新年，一种如释重负又添新负一元复始更上层楼的复杂心情，犹如汹涌波涛拍打海岸礁石一般，拍打着身体的每根神经，直拍打得我一个劲地愧疚不已吹嘘不已兴奋不已。

日子难过吗？今夜年尾明日年头，年年年尾连年头。在日出日落白天黑夜无限往复的一天又一天里，过了一年又一年，且要义不容辞地接过新年新月继续过。

日子难过吗？刚刚过年今又过年，年年过年年年过。过年的喜庆冲走了感觉日子难过的愁怨，过年的喧闹冲淡了感觉日子难过的苦涩。

B

日子真的难过吗？日月经天，寒来暑往。在人生不尽的奋斗和期待中，确有许多难过的日子。过日子不是问题，问题是如何过。

如何过日子？岁岁重阳今又重阳。为过日子而过日子，日子就成了海洋的水。它能把你淹死，你还能把它熬干？

如何过日子？平平淡淡从从容容不是真，精精彩彩轰轰烈烈才不枉一生。抛却浮燥，宁静致远，心底无私天地宽。碌碌无为却要禄禄位位，小肚鸡肠偏想容天容地，自己跟自己过不去，怎能轻松如意？

如何过日子？人生不会一帆风顺一劳永逸，生活也不可能百事可乐万事如意。穿越痛苦，抗争命运。在逆境中饿其体肤空乏其身，在顺境中威武不屈富贵不淫。不要埋怨什么不公平。

如何过日子？一寸光阴一寸金，寸金难买寸光阴。时间是构成生命的材料。珍惜时光，把握机遇。少壮多努力，老大方不悔！

如何过日子？年年岁岁花相似，岁岁年年人不同。更那堪：岁月催发白，镜中朱颜改。人生苦短，青春不再。一万年太久只争朝夕。

C

年华似水，时空无穷。但属于每个人的日子的确有限，的确短暂。

路漫漫其修远兮，吾将上下而求索。自强不息，志在有为，立即行动，充实自己，学会生存，改变命运，必定不会再有"日子难过"的哀怨，必定不再哀叹日子难过！

（原载1996年第4期《企业建设》）

人生如粥

天地玄黄，宇宙洪荒。时空如轮，光阴无痕。

每个日子都是不请自来如期而遇，每个日子都紧握在手却失之交臂！昨天在哪里？去年在哪里？童年在哪里？一切均无从寻觅，唯有打开我们的记忆……

看着无数日子前赴后继地从眼皮下溜过去，心中不免平添几分失落、几分惋惜！

A

“把日子当作一把火吧！”哲人说：“因为人生就是一锅粥。”

“嗬，人生就是一锅粥？人活着就是为了熬一锅粥？！这话真新鲜。听你这么说，我就想去拿碗。”

“拿碗干什么？”哲人反问。

“拿碗吃粥啊！”我兴奋地说。

哲人嘿嘿笑了：“你真是裁缝丢了剪子——只剩下吃（尺）了。粥还没熬出来哩，你却急着吃，小心喝进西北风！”

“就算人生是一锅粥，那又会怎样呢？”我顾不上吃粥了。

“善用火者，必能把粥熬得喷香喷香；而不会用火者，要么把粥熬糊了，要么熬得半生不熟、稀里糊涂。”哲人一本正经地答道。

我连忙抢白：“没那么麻烦吧？熬一锅粥还用费我吹灰之力？”

哲人正色道：“此言差矣。火是一样，锅是一样，可不同的人熬出的粥必定不一样。”

“何以见得？”

“因为火的烧法不同，熬粥的程序不同，各人的品位也相去甚远。比如说用火吧，有的人用火时，不管三七二十一，一通猛火相攻，结果，锅底烧破了，而粥却不见踪影；有的人用火时，惜火如金，慢慢腾腾，结果，别人已吃了又饿了，他的水还是凉的；还有的人用火时，则猛火弱火两相宜，该猛则猛，该弱则弱，好钢用在刀刃上，熬的粥既快又香。三种人，三种结果，这全是各人的能耐不同啊。”

B

“唉呀呀，前辈的言下之意，是不是说也要把日子当作熬粥的火来好好发挥啊？”

“果然不是省油的灯！”哲人赞叹。

“但我还是不懂啊，这样的火是有的是，可米在哪儿呢？巧妇难为无米之炊呀！”

“哈哈，米就是你的生命，就是你的人生啊！”

“娘的神啊！我的人生怎么会熬成一锅粥呢？那不是把我当作唐僧肉烹了吗？简直是岂有此理！”我突然像发现自己上了圈套一样痛心疾首了。

“呵呵，你小子原来也是个聪明一时糊涂一世的糊涂虫呀！”

“我承认有点儿糊涂，这不是在请您指点吗？”

“唉！”哲人叹了一口气，却慢条斯理地吟出一首《糊涂诗》来。

诗云：“糊涂糊涂度年岁，糊涂醒来糊涂睡。糊涂一觉又天明，糊涂过活糊涂醉。糊涂一时倒不难，糊涂一世谈何易。世人糊涂我独醒，唯你糊涂有真味……”

我正听得糊里糊涂昏昏欲睡的时候，睁眼一瞧，发现哲人已气呼呼地飘然远去。

（原载 1997 年第 2 期《企业建设》）

糊涂岁月

说来也真可笑，不光是人生无常，人的嬉笑怒骂也是无常的。这不，昨晚还在焦头烂额愁眉不展地感慨着，粥难熬日子难熬聪明糊涂难做人的悲风苦雨，一梦醒来，却“咱老百姓呀，今儿个真高兴……”地哼着吼着喜笑颜开。

无缘无故地高兴什么呀？我纳闷地翻开台历，看看究竟是个什么值得欢喜的日子。

谁知，不看则已，一看却吓了一跳：这仅有的一页纸片上赫然印着一个大大的“31”。心说，这月总算又完了。但又怀疑看花了眼：不至于白驹过隙逝者如斯啊？！细想，确是31；细看，仍是31。愈看愈惊。

当“31”前小小的“××年12月”字样跃入眼帘时，早已惊得张口结舌目瞪口呆：这，这……怎么会又年下无日了呢？

仔细想想，这又是多么的不可思议！刚才还在感慨日子难熬度日如年，想不到一个风风雨雨冷冷暖暖的春夏秋冬，竟这样恍恍忽忽地开始了新的一轮循环！

时光飞逝如过眼云烟。反思那些被昏昏耗耗得稀里糊涂的时分月年，我不禁连连打了几个寒颤。

这是新年前一个无风无雨暖阳高照的冬天。

（原载2013年12月23日中国作家网）

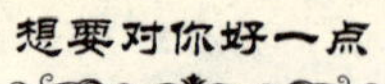

静心做人

淡泊明志，宁静致远。静下心来做人是多么坦然！

然而，名利权力众之所欲，金钱美色人视如餐，单是一声物欲横流的叫喊，便足以令芸芸众生魂倒神颠、趋之若骛地下水涉滩。一时间，所有的淡泊、宁静，仿佛都被欲海狂澜浩劫一空、付之东流。惊涛骇浪汹涌肆虐的世界，因此而嘈杂不堪、喧嚣非凡。试想：这世界哪还有静心做人的空间？

多少年来，一直知足常乐、随遇而安的你，怀抱甘守清贫、甘耐寂寞、正直为人的先祖遗训，脚踏实地默默无闻地演绎着平淡无奇的人生。可就在一夜之间，你却惊讶地发现，身边的男男女女怎么"忽如一夜春风来，千树万树梨花开"地都"发"了：有的发财暴富，有的发达升迁，有的发家发福。当然，也有头发昏脑发热的。

直面世人皆"发"吾独"困"的日子，早已发蒙的你也不由双眼发红了。回视生命的轨迹，你忽然觉得自己好像千年以前就曾如此"原地踏步"似的，一会儿"向前看"，一会儿"向后转"，晕头转向之余，仍没转出一事无成、一无所有的落魄之境。

于是，这一次，你在脸上发烧、心下发毛、魂不守舍的同时，渐渐就有了坐如坐针毡、卧如芒在背的烦躁不安；就有了茶不思、饭不想、夜无眠的肝肠寸断；就有了看破红尘、对一切都无所谓、对一切都心不在焉。当初所有的豪言壮语、雄心壮志都尾随着一个个憧憬梦幻的肥皂泡，迷惘彷徨着化作一缕惆怅的轻烟，渐飘渐远、若隐若现。

你在想：莫非今生今世的苦心修炼都将半途而废？因为心灵之舟已失却远航的风帆？

又是多少回痛改前非，又是多少次深刻反省，你终于了悟：发迹的人不一定幸福，发奋的人不会痛苦。别人怎么活，你不必艳羡。要想有所追求、有所作为，你必须耐住寂寞、忍受孤独！

汪国真曾言："一个为淡泊的生活感到痛苦难熬的人，他往往会以更大的痛苦为代价，重新认识淡泊。"懂得了这句话的真义，你就会懂得人生的一切。

淡泊宁静只是一种平常而恬淡的意境，但她所表达的不是死气沉沉、漠不关心，不是削弱斗志、丧失激情，不是丢掉理想、放弃追求！只有心若止水、清心寡欲，不以物喜、不以己悲的人，才能得到命运的青睐与关爱，才不会被这个世界的太多的诱惑所迷茫，才不会被太多的满足不了的欲望所淹没！

喧闹的世界尽管喧闹，历史的脚步依然静悄悄。静下心来做人，你就能超脱地面对一切，平心静气地挥发你的生命、享受你的人生！

（原载1998年8月5日《铁建工人报》）

有点事做，真好

有点事做真好。相对于做人来说，这是对做事的一点感悟。我认为保持这种平淡朴实积极向上的处事心态是很有意义的。

然而，在现实生活中：有些人，没事做；有些事，没人做；有些没事做的人，总是没事做；有些做事的人，总是有做不完的事；没事做的人还总喜欢对做事的人说三道四。

人与事的这些不公平现象，常常使一些人无奈而诉苦："唉呀，烦死了，我怎么有这么多的事呢？难道就是我应该做吗？"

同时，另一些人也在时不时地发牢骚："唉呀，郁闷死了，今天又没什么事做，真是无聊哇！"

由这两种感叹，我不禁生发出又一种感叹：做人难、处事难，有事做难、无事做亦难；但作为一个人，做点事是应该的，有点事做是幸福的，能多做点事也是了不起的！

有点事做真好。这话说起来平铺直叙，可要认真去做就不那么简单了。因为无论做什么事，都有一个劳心劳力、动脑费神、甚至吃力不讨好的"苦难"过程，只有在事情获得成功或得到回报、有个圆满的结局时，人们才能从中领略几分快慰、几分欣喜。

然而，有些人惯于屈服于做事的"苦难"过程，而总是"多一事不如少一事"地不肯多做事甚至不做事。但当他们陷入无所事事的沼泽而浑浑噩噩地"当一天和尚撞一天钟"时，他们又会因为活得空虚无聊而觉得自己的生活似乎少了点什么。

他们少了什么呢？少的是一颗进取的心，少的是做事的热情，少的是对美好生活的追求！

有点事做真好。这不仅是待业下岗者的期盼，是在岗敬业者的心声，也是我们每个人都应该拥有的一种生活姿态。

有点事做，可以充实空寂的心灵，可以摆脱烦恼的折磨，可以检验自己的能力，可以培养做人的品性。因此，当有点事做的时候，只要是力所能及的，我从不轻言放弃。实在没事做的时候，我也坚持从看看书、写写字做起，每每有一份充实、愉悦的回报。多做点事,可以多一些锻炼,多一些实践,多一份阅历,多一份才干。所以,当有做不完的事的时候,请你不要埋怨自己“命苦”,不要羡慕别人的闲散和舒适。因为能多做点事,已表明你有过人之处;能多做点事,你其实也多了一个成功的机会。

人生路漫漫,人事共相伴。如果没事做、不做事,我们本来用于做事的手,将会在日出月落的循环往复中退化萎缩;我们本来用以做事的心,将会在草木荣枯的岁月春秋中荒芜板结;如果人人都不做事,人类文明的车轮必将停止向前,社会进步的动力必将日趋微弱。想一想,那是多么可怕呀?

但愿每个人都能从心底喊出这样一句话:有点事做,真好!

(原载 1998 年 12 月 16 日《铁建工人报》)

(1998 年 12 月 28 日《中国铁道建筑报》转载)

革命的本钱

记得第一次远离故乡的时候,父亲追到村口叮咛道:“孩子,一个人在外面要学着自己照顾自己,注意搞好身体,身体可是革命的本钱啊!”当时我被父爱温暖得心中一动,懂事地点了点头,但其实对这句话并没太在意。

走进筑路工的生涯后,由于工作需要,同时也为了锻炼自己,我坚持白天和大伙一起扛枕木、抬钢轨,晚上还要看看书、练练笔,时常为了一篇稿件、一份材料而食不甘味、夜不安寝,从没想过什么叫“自己照顾自己”。因为年轻,身体好着呢。

弹指一挥间,已是花开花落六度春秋。一天,当我不经意地往磅秤上一站,衡梁上的刻度一下让我惊呆了:六个年头了,为什么我的体重不增反减?比当年离家时整整少了二百钱。

“喂,兄弟!这些年你享用国家那么多五谷杂粮油盐酱醋都干什么去了?”听到哥们儿的调侃,我才猛觉问题的严重性。为了对父母负责、对妻儿负责、对自己负责,我不得不去见医生。医生在递给我一份体检报告的同时,满脸关心地递给我一段话:

“小伙子,几年来你一直被一种慢性病悄悄吞噬着健康,怎么不早点检查呢?”

我一听,慌了:“请问是什么病呢?严重吗?”

“这种病是由于长期劳累形成的,也不算很严重,只要注意休息,慢慢就好了。”

“哦,是这样。”我心里安稳了许多,“因为工作压力较大,各方面都比较忙,我确实一直不太注意休息,也没做过检查之类的。”

“再忙,再怎么着的,也得看好身体呀。你要牢记‘身体是革命的本钱’,年纪轻轻的,若没了身体,你还能忙个啥?”

是啊,身体是革命的本钱!父亲不是经常对我这样说吗?

我知道,生命是世间最伟大最奇妙的杰作。较之万物,人的生命是宝贵异常的。从哲学意义上讲,作为生命载体的血肉之躯,正是生命存在于世并能意识到自己的存在的传感器。如果传感器发生故障或遭受损伤,必然影响生存、危及生命。

因此,一个人应当以负责任的心态珍爱体肤、热爱生命,只有这样才能更加充分地发挥生命的潜能,为社会贡献更大的力量、创造更多的财富。

然而,我们同时也要明白:生老病死是一个不可抗拒的自然法则,珍爱生命决不能溺爱生命,那种娇生惯养得经不起一点风浪、贪生怕死得失去良知的生命,绝对是没有活力、没有意义的空壳行囊。所谓"人固有一死,或重于泰山,或轻于鸿毛""有的人死了,他还活着;有的人活着,他已经死了",正是对不同生命的真实写照。

朋友,珍爱生命必须与提高生命质量相挂钩,因为只有高品质的生命才可称为"革命的本钱"。有了正本清源的"本钱",你才能轻松快乐地赚取生命的亮色、生命的真实和美丽!

(原载 1998 年 10 月 28 日《铁建工人报》)

崇拜“第一”的力量

常常感叹:这世间再没有什么力量能阻挡来自“第一”的力量。

“第一”就是老大,就是老子天下第一,就是赢者通吃、胜者为王。

“第一”可以统领一切、驾驭一切、压倒一切。

“第一”的威力势如破竹、锐不可挡,真正是纵横天下、无人能敌。

生来就是第一

太多的事实证明:不论哪一行,不论你干什么,如果成不了第一,你就逊色了一大半;就算你是第二,其实还是有很大的距离。要不然,我们为什么拼死拼活地争“第一”呢?

争“第一”的宿命在我们出生之前就已定格在你全部的生命和血液之中,并延伸于你的一举一动。

不要忘记,在形成你生命的最初那一刻,是亿万精子中最强壮有力的那一颗争取了卵子的配合,透过它“第一”的力量才形成你的形体和生命,并将你献给了这个世界。从此,你就毫无选择地秉承了那颗精子的最原始的动力,走上了永争“第一”的人生之路。

万事皆可第一

你来到人间,会吃饭了,会走路了,会说话了……如果这些项目你都能做到“第一”,比如你是全村第一个、全市第一个、全国第一个、全世界第一个最早学会吃饭,或者第一个最早学会走路、说话的人,虽然此时你还不能在被认知的范围内称王称霸,但至少可以在被认知的范围内、在第一时间吸引人们略带惊讶的目光,让人们知道这世间有你这样一个神奇宝贝!

再夸张点,如果你生下来不仅会说话,而且是能说会道,甚至会说8种语言;不仅会走路,甚至走起来比刘翔还快,哇噻,那你就发达了!你不光会吸引亿万人的眼球,会受到亿万人的顶礼膜拜,甚至什么金钱、名利,只要你想要的可能都会蜂拥而至,你就可以在这个领域呼风唤雨了。

如果将以上现象推而广之，比如念书第一、游戏第一、打扑克第一、下围棋第一、踢足球第一、唱歌第一、跳舞第一、写文章第一、职业水平第一等等一切，只要能想到的，你都能做到全国第一、全球第一、古今第一，那么，恭喜你：这时你就是大王了，你就可以在你这一行统领一切、驾驭一切了。

每个人都是第一

“第一”的魅力如此引人神往，“第一”的威力如此所向披靡，因此人人都不由自主地崇拜着“第一”、梦想着“第一”、向往着“第一”！

但是，一定范围内的“第一”，毕竟只有一个唯一。

“不想当将军的士兵不是好士兵。”从微观来说，勇争“第一”是促使你不断发展进步的最佳手段；从宏观而言，勇争“第一”是推动人类社会发展进步的强大动力。因此，我始终崇拜着“第一”的力量。

再退一步讲，即使成不了世界第一、全国第一、全省第一，但只要努力，你至少还可以成为全市第一、全区第一、全村第一、全单位第一、全班组第一、甚至全家第一！如果你能从小到大，从“全家第一”奋斗到“全国第一”“全球第一”，你就大功告成了！

孔子说：“三人行必有我师”。所谓师者，就是第一。我们也常说：“比上不足比下有余。”所谓不足，是不够第一；所谓有余，是超过倒数第一。所以，就算是万般无奈的情况下，我们也不能太悲观，因为每个人都有一个、甚至更多的“第一”，只是其范围的大小不同、对象不同、比较的内容不同而已。

婚姻就似一双鞋

常听人说:婚姻就像一双鞋,合不合脚,只有自己知道。

对于将要走入婚姻殿堂和已经生活在婚姻殿堂中的人来说,怎样选择一双适合自己的鞋,怎样让自己的鞋更合意,关联着一生的幸福。模仿“过来人”的口吻,在下也想与你探讨一下这个问题。

一、坦诚相处,互帮互助

人都是平等的,夫妇之间更要平等相待、坦诚相处、互相尊重,不可轻视和看不起对方。一方在学习、工作、生活中碰到困难后,另一方应采取积极的态度给予积极的帮助。

二、加强沟通,加深感情

人心隔肚皮,谁也不知谁的胡芦里卖的是什么药。有些问题好比是一张纸,如果这张纸隔在男女之间、夫妻之间,以致蒙蔽了两人的心灵的话,还不如早点捅破这层纸来得简洁。沟通并不仅限于工作、生活、学习中“正儿八经”的交流和相互间的卿卿我我。闲聊、逗乐、善意的取笑、调皮的动作,都是沟通的可取方式。所谓话不说不明,注重沟通的一个直接效果就是可以加深双方的感情。

三、不必死守“从一而终”的念头

传统的婚姻观是“嫁鸡随鸡,嫁狗随狗”,从现在的人性和道义方面分析,这句话本身就有问题,在“三从四德”的束缚下女性成了男性的从属对象,没有自己的自由和主张可言,这是传统伦理上男女不平等的反映。而在21世纪的今天,男女之间如果不能继续凑合在一起,如果其中的女性又的确很无辜,在实在忍无可忍的情况下,也就完全不必死守“从一而终”的观念,或惧怕外界压力,或怕影响孩子,而断送一生的幸福。

四、慎重对待"外遇"

外遇，无疑是干扰二人情感的绊脚石，若处理不妥，有可能使双方被绊倒后再也爬不起来。外遇也有其产生和发展的内因和外因，万一一方遭遇外遇，另一方首先要从自身找问题，同时要以宽容、开明的心态对待对方，给对方一个改正的机会，给对方一个可下的台阶。如此，二人才会从跌倒处再爬起，使今后的路走得更坚实。反之，如果一方屡教不改，一方无法忍受，这时请回头遵循第三条。

五、视不良习惯为大敌

通常，不和谐的婚姻关系，有相当一部分是由于一方或双方具有某种或多种不良习性所致。如不讲卫生、不近人情、无中生有、抽烟、酗酒、赌博、骂人、家庭暴力等不良品行，都是破坏婚姻的大敌。如果发现自己有这些毛病，一定要痛下决心痛改前非；如果发现对方有这些毛病，一定要采取正确的方式心平气和地帮助对方改正错误。

你的婚姻之鞋怎么样？相信通过以上几方面的技术处理，你的婚姻之鞋一定会越穿越爽！

赚钱也像谈恋爱

近来国人流传一个“你不理财，财不理你”的金钱观。毋庸置疑，这个观点本身是非常有道理的。

但这世上最怕“认真”二字，若认真起来，很多事情其实都经不起推敲。敝人私下思量，若将“你不理财，财不理你”掰开来讲，这观点其实在一部分人那里并行不通。因为这话的关键在一个“理”字，这个“理”字就是理财的道理和方法、技巧，而不是“我不理你、你不理他”的理会、接应、打扰之意。问题是，在炒股热、基金热等各种投资热潮的冲击下，很多人恰恰把理财的这个“理”字理解成了理会和打扰。

笔者认识一位朋友，他本来一不懂炒股，二不懂投资，而且也没多少文化，照理他勤恳工作、拿个工资、勤俭过活、略有积蓄，是最轻松不过的了。他倒好，看着别人炒股赚了点他就赶快去买股，看着别人基金赚了点他又赶紧去买基，几买几不买的，多年来的一点积蓄就被折腾光了。钱投进去了，他也没注重学习研究投资操作方法，到头来，虽然看他一直在不停地“理”财，却从没看到财来理他，结果反而是越理越亏，最后连老本都搭了进去。由此看来，你理了财，财未必理你。

相对于传统的勤劳致富、实业创富，理财致富多少有点投机色彩，不过现在这发财手段是合法的。重新审视不同的金钱观，笔者突然发现人与金钱的关系其实也可以从形同陌路发展到如胶似漆的程度。如果把金钱比作一个理想的恋爱对象，一个不懂方法、不懂技巧的人去理财、去致富，就像一个不学无术、品行不端的人去恋爱一样，根本不能赢得金钱的好感、引不起姑娘的注意，追松了她不理你，追紧了她会烦，如果你一味去讨好她、去理会她，只会使她对你越来越烦，结果注定与她无缘；而会理财的人，则完全不同，他会在合适的时间利用合适的方法很快吸引金钱的注意，赢得她的芳心，并使她甘心为你付出，于是你就发财了。

呵呵，君子爱财取之有道，君子爱财多多益善，但如我辈既不懂技巧方法、既满足于“弱水三千只取一瓢饮”，也没奢望与金钱恋爱、结婚的人，就干脆不去自惭形秽地讨好她、亲近她，而只靠着辛辛苦苦的劳动，与她建立一种实实在在而又若即若离的朋友关系，并且甘愿心平气和地与她保持一点距离。当然啦，这种姿态下，想靠她主动和你恋爱、结婚的话，自然就是奢望了。

工作向东·生活向西

人类一思索,上帝就发笑。而在下一思索,有时连自个也发笑。呵呵,趁着今晚有点闲情,我们再来思索一个人人必须面对,但也许只有一部分人会发笑的问题:这就是关于工作、关于生活的问题。

工作向东,生活向西。我认为二者不是背道而驰,而是相向而行,它们最终会交叉于人生的某一个点。

定义工作·定义生活

对于工作和生活的问题,在下有几个不成熟的小比喻,不知妥否,请君指正:

工作与生活是人生的两门基本功课。如果说生活是语文,工作就是数学。每时每处,我们都在一边作业一边批改,至于能否及格只有自己知道。

工作与生活也是生命的两大组成部分。如果说生活是左脚,工作就是右脚。每时每处,我们都在一边走路一边丈量,至于能走多远只有腿知道。

工作和生活也是人生的两大使命。如果说工作是为了缔造社会文明,生活则是在享受社会文明。每时每处,我们都在一边付出一边收获,至于孰多孰少只有天知道!

工作与生活的关系

对于工作与生活的互动关系,在下也有几个小比喻,对错不论,请君指正:

工作与生活是夫妻关系。如果说工作是丈夫,生活就是媳妇。丈夫爱媳妇,媳妇爱丈夫,其间有恩恩爱爱,也有大小矛盾,但二者终归是相依为命,谁也少不了谁。

工作与生活是恋爱关系。如果说工作是沉陷爱河的男人,生活则是情窦初开的女人。有人说,男人是为了女人而工作,女人是为了男人而生活。一旦失恋,往往工作业绩明显提高,而生活的底气愈足。

工作与生活是上下级关系。在大多数时候,大多数人认为工作是上级,生活是下级。工作保障生活,生活服务工作。工作得到提升了,生活也要升级了。

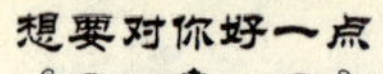

如何对待工作与生活

有人说，工作是工作，生活是生活，公事公办，公私分明，咱井水不犯河水。

有人说，工作为了生活，工作就是生活的全部，没了工作还怎么活？尤其是男人。男人没有工作无疑于公鸡没有羽毛。

有人说，生活是工作的一部分，工作里不能掺合生活，生活中却可以继续工作。……

还有人说吗？没有了。

那在下也说两句。在下以为，工作应该是而且也只能是生活的一部分，但到底是多大的一部分，那得依个人心态与价值观而定。如果从事的工作是自己喜爱的事业，那样的工作绝对是生活的一部分！

工作固然能带给我们一份收入，以维持我们的生活；工作固然能定位我们的地位，在家庭关系之外营造工作关系；工作固然能培养我们的能力，施展我们的才华，实现我们的价值；但是多数人认为，如果没有生活作铺垫，或者说没有生活作后盾的话，工作对于人生其实也就没有太大的意义，工作中的人也就沦为了机器人。

由工作、生活到生命，我们最容易犯的毛病就是常常背离生命与精神的真义，而去单纯地追求所谓的工作的成功或生活的舒适。很多人在工作中牺牲了生活，到老的时候才发现自己对生命亏欠很多；还有很多人仅仅为了生活而放弃工作，到老的时候才发现自己一事无成。这是两个极端的例子，其实大部分人的工作和生活都是非常平淡、非常和谐的。

如何处理工作与生活的关系

如何处理工作与生活的关系？在下反复思量，总结出了两个字：平衡！

工作与生活就像一个天平，无论哪一边重，都可以通过调节使它保持平衡。

如果以生活甚至生命为代价，或者以牺牲爱情、友情乃至亲情，来争取金钱、地位、荣誉及工作的成功，这样的成功会不会带有凄美的色彩？反之，如果以工作为代价，终生只为追求舒适生活，这样的生活与猪的生活又有何区别？

人生处处有平衡，找准平衡就能创造成功。而把握平衡的"金钥匙"就是恰当的取舍和快乐！不论工作还是生活，只要你取舍得当，只要你快乐了，你就是成功的。

最后，我们再来体会一个关于工作与生活的比喻，这个比喻是可口可乐的总裁Brian Dyson说的。他曾经把生活比成一个球赛，而工作只是其中的一个橡皮球。

这个球赛要求你必须同时接住工作、家庭、健康、朋友及精神生活这五个球，而不能让任何一个球落地。通过参赛，你会发现工作是个橡皮球，如果它掉下来会再弹回去，而其他四个球——家庭、健康、朋友以及精神生活则是玻璃球，一旦落地就会受损甚至粉身碎骨。

生活向西·感情向南

平生一片心不因人热，文章千古事聊以自娱。

话说在下前日献出《工作向东·生活向西》这篇东西后，引得众网友一阵热捧，甚至称吾"奇才""多思"云云，当然这肯定有点夸张之嫌了。真捧假捧姑且不论，但那人在江湖风云际会的氛围，还是把在下感动得一把鼻涕一把泪。

为了回报一下"多思"的美誉，小生又在百忙中对《工作向东·生活向西》作了进一步的思考与引申，并计划狗尾续貂以飨众友。今天要说的话题是：《生活向西·感情向南》。

工作向东，生活向西。生活向西，感情向南。由东到西，由西到南。看了这些莫名其妙的题目，我突然担心你是不是会晕过去？其实呢，东西南北连环转，我要说的事与方向无关。

工作离不开生活，生活也离不开工作。人的存在不仅仅是为了工作、生活，人是绝对不能没有感情的！否则，每个人不都成了木头、石头？

问世间情为何物

正所谓"人非草木，孰能无情"？相信99.999%的人都知道"感情"这个尤物。但问世间情为何物？或许很多人都会像我一样说不清楚。

不过据我所知，感情这东西内涵极广，我所知道的就有这么四大类20多科：一类是人与人的感情，有鸳鸯之情、骨肉之情、友朋之情、师生之情、一面之情、生死之情；二类是人与物的感情，有衣食之情、器物之情、山水之情、技艺之情、名利之情、家国之情；三类是自我与感官的感情，有痛痒之情、怒和之情、悲喜之情、爱恨之情；四类是自我与精神的感情，有罪恶之情、良知之情、道义之情、真理之情、生死之情。

上述种种只是其一，世间感情绝不止于此。但由此可知，感情于人的一生确实无处不在，否则也不会有"风情万种"之说。

生活与感情的关系

假如说生活是一幅色彩绚丽的风景画，那么感情就是绘画的色彩。如果生活缺少了感情,那么这样的人生可能就是一张白纸。

彷徨在生活与感情的十字路口,到底如何前行?本人认为这个问题并不复杂,因为生活与感情其实是一体的,没有严格的界限,可说是身与影的关系,也可说是左手与右手的关系。

左手右手、手心手背都是肉,你说怎样处理生活与感情的关系?我的答案是:这主要取决你的态度。生活是感情的基础,感情是生活的延续。你以什么样的态度对待生活,就会得到什么样的感情状态。反之,你以什么样的态度对待感情,也会决定你有什么样的生活状态。

感情决定命运

佛曰:众生多为情所缠、所魔、所累,何也?不知情为何物,不知情由何生,不知情中之迷失何等危险,不知情外之慈悲何等超拔,不知执著一起、观念一生即致情的陷阱,不知热潮一退、生命一了即致情的空落。

因此,我觉得处理感情问题应优先于处理生活问题。之所以这样说,是因为世间男女大多已经知道情为何物,也知道情由何生,但为什么还是有不少人会为情所困、为情所累?

西方有句名言:性格即命运。假如这个命题成立,我想所谓的性格其实也是感情的载体,你拥有什么样的感情状态,就会获得什么样的命运。这绝非危言耸听!

从意识学和情绪病理学来看,感情即是内心世界的反映,而内心世界是思想的殿堂。思想又决定行动,行动必然左右命运。所以,通过这种曲径通幽的逻辑推理,可以证明:感情决定命运!

一不小心,这一论断恰好从一个侧面又呼应了本文标题"生活向西·感情向南"所要表达的不言之意。即:对待感情、对待生活,均要取弯忌直!要学着绕弯弯,不要直来直去。这也是我这种直心直肺直肠子的人,通过小小的生活感悟,要真正告诉各位朋友的一句肺腑之言。

感情向南·爱情向北

感情包括爱情,但其内涵要比爱情丰富N倍。喜怒爱恨是感情,悲欢离合也是感情,而爱情只是其中的N分之一。

从某一角度看,感情和爱情是包括人在内的所有动物的一个重要的生命特征。万水千山总是情,最朴实的感情往往是最博大的人性关怀。

每一份感情都很美,感情也是生命的本能,在人与人之间、人与物之间随时可能发生、发展;爱情则仅限于男女之间,否则就只能是错位。

感情是时间的宠儿,会随着时间的发展而日久生情、与时俱进,所以"动什么别动感情"。因为感情是爱情的基础,只会沉在心底并透过行为来表现。

每一份爱情都很神圣,爱情则是感情的积淀和升华,没有感情的爱情一定很虚幻,也一定会痛苦。

爱情是双向的,感情却可以单向,所以所谓的单相思其实并不是真正的爱情,充其量只是一种痴爱和喜欢。

喜欢会产生感情,但不一定会产生爱情,就如喜欢一个人、喜欢一件物品一样,这是一种相当深厚的感情,但不一定会爱上那个人、爱上那件东西。

感情是朴素的,爱情是自私的。你对一个异性好,也许那是爱情,但你对每个人都好,那就只能是感情。感情不分你我,只要是深厚的,就是真实的;而爱情只能分你我,我楚河你汉界,各自经营各自的地盘,相互不可越雷池一步。

别看爱情表面上复杂、深邃,其实伟大的爱情大多简简单单。四目相对、厮守一生、一切尽在无言……这,就是千百年的爱情经典。

我动故我在

活动,活动,只有动着的才是活着的,只有运动着才证明你活着(说得有点玄乎)。

我动故我在(不动了还在吗)。这是在下龙体欠安,出了一场小意外,断了一会儿电,从阎王殿前闯过一遭,又做过一番运动后,幡然醒悟出的一个生命哲理。

说来也算一个故事:就在两个礼拜前的一天晚上,有朋友请酒,去吃烤鱼,大家有说有笑,气氛热烈。谁知喝了两杯啤酒不到,在起身去洗手间的一瞬间,竟突然眼前一黑轰然倒下了(病来如山倒),而且还是四脚朝天!这样摔下后,幸好及时被朋友拉起,不然也许永远起不来了!因为仰面倒下后,已经失去了知觉,而被朋友拉起后,才立即恢复到清醒状态(起死回生)。

醒来一分析,感觉非常蹊跷,记忆中还从未这样摔过跤。我气恼地连说:"这一跤实在摔得突然、摔得奇怪、摔得莫名其妙!"大家帮忙一分析,才发现这个包间没开窗户,而夏天太热,大家开了空调吃烤鱼,却忽略了烤鱼是用木炭来烤的,其中的一氧化碳没有散发出去。所以,分析得出的最后结论是:我中毒了,煤气中毒了!但是,其他朋友大家为什么没事,为什么偏偏是我呢(为什么受伤的总是我)?清醒状态下,当时并无异样,觉得并无大碍,席散后就悠悠回到住处(挺住了)。

回后大约8点,坐着看了一会儿电视,其间很正常地接了几个电话,又突然感觉肩颈部一大圈剧烈的刺痛(发现新情况),疼痛难忍,心想这下完了!立即打的直奔医院急诊部。原来急诊部也是要排队的(以前没来过),有很多头痛感冒的小孩在父母陪同下摆成了长龙,真是急惊风遇上了慢郎中!在队伍末尾呆等了一会儿,担心自己如果这里倒下了,可能没人救得了,也没人知道我是谁,那就惨了!于是,斗胆插队直接挤到值班医生面前,怏怏地说(故意装的):"医生,我中毒了,插个队吧!"医生默许,排队的人也无异议(谁有异议谁要负责任)。医生简单问了问,就让我交费做检查(意思是没钱我也管不了你中毒不中毒)。云里雾里跑来跑去,交费、检查,又打了3个小时的点滴(这是医院常规)。凌晨2时,检验结果出来了:基本正常(关键问题没查出来)。但是肩颈部一大圈还是很痛,而且手臂手掌还微微发麻。这是怎么了?应该没事吧?于是打的回去睡觉,而这一夜一直辗转反侧、疼痛难眠（痛苦啊），挨到早上又正常上班（带病坚持工作）。

中午用了一点午餐，肩颈部一大圈又痛得不行。病来如山倒，病急乱投医。索性到盲人按摩店去按了两个钟，下午继续上班（真能挺）。从白天忍到晚上，从晚上挨到天亮，从周一忍到周五（快成忍者神龟了）。

坐卧不宁地回到深圳，立即去找那位熟悉的苗医看了看。苗医也不多言（知者不言，言者不知），只说是肩颈劳损、湿寒过重，又在肩颈手臂这一大圈用酒精擦了擦，用银针蜻蜓点水地轻扎了一遍，又在肩颈背部拔了密密的火罐，受了一番小折腾，立时感觉疼痛减轻一半（妙手回春啊）。苗医又给了些粉末状草药，周末两天服了几次，疼痛竟神奇地消褪了90%！神啊，真是神医啊（中医就是好）！

事后一想（事后诸葛亮），这次事件算是给我上了一堂重要的生命健康课，促使我进行了一次关于生命的反思。原来，生命是如此的脆弱，身体是如此的不堪一击！只有健康才是最重要的（老调重弹）！而此前，自己一直对此没有充分的认知，总是习惯于从早坐到晚的办公室生活，总是习惯于静默的伏案劳作，殊不知这种生态环境，给自己的身体造成了多大的劳损和伤害（积劳成疾）。如果不通过体育活动和运动锻炼，对身体健康进行调节和修复，我们随时都有生命不可承受之痛！随时都有生命不可承受之轻（说得严重了，倒是真的）！

于是，从这以后，我暗下决心，一定要培养出一项体育爱好，哪怕天天跑跑步也好。本来也喜欢游游泳、爬爬山、打打羽毛球（水平一般），但那要人多才好玩，而跑步就随意自由多了，于是一连几天晚上一直坚持到江滨公园跑跑。每次花半个小时到一个小时，一个来回跑它三四公里，大汗淋漓、汗如雨下，再慢慢走回去冲个澡，感觉惬意之极（那叫个爽啊）。而且自晚上跑步后，困扰已久的失眠问题也不药而愈。呵呵，好久没睡过这样的好觉了，原来睡觉也是一项顶极享受（还有更享受的呢）！

动着的，才是活着的。这不是说活蹦乱跳的鱼和虾等动物，而说的是动物界的王者——人！

我动故我在。动着的，才是活着的。这不是“生命在于运动”的简单翻版（是山寨版），而是我对生命健康的深刻反省！

动起来吧！动手，动脑（我思故我在），动腿，动身。只有动着，才证明你活着。只有多动，才能活得更好（其实也不一定，一切要适度）！

（原载2011年7月8日中国作家网）

小心过好每一天

最近比较烦,也忙得够呛,已有好几天没好好上网、看报了。而世间之事,却不管你忙不忙,也不管你关注不关注,照样或悄然或突然并接二连三地发生着。

无常之一

中午下班时候,匆匆到网上瞟了一眼。谁知这一瞟,竟如晴天霹雳,震惊得整个人都快傻了:不得了啦,太突然了,罗京老兄溘然长逝了！惊心不定之余,不免默然叹息、黯然神伤,这的确印证了人生苦短、世事无常！

罗京老兄是中国最著名的电视节目主持人,他为新闻事业耕耘奉献了26个春秋。更重要的是,罗京绝无绯闻、绝无炒作,具有不受任何功利诱惑的修养和定性,是真正的德艺双馨,是很多平凡人们不朽的偶像。谁料,他却在48岁时英年早逝！从此,一个与我们朝夕相处、潇洒从容的身影淡出了央视画屏,一种饱满磁性的声音从新闻联播中消失。斯人已逝,令人痛心、令人惋惜、令人追忆！

罗京是患淋巴癌走的。罗京的溘然长逝,提醒我们:无论你做什么工作,无论你过着什么样的生活,都要千万注意,万万不可让身体成为工作的奴隶。

无常之二

也是在今天中午,“成都一公交车发生自燃,20多人遇难”的消息,又让我突然得瞠目结舌！唉,这世界到底怎么了？天灾人祸好像在变着法地刺激人们的神经。更让我愤怒和不解的是,这个公交车上竟然挤了近70名乘客,而这次事故一下去了24人,还有44人受伤住院。当看到惨烈大火和滚滚浓烟中的那辆公交车时,我简直不敢相信自己的眼睛。我不禁要问,公交不是有2个门吗？在从公交车冒烟起火的那段时间里,为什么乘客没能逃出来？而且车上还有那么多玻璃窗,为什么乘客没砸碎玻璃逃出来？

世间竟有这样的悲剧发生,这不简直就像一场噩梦吗？这事背后肯定另有原因,但在心有余悸、不忍目睹的同时,我仍然弄不明白,我陷入了深深的苦恼和困惑……

无常之三

还是从网上,但之前在电视上看到过了:早前的6月1日,一架载有228人的法国航空客机在巴西海岸外的大西洋上空飞行了三个半小时后,突然从雷达屏幕上消失,而且已排除飞机遭劫持的可能性。当时我就在想,那架飞机到哪去了,难道像之前传说的一样,坠落到百慕大三角?进入时空隧道了?

但今天上网查了一下,据说这架客机是从巴西里约热内卢起飞的,目的地是法国巴黎戴高乐机场,但在起飞后三四个小时左右突然没了音讯。调查结果表明了飞机的去向:由于天气原因,它突然失事了,机上人员可能全部遇难。注意,又是一个突然!突然之事太多了,这么突然了一下,200多人的生命就没了。

什么叫突然?我的理解就是发生得太快了,就是所谓的“无常”。何谓无常?依佛家的解释,无常是宇宙人生一切现象的真理。如《金刚经》所说:“过去心不可得,现在心不可得,未来心不可得。”因为世间一切万法无一是常住不变的,因此“无常”。

依物理学来说,宇宙世间一切事物没有一样是静止的,既然是动的,就是变数,就是“无常”。因此也说:“积聚终销散,崇高必堕落,合会要当离,有生无不死。”《万善同归集》更是形容:“无常迅速,念念迁移,石火风灯,逝波残照,露华电影,不足为喻。”这些都说明人生无常:三世迁流不住,所以无常;诸法因缘所生,所以无常。

人生本苦短,世事太无常。既然很多事,由于变化太快,快到我们无法把握、无法左右、无可救药,就请我们各自珍重,小心做人、小心做事、小心过好每一天吧!

富则兼济天下

穷则独善其身，富则兼济天下。这该是多么博大的胸怀，多么高洁的志向，多么伟大的使命！难怪第一次听到这句话，我就一直把它当成自己的座右铭，坚持抱定这种处世之道，笑看风雨人生。

小时候，家门口的一段沙石公路被洪水冲毁了，后来政府将公路改建到河对岸，而家门口的这段路，村里一直无力修复，给乡亲们的出行造成极大不便。那时我就在想：等我将来有钱了，我一定捐款把这路修成柏油大马路。

前年回了一趟老家，发现多年前的那两三里路依旧无人打理，而且越来越窄、越来越坑洼，简直不成样子，人们也早已弃用旧道而直接过河走对岸公路了，尽管踩着石头过河也不失为一道风景。望望河边小心翼翼的乡亲，看看眼前破烂不堪的乡道，摸摸自己干瘪干瘪的钱包，我不禁仰天长叹，潸然泪下。对工程略知一二的我，对这段公路粗略算了算，发现这么多年来的摸爬滚打、拼命工作，所得钱财远不够修路预算的一个零头！

钱不是万能的，没钱是万万不能的。我不缺钱，但也没有足够多的钱。看到无人修复的乡道，看到清贫无助的乡亲，我除了偶尔给他们一百两百、三百五百，剩下的就只能心有余而力不足。所以，我常常觉得愧对生我养我的这片故土，愧对这片故土的父老乡亲。为什么愧对故土，愧对父老乡亲？因为没钱为他们做到更多。

说到钱，我忽然想到两个富豪回答的两个问题：一是“为什么要赚钱？”石油大亨约翰·洛克菲勒神秘地微笑着：“替上帝理财”。二是“赚的钱花不完怎么办？”钢铁巨子安德鲁·卡耐基严肃地说：“把财产留给后代是不道德的”，因为“在巨额财富中死去是可耻的”！他们的话中话，就是中国人所说的“富则兼济天下”。全球首富比尔·盖茨甚至保证，要50年之内花掉自己所有的钱。这些伟大的富豪是这么说的，也是这么做的，他们中的很多人都把自己毕生积攒的财富一分不留地捐给了慈善事业，帮助了无数的人。

前段时间，国内民众、海外华侨和国际社会共为给中国汶川地震捐了570亿人民币，应该说这也是中国慈善史上获得捐助的最高纪录！然而相比之下，远在大洋彼岸的美国，“股神”沃伦·巴菲特1年为社会捐出435亿美元！全球首富比尔·

盖茨则1次捐出580亿美元！看着这些慷慨解囊、震撼人心的大手笔、大善举，我进一步理解了"富则兼济天下"的真义。

很多人都有一个金钱梦，他们经常说：假如我有了钱，我会买一栋漂亮的房子，开上一辆漂亮的小车，娶上一个漂亮的太太，然后，送儿子去美国留学……

与大多数人一样，我也有一个金钱梦，然而不同的是，我经常对朋友这样说：假如我有了钱，我首先给你们一人100万，甚至更多。假如我有了钱，我一定把那条乡道修成柏油大马路。

呵呵，尽管和你吹这牛皮时，我还在独善其身。尽管独善其身时，我也在自觉不自觉地参与一些慈善行动，但现实与这兼济天下的目标还差十万八千里呢！

我发誓：富则兼济天下！

人生与等待

相信每个人都有关于等待的或多或少或深或浅的各种体验。

什么是等待？等待什么？为什么等待？活了这几十年，在下也常在想，这等待其实也是人生的一大命题。

从某种意义来说，等待就是生命的延续，等待就是累积人生的基本元素。

小时候，我们哭着闹着等妈妈，等爸爸，等抱抱；

上学了，我们儿呵儿呵等下课，等放学，等放假，等长大，等毕业；

长大了，我们急着盼着等考核，等面试，等结果，等通知，等工作；

工作了，我们又是天天等下班，等休假，等发薪，等升职，等获奖；

生活中，我们迎来送往等人来，等车走，等拜拜；

恋爱了，我们望眼欲穿等约会，等爱人，等拜堂；

结婚了，我们等生孩子，等孩子长大；

孩子大了，我们却像孩子一样不安分了，想等情人，等离婚；

年轻时，我们想成熟，想老练，想沉稳，等自己变老；

年老时，我们童心未泯想年轻，想漂亮，想等自己变年轻；

痴心妄想时，我们等中彩，等发财，等大功告成，等扬名立万，等天上掉馅饼；

摔了跟头时，我们想东山再起，等机会，等希望，等柳暗花明，等守株待兔；

绝望时，我们等奇迹，等解脱，等死！

死后，我们还要等，等世人如何评说……

等待是被动的，等待是矛盾的，等待是无奈的，等待是无期的。等待的过程是寂寞的、无聊的、不安的、焦虑的。等待的个中滋味，有的可能一闪而过，有的则会刻骨铭心。

如果等待的结果与期望相一致，甚至更好，则等待后的感觉一定是欣喜的、自信的，是心想事成的满足，是积极的。

如果等待的结果与期望的不一致，甚至相反，则等待后的感觉一定是痛苦的、失望的，是希望破灭的沮丧，是消极的。

等待啊等待，等待是丈量时间的标尺，等待是生命运转的脚步。有些等待是享受,有些等待很难受,正如一些歌曲所吟唱:“有些人需要耐心等待,从春天等到白雪皑皑”、“有些人你永远不必等……”。

等人是这样,等事也不例外,但太多的人在等待的过程中没弄清等待的价值。

有人为心上至爱等得望眼欲穿、肝肠寸断,等得地老天荒、海枯石烂,等得心花怒放抑或花儿都谢了。

有人为科学真理等得斗志昂扬、意气风发,等得呕心沥血、饱经沧桑,等得执迷不悟抑或云开日出。

有人为小名小利等得利欲熏心、财迷心窍,等得利令智昏、急不可耐,等得悔恨交加抑或天昏地暗。

等待啊等待,你等什么嘛?

有些等待可能意味着你已步入成功之道,有些等待则可能注定你已误入歧途!什么值得等,什么不值得等,我们应该提早分辨明白。

是的,太多的时候,等待就是希望!

试想:人生在世,何事不等待?何时不等待?何处不等待?从某一角度看,芸芸众生的人生百年都不过是在等待时间的流逝,等待昨日成为过去,等待今日即将过去,等待明日怎样过去。但时不我待,时间不会等待任何人。

如果不把握等待的主动,如果不明白等待的价值,如果只是被动等待,那么我们就会成为时间的奴隶,我们就会在昨日等今日,今日等明日,从小等到大,从大等到老的一连串的等待中,耗尽生命的能量,荒废生命的激情!

等待不是否定现在,而是期待更加美好的将来。人生不能没有等待,但等待必须与奋斗同行!

没有奋斗的等待只能是痴心妄想、混天度日、浪费生命,而没有等待的奋斗又可能是急于求成、急功近利、一蹴而就。

只有在奋斗中心平气和、满怀希望地稍加等待,在等待中不断学习新知、修正路线、发奋图强,才会等来最后的辉煌!

斗地主有感

“斗地主”是中国大部地区、特别是湖北等地广泛流行的一个扑克牌游戏,游戏中有“飞机”“炸弹”“三带一”“四带二”等玩法,偶尔娱乐一下还是挺有意思的。

因为工作关系,一年365天,一般只有春节回老家那几天,我才和亲朋好友玩一下“斗地主”,甚至来点怡情小赌,也是无伤大雅、无可厚非的。我不学麻将,没有烟瘾、酒瘾,也不喜欢QQ偷菜和那些打打杀杀的电子游戏。就是与亲朋好友“斗地主”,也是春节假期过完,游戏也就结束了,所以从没在任何游戏上上瘾沉迷过。

此一时彼一时也。没想到,自从去年下半年偶然发现网上“斗地主”之后,我的从不上瘾玩游戏的历史从此被终结。网上“斗地主”可以积分、积金币,而且不受干扰,如果网速够好,加上视听效果,那家伙玩起来是相当畅快呀。于是,在下班时间,在没事的时候,就不自觉地玩起了网上“斗地主”,一玩就是一两个小时,感觉非常惬意,实在是个排解寂寞、挥发郁闷的好乐子。一场“地主”斗下来,有时积分、金币增收不少,有时积分、金币归了零,因此又不免时时发发感叹:人生如游戏,你走的每一步都可能随时被洗牌;人生如梦境,你所拼命争取的或许最终是空。

就这样不时玩玩,不时想想,“斗地主”就斗上瘾了。有时回了家,仍会毒瘾发作,心里痒痒,感觉不玩两把就不痛快。有时甚至不顾孩子的学习辅导,不顾妻子的横眉冷对,冒着家庭不和谐的风险,在“不要斗地主”的劝告声里“顶风作案”,已然达到不可救药的边缘。

俗话说,酒醉心里明。我知道已经上了瘾,也知道游戏上瘾的危害,并为此不时反省。但无奈瘾已太深,不时犯戒。我曾尝试删除软件、要求朋友QQ监督等方法戒玩“斗地主”,但随即又发现不需安装软件就可打开网页直接玩的“斗地主”,而且别人也无法监督。又尝试把自己的游戏注册名字和密码搞乱,让自己不能登录游戏,或设置自动关机。但赌瘾发作无法忍耐时,却又重新开机,干脆重新注册名字玩了起来。

这样时间一长,才发现“斗地主”不仅挤占了大量的业余时间,替代了纯正的业余爱好,阻碍了正常的人际沟通,而且淡化了亲情友情,危害了身体健康。最重要的是，严重影响了父亲在孩子心中的形象，没有树立一个积极向上的好榜样！

圣人有言：玩物必丧志！为了保留心中岌岌可危的那点“志”，我在妻子的坚决主张下，发誓深刻反省、痛改前非，并及时用一切有意义的事替代“斗地主”。实在不行，就干脆强行关机、离开电脑，去走走路、翻翻书、看电视也行，直到戒瘾为止！

“斗地主”上瘾，应该是最典型的游戏上瘾。希望所有对游戏上瘾、对游戏有依赖的朋友，都能自觉戒瘾，不再游戏人生！

（原载2012年2月3日中国作家网）

也说烟茶酒

烟、茶、酒者,世人嗜好的三大佳品也。

烟者称烟民,茶者是茶倌,酒者为酒客。

我的观点是,对任何事物都应适可而止,如果过分,就适得其反了。对于烟茶酒也是如此,过于嗜好甚至一味放纵嗜欲,则极可能成为烟鬼、茶鬼、酒鬼和酒囊饭袋了。

有一种说法认为:烟是属火的,茶是属水的,而酒则是水火的混合物。对于这种说法,我不十分迷信,但表示一种认同。

有一种美谈强调:吸烟可以显示潇洒,饮茶有利于提神、消化,喝酒能表现出豪爽豁达。这种美谈的结论是:烟、茶、酒对人有利,不可不无。

还有一种批判批驳说:抽烟过多有害健康会损害人的肺,品茶逍遥仅是玩味,饮酒过量则潜伏着理智和情感的针锋相对。这种批驳的结果是:烟、茶、酒对人有害,少沾为妙。

显然,持这两种极端观点者都大有人在,倒是现在流行的一种中庸态度更加让人进退维谷:抽烟我不反对,它能让你不打瞌睡,因为你要时刻小心烧到手指头;革命的小酒,喝点也不赖,但不能总是一醉方休;饮茶倒是无所谓,说不定茶道文化也让你长点中国见识。

几经综合,由此我变得有点儿超脱:任何事物都有正反两极、好坏两面嘛,所以哩……具体问题要具体分析,特殊情况要特殊处理。

我们不能过于求全责备。

(原载 1998 年 2 月 28 日《中国铁道建筑报》)

小小说

左脚右脚

一天,左脚和右脚在繁华的大街上吵起来了。

左脚嚷右脚:“你真是跟屁虫一个,干嘛老跟着我不放? 我到哪儿,你到哪儿,你烦不烦啦!”

“我正要说你呢,你是爱我哪一点还是恨我哪一点啊? 总是与我形影不离黏黏糊糊的。”右脚歪着头反驳。

“每天都是我带你出门的呢。”

“还说呢,跟你出门有什么好? 老是东奔西跑的,累死了。每天还不是我带你回家休息?”

“哼,有什么了不起! 我今天就不跟你回家了!”

“你敢!”

“我就不回!”

“不回,我踢我踢,踢!”

……

左脚右脚公说公有理婆说婆有理,相互争执不下,就远远地昂着头让高不可攀的眼睛给裁判裁判。

谁知眼睛却不耐烦了:“哎,我说你们两个啊,哪儿凉快,你们到哪儿去! 我正忙着欣赏这儿的美男靓女哩!”

好家伙,眼睛得罪了脚,这还有好么?

左脚右脚这下同仇敌忾了,他们在下面如此这般嘀嘀咕咕了一番:“走,我们到那边去!”

话音刚落,眼睛就看到了一个臭气熏天的垃圾场。

“天啊! 亲爱的脚脚们,饶了我吧!”眼睛涕泪横流。

“哼! 我们就专整你这种高高在上、颐指气使,眼里没我哥、心里没有我,而且看不起咱们底层劳苦大众的人。”左脚得意洋洋而且恨恨地说。

“快离开这里吧,我受不了啦!”两个鼻孔突然嗡声嗡气地抗议起来。

“是啊,快走吧!”眼睛继续央求。

“哥，我也受不了，差点踩上臭狗屎了。”左脚对右脚抱怨。

右脚想了一会儿：“哦，其实我也想走开，但他们要答应一个条件……”

眼睛鼻子一起发问：“什么条件啊？”

“请美女给我们洗澡澡！”

“呵，你们挺会享受的呢。走吧，我看到了美女，自然有双手会掏钱让你们洗澡的。”

“哈哈哈……”眼睛的一句话逗得大家爆笑不止。

（原载2008年2月5日《清远日报》）

（2008年2月14日中国作家网转载）

白凤凰

城市的东边有一座山,人称梧桐山。此山乃全市第一高峰,海拔高度恰好是珠穆朗玛的十分之一。梧桐山不高,但风光独特,山陡林密路窄,传说山上还有一种十分神奇的白鸟,羽毛亮丽,喜爱疾飞,叫声婉转,人们叫它白凤凰。早几年,常听说有探险猎凤者在山上迷路或失踪的事。一下使本就神秘的梧桐山更添神秘,也吸引了越来越多的人前来登高望远,或许可一睹白凤凰之神采。

这山上本没有路,爬的人多了,自然就成了路。政府为顺应民意、便利民众,便投资修建了一上一下两条羊肠小道,并在险要处设置了铁链护栏和指示牌,提醒人们注意安全、讲究环保。雅致而富挑战性的山道,越发刺激了人们攀爬休闲的热情。每逢节假日,从山脚到山头一片喧嚣,登山的人们摩肩接踵、热闹非凡,登山的队伍宛如游动的长龙,浩浩荡荡、蔚为壮观。

登山的队伍越壮观,山上的环保问题就越突出。政府虽安排有环卫工人清洁环境,但总有那么点人在自觉不自觉地搞破坏。

A

阿芳是个毕业才两年的大学生,在城内一家广告公司做文员。她清秀、漂亮,有一双扑闪扑闪的大眼睛。阿芳工作尽责、讲究整洁,加上那纯真而朴实的微笑,身边的小伙子常常被她迷倒。但不知为什么,优秀的阿芳却很孤独,业余爱好就是爬山。以前每周末她总要去登梧桐山,顺便捡捡山路上的垃圾,维护山上的清洁;后来她干脆把捡垃圾当成主要任务,爬山赏景则成其次,以至于别人都以为她是山上的最美环卫工。

阿芳做事认真,包括捡垃圾也不例外。一看到路边丢弃的果皮、废纸、饮料盒之类的东西,她总是弯腰迅速捡进手提的蛇皮袋里,然后集中装进垃圾桶。有一次,阿芳在捡起一团黑塑料袋时,意外地被藏在袋里的一条小蛇咬伤了胳膊,难受了她好几天。但是伤愈后,阿芳不仅没放弃捡垃圾,而且还特意买了一把长柄铁钳,每周上山、下山,两年来从不间断。

B

这是深秋的一个周末，天气阴沉沉的，有点闷热，远处的梧桐山云遮雾绕、神秘缥缈。结束一周的紧张工作，阿芳又穿上心爱的白衬衫和牛仔裤，登上镶有小破孩图案的旅游鞋，迈开欢快的脚步，直奔梧桐山而来。或许是天气原因，山道上的人比平日少了好多。阿芳仍和平日一样，不时弯腰捡起一团废纸、一块果皮，中午时候便上到了闻名遐迩的好汉坡。

好汉坡是到达顶峰的最后一段山坡，也是最为陡峭和艰险的一段山路，能从这个坡脚爬到顶峰，就可说你是“好汉”了。回头见背后山路上几个帅哥正望坡兴叹、折身欲返，满脸泛红的阿芳既兴奋又失落，她搞不清那些男孩为何胆怯。

不管他了，阿芳喘了口气，喝了两口水，继续沿路上攀。好汉坡确实有点让人望而怯步，一级级台阶构成的山道，除了台阶两边的铁链护栏，光秃秃的再无遮拦，胆小的人只敢低头爬而不敢往后看，血压高的人更是被禁止登攀。呵，阿芳莞尔轻笑，轻车熟路的她哼唱着“老鼠爱大米”的歌曲，大大方方地拾级而上。

大约半个小时，阿芳便爬到了海拔 800 米的标志桩旁。正所谓无限风光在险峰，眼前这段山路陡得危险而刺激，没有人工修筑的痕迹，甚至爬在前边的人可踩到后边人的头顶，爬在后边的人则能看到前边人的脚跟。人们都亦步亦趋、小心翼翼。阿芳毫无畏惧，独自从人群的侧边向上爬。侧坡更险，难度更大。

突然，阿芳眼前一片晕眩，那是什么？前上方几步远的小树枝上一个呼呼作响的东西在随风飘荡，既像挑衅又像示威，阿芳不禁加速向它靠近。一步，两步，她用力上攀。好不容易，又是一步、两步，快了，再上两步就可以用钳子夹住它了。阿芳满头大汗，一手扣紧石头，一手提着蛇皮袋，盯着那个呼呼作响的东西继续向上爬。好，铁钳终于碰到它了，阿芳微笑着用力前伸，终于夹到了。阿芳缩回胳膊，把夹住的东西往袋里塞。可由于双手失去依靠，阿芳一脚踏空，“啊”地一声滑了下去……

C

悬崖上，一只白凤凰展翅俯冲、急速下坠……人们惊叫着，眼睁睁地看着那一团洁白越来越小，越来越小，刹那间便成为一个白点，点缀着山下的一片深绿。

当人们找到那个白点，想要一睹凤凰风采时，发现一身白衣的阿芳正安详地倚靠在梧桐树上，还是展翅飞翔的姿势，手里紧抓着蛇皮袋和一个白色的塑料袋。人们哭喊着，叹息着，只是，她那扑闪扑闪的大眼睛再也没有睁开。

王老五写检讨

不是我吹牛，王老五这人的确是个遵纪守法、兢兢业业的主，可以说，走到哪儿他都是当楷模的料子。

据说打从娘肚里来到这个世界，他就从没犯过什么错误，至少没错到要写检讨的地步，书桌柜底那一叠叠证书、奖状就是最好的证明。但王老五承认：三十多年来，他又确实写过不少检讨，不过，那都是帮别人写的。

三十年河东，三十年河西。而今，终于轮到他自己给自己写检讨了，不为别的，只因不小心造成一点小小的工作失误。

对此，李必改等几个同事兼老同学有意调笑说："哈，没想到你小子也有今天？想当年，我们几个调皮蛋犯了事，老是求你当枪手，替我等执笔认罪，害得老师大为疑惑：'你几个作文都写不好，能写这么好的检讨？'可那确实是我们的亲笔手书，老师也没办法。反而是，我们犯一次错，老师更佩服我们一次。对了，这些都是你的功劳，我们还没忘哩！"

王老五叹了口气："唉！人不走运，喝凉水都塞牙。与别人不同，我这分明是倒霉嘛！不做事还好，做事多了就出错——没办法，检讨吧。"

给别人写检讨时文思泉涌、妙语连珠，读之感人肺腑、悔改之情溢于言表。而自己给自己写检讨时，王老五却双手按白纸、两眼望青天——没词了。于是他只好硬着头皮苦思冥想、搜肠刮肚，勉强凑得百十来字，交领导过目。

领导扔下检讨并丢下一句话："写得不够深刻，重写！"

唉，重写就重写，就算练练字吧。王老五心里这么阿Q地嘀咕着，手上又是几番修修改改、添油加醋，终于发挥了洋洋洒洒的空话套话千言有余。最后，他工工整整地誊写在稿纸上，恭恭敬敬地签上大名，屁颠屁颠地呈领导批示。

领导一看王老五那一本正经的手写体，脸上明显多云转晴："这还差不多。检讨嘛，就得这样写。要对自己所犯错误的严重性和危害性有深刻的认识，要认真剖析个人的主观原因，要从思想上认识自己的错误，从行动上改正自己的错误……"

王老五一边低头聆听，一边小鸡啄米似的承认错误。领导见他这样，也顺水推舟地挥挥手："看你知错能改，这次就算了。忙你的去吧！"

王老五吐了句“谢谢”，拔腿就跑。

正当王老五把检讨之事与大伙分享得嘻嘻哈哈时，背后突然冒出领导的训斥声：“你是真检讨还是假检讨啊？有你这么忽悠领导的吗？”

大伙一听，知道这事必有隐情，忙问领导怎么回事。领导把检讨向大伙一扔：“你们看吧！”

大伙捡起检讨一字一句直看到结尾，也没看出什么忽悠领导的迹象。领导气愤地说：“你们再往后看！”

最后是检讨人签名，大家齐刷刷地把眼睛盯向最后几个字，只见最后签名是：“检讨人：李必改。×年×月×日顿首。”

看到这里，李必改先乐了：“老五啊，你真够哥们，你说咱谁和谁呀？我的错就是你的错，你的错我也替你改了！”说完拿过笔，将检讨人签名改成了歪歪扭扭的“王老五”三个字。

添　足

公司有一 A 君，此人生性豪爽，特爱穷潇洒，是属于那种不拘小节的“阔少”。尽管薪水不多，可花钱如流水，像在三十五十这样的用度上，他从来连眼皮也没眨一下。不仅如此，此公还颇有“天下为公”之心，比如平时上下班乘公交没零钱时，他宁可把“大团结”投进无人售票箱，也不愿去打的。

一日晚，天色阴晦，下着小雨。下班后的 A 君照例来到 S 路公交站，准备乘车回巢。

车来了，A 君老实排队，最后一个上了车，他大大趔趔地从兜里摸出三枚硬币轻轻放进售票箱，接着就举步向车厢后部移动，他的前脚刚举到半空还未落下去，却听正在发动车子的女司机大声叫了起来：

“喂喂！后边这位先生，请把车票添足了。”

A 君一愣，还没反应过来，司机又发话了：

“你怎么搞的，我们公交车本来就亏本，这一元的车票，你这人怎么还讨价还价地打了折？都照你这样，这公交还开不开呀！？对不起，请添足了，不添足，下车去！……”

司机的一番“连珠炮”一下把 A 君给炸蒙了，他愣在那儿嚅嚅无言、进退维谷。车上所有乘客的目光都“唰”地一下聚焦在他的大红脸上。足有两秒钟，他才想到抬脚从后门下车去。

恰在此时，先上车的一位同事发现被司机吵的这人是 A，连忙给 A 递过来一枚一元的硬币：

“快去投币。身上一时不便嘛，不要不好意思。”

A 君感激地接过钱，再次投了币。

车子到站了，A 君的脸上仍是红一块白一块的、极不自然。同下车的同事感到奇怪：

“你一向大大方方的，今日怎么为一个‘镚镚’出洋相，太不值得了吧？”

A 君又气又急地分辩道：“你哪里知道，今天我兜里就剩下两个 5 角和一个 1 角的硬币了，我想这一个角子放在身上也没什么用，不如捐给公交车算是点滴贡献吧。谁知一枚5角的硬币先掉进了投币箱，司机没看到，以为我投的三枚硬币，一定不够一元，所以还叫我添足。

唉——添足添足，你说我这不是画蛇添足嘛！”

（原载2000年11月17日《南方都市报》）

钱来钱往

在繁华大街的一角,一个修鞋匠正在给顾客修补皮鞋。

不一会儿,刮来一阵大风,修鞋匠放在钱盒里的几张钞票被大风卷走了,但修鞋匠并没急着跑过去捡钱,反而像什么事儿都没发生一样,依旧稳坐钓鱼台埋头修鞋。

旁边的一个行人很奇怪,便问修鞋匠:"你辛辛苦苦挣来的钱被风吹走了,为什么不快点去捡呢?"

修鞋匠头也不抬地说:"千金散尽还复来,它(钱)也会自己回来的。"

"你想它会什么时候回来?"

"上午就会回来。"

行人迷惑不解。于是,决定在那儿呆一会儿,看看那钱到底是咋"回来"的。

时间不长,从逆风的方向过来两个青年男女,他们走路的姿态怪怪的,男的赤着脚小心翼翼的样子,女的提着一只鞋一瘸一拐的。行人正在嘀咕,这俩男女已来到修鞋匠的小摊前,他们兴奋地叫着"终于有修鞋的了",然后不约而同地把鞋子递给了修鞋匠。

"嘿,这修鞋匠的生意咋这样好啊?"行人心里更加迷惑。

"你们的鞋子,怎么都在这时候坏了?"行人向男青年发问。小伙子遮遮掩掩:"哎呀,你不知道,现在皮鞋的质量太次了,我们想跑跑步都不行……"

"你看,为了去追一张五块钱的票子,这一百五十块钱的皮鞋就坏了。"女青年抢白着。

"哦——"听到这话,行人才恍然大悟。

而此时,修鞋匠正向行人狡黠地眨着眼睛哩。

(原载 2013 年 12 月 27 日中国作家网)

(2013 年 12 月 26 日北国网转载)

都是裤衩惹的祸

不知是不是一种习惯,抑或是一种牵挂:每当夏天到来的时候,我这个漂泊四方的游子都会情不自禁地想起了老家门前的那条小河,想起发生在小河边的些许故事。

那是一条清澈见底的沙石河(不同于平原的泥河),河中沙子石头都是银色的,在朦胧夜色下仿佛一条降临人间的银河;那是一条婉转多情的母亲河,据说上上下下有九十九道湾,弯弯转转逶迤东流有一百多公里;那是一条滋味绵甜的矿泉河,河的上游就是崇山峻岭,河水真的比农夫山泉还要甜;重要的那是一条充满童真的河,而且河边随便掀开一个石头都能捉到螃蟹、泥鳅还有黄狮公(一种鲜美的小鱼)什么的,河湾有一片一片的细沙滩,当然也有石子河滩,适合做各种游戏,所以孩子们经常三五成群地在河边嬉闹玩耍。

小时候刚上学那阵儿,老师教的什么语文数学 a、o、e 我学得不咋样,可是却跟小伙伴们很快学会了下河划澡(游泳)和摸鱼捉虾。

记得是第一个暑假的某一天中午,天上的太阳一会儿白一会儿黑,是出奇的又闷又热。邻家的小伙伴们都丢了作业,来约我到小河里去潇洒、放纵一下,我瞒着父母偷偷跟他们去了。

到得河边,我们一群小破孩真是欢呼雀跃,大家是一边跑一边叫,一边脱裤衩一边光着屁股叶通叶通往水里跳。划澡的那地方是靠近沙滩的一个小水潭,水当然是非常明净的,水里还有一些不大不小的鱼在悠哉悠哉地游,看到我们抢占了阵地,鱼儿是嗖嗖嗖地四处奔逃,也有很多是就近躲藏在石洞里。由于天气太热,水有点温温的,但是感觉特舒服,所以我们也在水里像鱼儿一样悠哉悠哉地乐呵着。大家在水里一会儿钻进一会儿钻出,一会儿打水仗一会儿捉迷藏,反正是玩得乐不思蜀。

所谓乐极生悲,正是这次划澡让我铭记了第一次挨打的滋味。话说我们一群小破孩正在水潭里闹得不可开交、不亦乐乎的时候,天上忽然乌云四合,简直是“黑云翻墨未遮山,白雨跳珠乱入河”了。伙伴们一看要下暴雨了,纷纷骨碌骨碌爬上岸穿衣走人,当然也有几个是光着 PP 边走边穿的。

那时的我呢,也急忙爬上岸,可是衣服呢,往四周找了一圈又一圈就是没找到我的白裤衩。眼看雨下得越来越大,我急得哇哇直哭,一个劲儿地叫"谁拿我裤衩了""谁拿我裤衩了",可是风声雨声雷声流水声就是没有回答我的声音。这小河一遇大雨就要发洪水的,想到这里我也顾不了那么多了,衣服不找了,就光着小PP往家里跑,可是跑到半路,我怕这样狼狈回家会挨父亲的训,索性就跑到一个遮风避雨的地方躲了起来。

谁知这一躲,事就惹大了。雷雨交加中,父亲母亲见我不在家,就左邻右舍地询问,邻居大人都说不知道。又一问,一邻家伙伴说我去划澡了,不知刚才跑哪了。父母一听就急了,心想这么大的雨,河里也涨水了,担心我被水冲走了。父亲赶忙让母亲到邻家去找,自己则从河边往下游一边喊一边找,可是哪里找得到?父亲找了大概两里路,没有发现我踪迹,又回家同母亲向人们东询西问,可是直到雨停了、河水变浑(发洪水了)了也没找到我。

正当父母在家唉声叹气的时候,我光着PP蹑手蹑脚地回来了。顺便说一句:依我的个性这时候是不会回来的,只因为我躲的不是地方,是躲在公社大会堂的讲台下,那时不巧有当官的进来开什么会,我就在他们的嘻嘻哈哈中逃了出来。

父亲大概正急在气头,一见我回来就捡起一根树枝,不分青红皂白地朝我PP上打,那个痛哟真是刻骨铭心,我眼泪唰唰嗷嗷直叫。狠心打了一阵子,父亲扔掉树枝,让我跪在地上检讨。可怜我痛得说不出话来,幸好母亲把我抱到床上躺下,躺也不能躺,只好趴在床上。母亲一边埋怨父亲打得太重,一边倒了糖水让我喝,母亲要我听话,我很温暖地连连点头。后来,只记得那天晚上我赌气没跟父亲一起吃饭,而且好长时间没和父亲说话。

后来,事情就过去了,那件白裤衩是永远没找到(或许是别人穿错了,或许是随水流逝了),但是这次挨打却一直在记忆中伴我成长。如今父亲已经年过花甲了,但他一直没向我解释那次打我的原因。随着年龄的增长,我终于了解了父亲,理解了父亲的心,也更爱我的母亲。

(原载2008年3月13日《清远日报》)

婚恋工作计划

由于本人先前一直沉迷于单身贵族式的生活，满足于一人吃饱全家不饿的小富即安状态，无暇考虑什么婚姻爱情，所以至今三十有余，仍就孑然一身。

原以为，不恋爱不结婚纯属个人私事，是为祖国的计划生育做贡献。没想到父母亲朋却一再警告我改过自新，说我这样做实在太自私，说这既非个人私事也不是为计划生育做贡献，而是恰恰相反，如果人人都像你这样，只恐怕我们的事业会后继无人！

鉴于不恋爱不结婚竟有如此严重的危害性，为不致沦为历史罪人，本人决定狠下心来制定实施一个不成功便成仁的婚恋计划，力争在2007年度实现婚姻爱情双丰收、洞房花烛梦成真的好成绩！

经过思前想后，并综合亲朋好友的意见，本人确定2007年婚恋工作总的指导思想是：以党的十七大即将召开、以2008北京奥运即将开幕为契机，认清形势、转变观念，进一步强化婚恋意识，加大婚恋工作力度，正确处理家庭、婚姻、爱情与国计民生的重大关系，同时广开渠道、增加资金投入，不断提高婚恋技巧和工作水平，争取实现个人婚恋事业的历史性突破！

一、笨鸟先飞、抓紧时机，精心策划、周密安排，做好婚恋行动计划。

2007年是12年一遇的笨猪年。到2007年8月，本人即迎来第三个本命年，而命中注定的那个她却还“女”字差一撇，真是形势紧迫，岁月不等人啊。资料显示，由于我国人口男女比例严重失调，光棍汉越来越多，男人谈婚论娶的难度将越来越大。通过分析2007年所面临的目标任务和发展形势，本人决定抓紧时机，笨鸟先飞、笨猪先行，并率先采用百度拼音输入法1.5版，在春节前完成《婚恋计划》起草定稿工作。经父母大人审定后，将《婚恋计划》打印一式三份，上报父母一份，存档一份，随身携带一份。趁春节走亲访友之便，请亲朋好友给予必要帮助，包括提供便利和精神、物质鼓励。元宵节时，就可开始发动平生第一个婚恋行动，行动代号是——我与春天有个约会。

为什么要选在春天约会呢？本人认为，春天约会的有利条件主要有三点：

一是大地回春、花红柳绿，爱意更比春意浓，迷人春光对约会和恋情发展有推波助澜的积极影响。

二是春天的美眉靓妹正处于春心萌动的黄金期，对白马王子充满期待。而我白马王子也正在寻找那个红颜知己，所以此时正是追求美好爱情的绝佳时机。

三是春景醉人，人们喜欢在春天外出旅游踏青，有着更多的与美眉邂逅的机会。加之我国对外开放，众多外国游人会选择春天入境一游，此时出击，若能俘获一两个洋妹妹，岂不快哉！

基于以上诸多考虑，本人打算于3月3日在本市晚报和本人的博客上刊登整版征婚广告："某青年企业家，体健貌端，德才兼备，经济优裕，欲寻年轻貌美心善有才之女为妻，有意者请电1251314925，QQ25251025。"

二、寻找战机、集中精力，化整为零、各个击破，打好第一个婚恋翻身仗。

发布征婚广告后，接下来就是突击学习电话沟通、QQ沟通、博客沟通技巧，全天24小时随时随地接听来电，并根据沟通情况，灵活选择时间、地点，并准时赴约。争取化整为零、各个击破，打好第一个婚恋翻身仗。

当众多美眉一一亮相后，即可通过观察分析，从对方的外表气质与内在素质，进行认真对比，并从中择优录取3-8位，分别考察、培养，进一步筛选后，确定最终人选1~3名。

考察培养方式主要是利用各种节假日，有计划、有步骤地主动加强与对方的交流与沟通。基本作战步骤如下：

在"三八"节时分别为她们送上一束鲜花，赠言：宝贝贝，辛苦了！署名：你亲爱的小白马。

在3月12日分别与她们共植一棵爱情树，以示见证。

在"五一"节分别与她们劳动1小时，考验对方的劳动态度和能力。

在"五四"节分别与她们游行54分钟，以培养同志感情、陶冶革命情操。

通过这些接触和了解，在3个月左右的时间，基本可确定心中的理想对象1~3名。

在此后两个月内，继续参照以上办法优胜劣汰，直至确定最佳人选。

然后，在中国的情人节——七夕，为我的准佳人亲自送上一束满天星，相约共进晚餐，到人民公园的湖边草坪一起看星星，共同憧憬美好未来。

中秋节时，约她郊外赏月，送桂花一束、桂花酒若干，一醉方休。

国庆节时，一起到世纪广场狂欢，考验二人谁会得意忘形，并提醒要谦虚谨慎、戒骄戒躁。

重阳节时一起登泰山,趁机拜见岳父岳母与家父家母,以示恋爱成功;同时请双方父母一同参加“六方会谈”,准备儿女婚嫁事宜。

腊八节时与她共煲腊八粥一锅,重温腊八粥的故事,以培养勤俭持家的能力。

如此这般,差不多也就时机成熟了,可于腊月初九日天女散花地向双方亲朋好友发出婚宴请帖,帖词云:兹定于12月24日平安夜至25日晨,在天上人间大酒店举行××婚宴,敬请届时亲临。

接着,如期举办隆重的婚宴、婚礼,结为百年秦晋之好。至此,本人婚恋计划告一段落。

三、加大投入、用情专一,落实预算、增进感情,为亲密接触打基础。

按照上述计划,本人将采取多种措施加大投入,包括时间、金钱与感情投入,落实婚恋资金预算,以尽快缩短差距、加深感情,增强计划的可行性与成功率。

为此,本人除在各种节日与女友奉陪到底外,还将把3~12月间的44个双休日全部投入进去。计划共请女友看电影52场、跳舞33次、逛公园28次,吃麦当劳、肯德基各10次,共进晚餐8次、喝咖啡6次、进酒吧9次,必要时逛商场1次(对方不提出,本人绝不主动);同时,平均每天写情书1封、通电话3次、上网聊天2小时,看望对方父母1次,其他临时活动酌情处理。

经预算,上述活动加上节日支出与看望岳父母,共需经费36000元,平均每月3600元。由于本人是职业经理人,收入有限,加上要定期为“希望工程”和慈善机构捐款,所以这笔婚恋开支将显得本人经济拮据。为确保资金投入不落空,本人决定从现在起在每月薪水中提留50%作为婚恋发展专项基金,做到专款专用,不足部分将向父母申请免息贷款,期限3年。有了雄厚的专项经费,相信这个婚恋计划一定会梦想成真。

四、学习恋爱技巧,提高综合素质,为顺利步入婚姻殿堂创造有利条件。

工作学习有技巧,谈情说爱有策略。为少走弯路、提高恋爱效率、保证婚恋计划如期实现,本人决定从即日起戒烟戒酒、戒骄戒躁,加强与女方父母的交流,争取外部支持;同时减少与无关联异性朋友的接触,以避免负面干扰。围绕婚恋技巧中心内容,本人将虚心向“过来人”和恋爱高手学习取经,坚持博览群书、学而不厌,并计划每天读书看报1小时,上网学习1.5小时,通过百度网页搜索3.0广泛收集婚恋技巧知识,不断增加恋爱见识;参加口才培训班一个月,增强表达能力;熟悉孙子兵法、三十六计、社交秘笈、婚恋心理学及美容美发等方面的知识，争取以智取胜。

在学习实践中，本人将采取革命的拿来主义，现炒现卖、活学活用。对于恋爱中出现的各种问题，及时加以分析和化解，坚持把各种矛盾消灭在萌芽状态。比如针对女方父母不同意的问题，本人可采用仁义礼智信、温良恭俭让的中国传统，及一流的表现和见面多问好、进门多送礼、遇事多请教或帮助做家务、加强沟通、强势公关等方法，使其产生好感，进而获得对方的认同、接纳和赏识，最终待我为贤婿。倘若如此，基本可以大功告成，顺利走进婚姻殿堂了。

罢罢罢，其他无足轻重的事就暂且不提了（因为走笔至此，眼前老是晃晃着一拜天地二拜高堂的场景……）。

总之，2007 年是关系本人一生幸福的一年，是本人实现人生大转折的关键之年。革命尚未成功，同志仍需努力。遵照中山先生的指示，本人将早作打算、早日行动，努力强化婚恋危机意识，不断增强婚恋工作责任感、使命感，自信自强，务实求效，只许成功不准失败，力争以红袖添香、锦上添花的优异成绩，向关心支持我的所有亲人和朋友献上一份厚礼！

（原载 2007 年 2 月 24 日《清远日报》）

给妈妈买衣服引发的爱情传奇

那年腊月，我决定从远在千里之外的江西回家与父母一起过年。临上车前两天本想要给母亲买套衣服带回去的，但不知衣服是多大尺码，也不知什么花色式样合适，又担心母亲因为我乱花钱而生气，就只给母亲买了双那时特流行的保暖鞋。

下了火车就是县城，我家就在县城的民主街。为给妈妈一个惊喜，我临时决定还是给妈买套衣服吧，反正要过年了嘛，母亲平时舍不得穿新的，过年一定要补上。于是，就提着个大包直奔服装一条街。

呵，你还挺孝顺的呢

在街上转了半天，好不容易才看到一套自认为比较合适的衣服。店老板是位50多岁年纪、穿戴挺利落的阿姨，她向我笑了笑："随便看看。"

我腼腼腆腆地看看衣服又看看老板："阿姨，请帮我把这套衣服取来看看。"

"小伙子，你这是给谁买的啊？"阿姨和蔼地问了一句。

"给我妈买的。"我也笑着回答。

"呵，你还挺孝顺的呢！"

"也没什么，我刚从外面回来，给她老人家表示一下。"

"哦，应该的。你妈多大年纪啊？"

"可能跟您差不多，50多岁。"

"她穿多大号的，你知道吗？"

"不知道。"

"那她有多高？"

"比您稍微矮点儿。"

"胖不胖？"

"比您瘦点儿。"

"好，我知道了。你拿这套吧。"

我顺着她的手一看，这是一套花纹朴素的青灰色对襟式的衣服，感觉比我选的那套要好，而且穿上去应该挺精神的。

“这套衣服是新上市的,保证你妈穿着合身。”阿姨看着我犹豫不决的样子又补了一句:“要真不合适,可以拿来换。”

“这套多少钱?”

“别人是一百二,你就给一百吧!”

“为什么我会便宜呀?”我开玩笑地问。

“看你是个孝顺儿子,挺逗人喜欢的。”

“好,我知道您对我也不会多赚的。就买这套吧。”

阿姨麻利地给我包好衣服,我付了钱。

“回去让妈试试,不合适再来换。”阿姨叮嘱了一句。

“好的。”

妈,你穿了真显年轻

回到阔别三年的家,母亲的头发又白了不少。母亲高兴地接过行李,忙着给我倒水泡茶。我赶紧拦住母亲,把新衣服送给她看。

“回来又花钱,我的衣服还不会自己买啊?”母亲嗔怒着。

我催她到里间换了衣服,出来一看,呵,还真合适的!

“妈,你穿了真显年轻。”

“你个男娃子,谁帮你买的?”

“当然是我自己啦!”我得意地把买衣服的经过给她说了。

“那老板也会做生意,改天代我去谢谢她。”

“好,我明天就会去的。”

妈,我知道您的鞋是36码

“对了,还有鞋子也试试。”我说着,又掏出了新保暖鞋。

这回母亲没客气,就赶快穿上了。她站起身跺了跺脚,笑着说:

“嗨,还别说,你买的这鞋也刚好一脚。”

“那当然了,别的不敢说合适,这鞋一定合适。您的鞋是36码,我永远都不会忘。”

我之所以记住了母亲的鞋码,是因为有一次送我上学时,母亲把脚踝扭伤了,几天不能好好穿鞋,每次给她拿鞋就看到鞋底的36,于是就记下了她的36码鞋。

“好,算我没白养你!”母亲说笑了一会儿,就去厨房给我做荷包蛋了。

我闪电般地有了新娘

吃了母亲做的荷包蛋，感觉浑身是劲。第二天，我在家闲不住，就约了两个老同学去逛街。逛到服装街，想起母亲让我致谢的事，就顺便来到昨天买衣服的那家服装店。

在外边看了看，昨天那位阿姨不在。只见里面有个背对着门的女孩子在忙着招呼顾客。

“嘻，女孩的背影真好看，我们进去看看。”我笑着对朋友说。

不看不知道，一看吓一跳。原来这女孩竟是高中的老同学兼校花——婷。

“×婷，你怎会在这里？你当老板啦？”

“嗨！你们好，快进来坐会儿吧！”几年不见，婷还是那样活泼、阳光，“这是我妈开的服装店，我在给她打工呢。”

“哈哈，哪有女儿给妈妈打工的？”

婷招呼我们在小椅上坐，又端来茶水招待我们，接着我们几个就天南海北、张三李四地叙旧聊天。聊了一会儿，她妈来了。正是昨天那位阿姨。

“阿姨好！”我赶忙站起来问候。

“哦，怎么昨天的衣服不合适吗？”

“合适合适，太合适了，我妈让我来谢你哩！”

“要谢就要谢你自己。你妈真是好福气啊。”

“呵呵，是您好眼光……”我傻笑着。

阿姨把我买衣服的事说了一遍，婷也特别夸我有孝心。

既然大家这么认可我，后来回家时，有事没事都要来婷和阿姨这里看看。

长话短说，中间省略。时间过得真快，两年后，婷竟闪电般地成了我的新娘，阿姨呢则顺理成章地成了我的丈母娘。

你买的衣服可真值

现在，我仍然会每年给父亲母亲买一两套衣服。但是母亲好像特别喜欢穿我第一次送的那套衣服。一穿上那衣服，母亲就会笑得合不拢嘴，不时对我来一句：“儿子，你买的这衣服可真值！”

（原载 2007 年 12 月 19 日中国作家网）

传统节日

新婚燕尔,果果和朵朵轻松闲聊,一下聊到了传统问题。

"有幸生在一个极富传统的国度,称得上传统的东西实在太多了:传统精神、传统文化、传统习俗、传统做法,甚至传统血缘……简直是不胜枚举。"

他由她的话突发奇想:"朵朵,跟你开个玩笑,我发现你有一个很传统的节日,不知你知不知道?"

"什么节日,不会是春节、元旦之类的吧?"

"这些大家都有啊!"

"太太诞生节?"

"非也!"

"老公诞生节?"

"非也,非也!"

她苦思良久,无言以对。

"朵朵诞生节呗! 怎么不为自己想想哩。"

她一惊,恍然大悟:"那请问亲,这节日是传谁的统啊?"

"瞧你这阿笨儿,当然是传你父母血脉之统啰!"他轻笑。

"哦,我明白了。既然我有朵朵诞生节,你也有果果诞生节! 咱们喜大普奔吧! 哈哈哈。"

"那当然!"

"想想将来,将来咱们的下一代也会传我们的统……"说时,她的脸上分明荡漾着一圈红晕。

"好啊好啊,我想要两个孩子传我们的统。"他更兴奋了。

"为确保下一代能集中发扬咱们的优良传统,本娘子有言在先:这接班传统的,只许一脉单传。这事你得非依不行!"

"very well!"

"嘻,真羞,这事还早着呢!"

小两口对幸福的未来充满憧憬。

我们公司不兴这个

一

俗话说呀，天生我材就有用嘛。作为一个有那么一点用的人，我们免不了都要为工作、为事业、为生活不停打拼，免不了要周而复始、废寝忘食、三更灯火五更鸡地忙个一年到头，其中酸甜苦辣且不细表。但当我们取得了或大或小的成绩，获得了或多或少的回报的时候，一颗感恩的心就自然会想起那些曾经关心、支持和帮助过自己的朋友、领导和同事，自然就会在心存感激的同时，想以某种更直接的方式向他们表示最诚挚的谢意。

如果平时忙工作、忙学习，没时间、没机会感谢那些应该感谢的人，那么一年一度的过年拜年绝对是个登门谢恩的好机会。于是，很多人就会根据恩情大小或交情深浅、个人爱好，精心准备相应的礼物。拜年时候，体体面面地将礼物送过去，重要的是表示衷心的感谢，顺便也拉拉家常、聊聊工作、交流交流感情。通常，受访的人会说来拜年的人懂事理、重情义，会高兴地收下礼物；拜年的人呢，会觉得这个人情终予偿还，起码是略有表示吧，心中的那块石头也随之落了地。一般情况下，事情做到这份上，双方应是皆大欢喜。

中国是个礼仪之邦，“滴水之恩当涌泉相报”“知恩不报非君子”的信条深入人心。况且，这种纯粹为表达谢意的礼尚往来，与行贿受贿走后门有着本质的不同，所以即使在国外，这类拜年谢恩活动也无可厚非。但是在我们公司，这种做法则是绝对禁止的。为什么呢？用我们高层领导的话来说，就是“我们公司不兴这个！”

二

也许是之前从事的行业不同，简丽对我们公司的了解仅始于四年前。那年春天，简丽应聘加盟公司从事项目管理相关工作。在领导的指导支持、同事的配合帮助及协作单位的支持配合下，简丽担当的工作开局良好、进展顺利，也取得了一定的成绩。于是，在进入公司的头一个春节，简丽按照老家风俗，准备了一份礼物，计划过年的时候给顶头上司C总拜年，以感谢领导对她工作的支持和帮助。

临行前,简丽带着十分激动的心情,打电话将考虑了大半天的表示感谢和来意的话向C总说了一遍,强调“别无它意,谨表谢意”,满心期待领导的同意。谁知C总却在电话那头轻声细语地训导开了:

“什么?要感谢我?大家都是为了干好工作,你凭你的能力吃饭、凭本事工作,而且业绩也不错,我应该感谢你呢。

“什么?来拜年?年前你不是参加公司团拜活动了吗?专门拜年就别来了,我们公司不兴这个!我们公司只提倡上级给下级拜年,领导给员工拜年,员工给客户拜年。

“什么?已到楼下了?哦,不好意思,我在外面呢。简丽,你的心意我领了……做好你的工作吧……就这样吧。”

简丽还想再解释几句,那头的电话已挂了。至此,她彻底无语,败兴而归。

……

第二个春节期间,简丽又斗胆而小心翼翼地给C总打了电话,表示要来拜年感谢。这次C总竟然有点生气了:“怎么又来这个呢?不是给你说过吗?我们公司不兴这个!”说完咔的一声挂了电话。

三

需要说明的是,简丽是属于那类比较笨口拙舌,算不上会说话,却绝对会听话、会沟通的人。一连两个拜年计划失败后,她只好听从领导的训导,放弃了向相关领导拜年的念头。第三个春节时,简丽打电话、发短信也强忍着没说出来拜年之类的话。

但是,知恩不报算君子啊。在公司干了这几年,却没有什么实际举动向有关领导的支持和帮助表示感谢,这多少有点不近人情世故,也有点说不过去吧。今年春节时,简丽又思前想后,决定另辟蹊径。主意已定,她索性先给B总打了电话,将考虑了大半天的那一堆表示感谢和来意的话向他说了一遍,还是强调“别无它意,谨表谢意”,满心期待领导的同意。谁知B总在电话那头说:“谢谢你,你的心意我领了,好好工作吧……我们公司不兴这个!”

简丽毫不气馁,接着大胆向公司老总A打了电话,仍然是将考虑了大半天的那一堆表示感谢和来意的话向他说了一遍,满心期待领导的同意。谁知A总也在电话那头表示:“简丽啊,谢谢你,你的心意我领了,好好工作吧……我们公司不兴这个!”

怎么回事?领导们像都商量好似的,咋一样的说法呢?A总似乎猜透了简丽的心思，接着解释了一句："这是我们公司的文化。我们公司不兴这个！"

"我们公司不兴这个！"原来，这是我们公司的文化。什么是文化？文化是企业的灵魂哟，那家伙，文化的力量是无穷的！既然这个问题已上升到了文化的层面，简丽当然要不容置疑、入乡随俗地接纳和拥抱了。

四

听简丽把故事讲到这里，我忽然想起当初让自己热情拥抱这个公司的最大动因，就是源于几年前一个关于该公司成立十年没有发生一起贪污受贿案件的报道。为什么没有发生呢？因为该公司不兴"这个"！不兴"这个"就从根本上简化了企业人际关系，也从一侧面剔除了滋生贪腐的土壤，增强了企业的抗腐保洁能力。

我们公司不兴"这个"，兴什么呢？几年来的亲身经历和耳闻目睹告诉我，我们公司只兴学习、兴发展，是取长补短向国内外一切先进经验学习，是抓住一切机会去推动公司发展，是不断提高管治能力去加速企业发展的那种与时俱进。

十几年过去了，我们公司在不停地学习改进、不停地加速发展，而且始终保持着高度纯洁。这是多么的难能可贵！仅此一条，足以体现公司的卓越管控能力；仅此一条，足以让我们对其倍感信服、倍加信任；仅此一条，也足以让我们对其心生敬意、心生爱意！

（原载 2010 年 3 月 8 日中国作家网）

（2010 年 3 月 12 日山西省人民政府网转载）

采

这是一个早春的下午，我正忙着在房后的草坪上种草植树。和煦的阳光、嫩绿的树芽、饱满的种子、鲜活的泥土，到处洋溢着春的气息，处处显现勃勃生机。我被眼前的明媚春光熏染得沉醉其间、忘乎所以。

忽然，几只身形娇小的飞行物凑热闹似地围着我打起了转转儿。我心一惊，定睛一看，原来是几只小蜜蜂。我小心躲避着，但不知何故，它们慢慢把打转儿的轴心移到了我的左手腕，并发出嘤嘤嗡嗡的蜂鸣，仿佛在欢叫发现了什么新大陆，又仿佛在演奏一支经典而美妙的乐曲。

嘿，你们想干什么呢？看着阳光下闪闪发光的手表，我的敌意恍然间被自己的会心一笑所打消。原来它们以为这是一朵金黄色的花朵，欢呼雀跃地要采蜜呀！好吧，我干脆伸出手腕让它们如愿以"尝"。果然，两个胆大的小家伙立即试探性地在表盘上爬了两圈，旋即又折身飞开了。接着另两个小家伙也学着样表演了一回，如此反复了好几次，但它们最终还是失望地飞走了。

这些可爱的小精灵啊，请你们不要走！不论你们在我手上采到的是汗水还是花香，你们都没有上当。可爱的小精灵呀，快快回来呢！因为有劳动之汗味的地方，一定会有芬芳的花香！

（原载 1999 年 2 月 3 日《铁建工人报》）

偷 瓜 记

一

一个月黑风高、秋风萧瑟的夜晚，一部奥迪 A6 从省道上疾驰而过。在一处僻静的山湾边，小车嘎的一声停住，从车上钻出三个中年男子。借着车灯的余光，他们对视一笑，便猫着腰、鬼鬼祟祟地摸向路边的一片农田。

诶，他们要干什么？打劫？盗窃？还是其他什么见不得人的事？这，还真不好说，一切请随我来看。

这农田里有什么呢？哦，记得白天从这里路过的时候，看见路边是一片瓜地，瓜架上长满了一排排硕长的青皮冬瓜，估计一个瓜约半米长，十几二十几斤重，而且长势喜人、茫茫无际，一眼望不到边，那冬瓜列阵的气势更显得蔚为壮观。

莫非，他们要偷冬瓜？极有可能哦。

二

想当年上学的时候，偷瓜这样的恶作剧咱也没少干，只是从没偷过冬瓜，因为冬瓜不能生吃，而且个儿大。记得从上初中以后，我们学校附近总是有一大片菜地相随，有的菜地非常近，与学校只有一墙之隔，有的菜地远点，也不过一二里路。一般是在夏天的晚上下自习课以后，我们几个室友，也有其他班级的学友，便趁着夜色的掩护，结伙摸进人家的菜地，大肆偷摘人家的黄瓜、西红柿，还有香喷喷的小香瓜。当然，偷得最开心、也最有成就感的，应该是偷大西瓜了。那时候，我们个头都不大，大家一人抱一个大西瓜，也有一人抱两个的，如幽灵一般溜出瓜地，然后在学校后面的围墙下集合。点过名，报过到，大家都到齐以后，我们就在满地的西瓜堆里，一拳把西瓜砸开花，接着便有说有笑地狼吞虎咽起来，直吃到肚子也撑得像一个个大西瓜了，大家才心满意足地悄悄地窜回学生宿舍。

这样的事，一个学期总要发生两三回。有时虽然被农民伯伯发现了，但总是抓不了现行，因为伙伴们跑得都比兔子还快。俗话说，跑得了和尚跑不了庙。农民伯伯抓不到偷瓜的学生，便来学校找校长，要校长严加管教。于是，学校的班会上、广

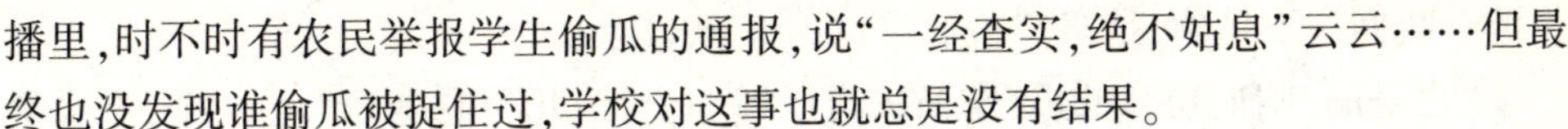

播里，时不时有农民举报学生偷瓜的通报，说“一经查实，绝不姑息”云云……但最终也没发现谁偷瓜被捉住过，学校对这事也就总是没有结果。

十几二十年过去了，每当想起昔日同学少年菜地偷瓜的滑稽样儿，总是忍俊不禁地捧腹大笑起来……

三

一阵冷风吹来，往日的回忆被打断，菜地里发出海浪般的沙沙声，一浪盖过一浪。转眼间，两个黑影被这“海浪”噌的一下卷了出来。只见他们一前一后各抱着两个硕大的冬瓜慌慌张张向小车疾奔而来，抱在怀里的那冬瓜估计有40斤以上，直累得他们吭哧吭哧、步履踉跄。

不是三个人吗？还有一个呢？还一个还在后面呢。那人也抱了两个冬瓜，只是略小了一点。也许是做贼心虚，菜地里海浪般的沙沙声，在他听来犹如一队人马追了过来。一不小心，他一脚踏进田间水沟的稀泥里，弄得皮鞋和裤管满是泥浆。刚走几步，又一不留神，被脚下的瓜藤绊了个趔趄，但他死抱着两冬瓜晃晃悠悠、狼狈不堪地跑到小车边。

只听那个大个子安慰说：“没事的，这里没人看守。咱们再来一次吧！”说着，他又窜进了瓜地，不一会儿，又抱了两个大冬瓜，只是这次他明显是跑累了，口中吭哧吭哧喘着粗气，脚步也更踉跄、更慢了些，最后还算很顺利地把冬瓜搬了上来。

这时，小车后备箱里已经有6个冬瓜了，装不下了，最后这两个冬瓜只好横放在座位下的空档里。

看看瓜地里的“海浪”更大，风声更紧了。三人急急关上车门，绝尘而去。

四

小车内迷漫着一股浓浓的酒气。在雪亮车灯的映衬下，三人的脸上涌动着同样的兴奋之情。

“哈哈，要不是今晚喝高了，我一定再抱几个瓜来。”坐在后排座的人兴奋地说。

“是啊，毛总喝的有六七两，我也喝多了，摘两个小瓜，还摔倒几回，真是太狼狈了！”坐在副驾驶位的人接着说，“不过还是很好玩，很刺激的！”

“我没喝酒，但刚做过手术，抱了两个瓜，感觉有点腰痛。”开车的人打着哈哈，“确实好玩！不过明天我们的耳朵可能要发烧了，因为农民伯伯会骂谁偷了他的冬瓜喽！”

“呵呵，黎总放心吧，这些瓜也不值钱，况且他那么大的瓜地，不会在乎这点损失的。我们这不是偷,是窃!"

"也是的,咱们窃来的瓜,拿回去自己留一个,给几个同事一人送一个,这也是咱们的劳动果实嘛!"

"这是真正原生态的绿色冬瓜,冬瓜炖排骨,挺好的!"

"只怕这一个瓜,一家人吃一个礼拜也吃不完哦!"

哈哈,哈哈……

五

你道这三个偷瓜的,是谁啊?

告诉你要保密哦,他们是:禾悦公司的毛总,膀大腰圆的那个;长远公司的黎总,开车的那位;还有一个凑热闹的,也是瓜地里表现最狼狈的那家伙,就是我!

QQ版的偷菜游戏,我从没玩过。没想到,现实版的菜地偷瓜,却在我们身上上演了N遍。尤其是昨夜,干得精彩、漂亮!仿佛让我们一夜间,又回到了当年的同学少年!

惭愧惭愧,一个偷字说出来,就算再好玩,终归不是什么雅事。

人"赃"俱在,立此存照,敬请失主大人再原谅我们这一回吧!

(原载2011年10月27日中国作家网)

亲历特大洪水

却说老家门前的那条小河,我印象最深刻的当属20多年前的那次特大洪水。想来怕怕啊,那场洪水不仅让大片的良田变成了永远的河滩,让沿河成百上千的房屋一去不返,而且还把一些人也卷进洪涛,至今下落不明……

令我魂牵梦萦的那条宁静优美的小河,原来竟然也会波涛怒吼、甚至吃人!你说谁信啊?可事实不容分说,要不是亲身经历,我也是打死都不信的呢。这就像人一样,别看他平时斯斯文文的,可发起狂来那野狼都怕怕。

一

闲话少叙,书归正传。那年8月,我仍然是个小破孩,仍然在暑假里和那一大群小破孩在河里划澡,幸运的是我再也没有丢裤衩了(详见《都是裤衩惹的祸》)。

8月14日,老家那地方已经连续多日降下了大中暴雨,当天下午又在天昏地暗中降下了特大暴雨。怎么形容呢?看了那雨啊,你就知道什么是"倾盆大雨",什么是"瓢泼大雨"了。反正那时躲在家里看小人书的我是被那雨下懵了,还以为真是传说中所说的"天破了""龙王发威了"。暴雨拼着老命似的一刻不停地倾泻了大概两个小时,就是这两个小时彻底毁掉了家乡在我心中美好的形象。

二

在暴雨疯狂的第一个钟头里,小河的水看着看着涨起来了,并渐渐漫进河边的稻田,慢慢淹没了大片大片的田地,眼见着快要成熟的稻子和来不及收摘的西瓜在滚滚洪流中没了踪影,但是老天仍然没有开眼,仍然在一刻不停地倾泻它的疯狂。这时候的大人们都慌张了,人们迅速组成抗洪抢险队,忙进忙出地先让临近河边的老人孩子到地势较高的人家躲着,又赶快把一些粮食和值钱的家什东东搬出来,再空当接龙似地转移到附近的山坡上。

但是在暴雨疯狂的第二个钟头里,人们抢搬东西的速度已经远远落后于洪水上涨的速度了。河水疯涨,很快就水漫金山地淹没了临近河边的一排排房子,那时我们那儿的房子大多是土木结构(土砖砌成)的砖瓦房。当时我家的地势要稍高一点，我亲眼看见河边一个汤大爷刚从他家屋里迈出步，就看到他的房子哗啦啦地坍塌了，大爷一时想不开，还要进那残垣断屋中抢点什么出来，幸好被几个小伙子给强拖了回来。他们刚走到我家门前，那一片的房子就不见了踪影。这时我家已经成了避难所，老人孩子一大堆，哭声喊声乱成一团，除了有病的老人闷闷地坐在椅子上，几乎所有人都踮着脚向河里张望，我心里也在默默祈祷：唉呀洪水，千万别涨了！

三

过了一会儿，雨小了些，可是河水还在发疯急涨，一支烟功夫水就涨到了我家门前的台阶上，昔日依山傍水的河湾人家眨眼间变成了一片汪洋。看那波涛澎湃、水势汹涌的滚滚洪流就像一个神奇的传送带，发出轰隆隆的巨大声响，在千米宽的河面上激起一个个滔天巨浪，不时从上游传来一个个的箱子、柜子和木材、草垛，被水浪席卷而来的牛、羊、猪和鸡、鸭、狗，有的已经死了，有的还在一边吼叫一边挣扎，不一会儿也被洪峰埋进了河底。正在人们感叹跑得快的时候，最惊人的一幕出现了：人们看见洪流中有个老人紧紧抓着草垛，就像乘着一个奇怪的小船急流而下，随着一个猛烈的浪头涌来，老人不见了，草垛时沉时浮地继续被冲向下游，因为没有任何水上救生器材（就是有救生船也发挥不了作用），人们在叹息中发出无奈，谁也救不了他，后来淹死的那老人也不知去向。

父亲也从没见过这个阵势，眼瞅着大水又一点一点地漫上门前的台阶，他急忙吆喝人们赶快朝地势更高的二伯家转移。等大家人慌马乱地躲到二伯家时，天已经黑了，雨也越来越小了，河水却仍然浩浩荡荡响声震天。当时我所在的这一人家大概躲了30多人，三间房屋都被挤得水泄不通。人们七嘴八舌、议论纷纷，有老人说晚上不要点灯，因为龙王会朝有灯的地方冲，但更多的年轻人在商议水灾过后怎么办。

四

大概九点左右，吃宵夜的时间到了，二伯二妈烙了很多饼子，炒了大盆的辣椒、青菜，还煮了大锅的稀饭。人们就像挤食堂一样，轮流拿碗盛饭，站着吃了，但是眼睛还在不时向河里张望，都担心夜里还会涨水。我们小孩子也很害怕，到底是眼睛斗不过瞌睡，我和一些小伙伴们不知什么时候就倒在大人怀里睡着了。梦中还看到两条巨龙骨碌碌着四只绿眼睛，顺着洪水从门前河里游走了。

天刚一麻麻亮，孩子们就先后被大人叫醒。睁眼朝河里一瞧，哇，原来娇美的小河已经荡然无存，替代它的是一条奔腾不羁的“黄”河。河水正在逐渐消退，露出两岸歪歪倒倒的柳树和一些残墙断壁，偶尔还传来一两声墙倒屋塌的响声。我警惕地向自己的家一看,呵!我家的房子还在呢。原来,洪水涨到门前台阶后,就止步不前了,房子虽然安然无恙,但是门前的公路已面目全非。

天亮了,空中浮起朵朵白云,太阳也从山边探出头来。或许是不忍看到这幅惨状,太阳发出忽明忽暗的光,让人恍恍惚惚的。随着洪水的继续消退,有老人在自家断壁前伤心落泪,更多的年轻人则在河边打捞从上游漂来的破箱破柜和木材。而"少年不知愁滋味"的孩子们,则随着大人在岸边寻找自己中意的小玩艺儿,比如一条奄奄一息的小鱼、一只大螃蟹,或者一个多孔的小石头、一个奇怪的小水壶,而我好像只捡了一荷包各色各样的圆石子。

五

大概晌午时候,县里镇里组成的慰问队来了,因为洪水冲毁了公路,离家两里的大桥也被拦腰冲断了,民兵们组织挑来了大个大个的馒头、一包一包的饼干,还有一袋袋的大米、白面、粉条之类的救灾物资。县里的几个干部向大家做了调查,给一些重灾户发了慰问金,又召集人们站着开了一个会,具体说些什么不记得了,只听说要大家"保持安定、振奋精神,做好灾后重建"等等。然后,慰问队走了,那几位干部就在我家住了下来,后来才知道我家成了救灾指挥部。

第二天,慰问队又送来了棉被、旧衣服和消毒药品。这时我们听大人说得最多的一句话就是"感谢党,感谢领导"、"还是共产党好"之类的,我们小孩子知道这些干部都是我们的大恩人。

六

过了几天,小河完全恢复了它的平静,河面宽度只有几十米,河水的流量也不过洪水的千万分之一,但是原来的河滩却扩大了十几倍,原来的小水坝也不见了,只见茫茫河滩满眼都是大大小小的石头。

在政府的救灾支援下,人们开始盖房子、修公路,并重新把一部分河滩改成了不能种水稻的田地。村里一部分土木结构的房子也换成了清一色的水泥砖瓦房,人们又恢复了不咸不淡的生活,但是门前的公路已经转移到河对面的山坡上。公路离家远了,童年的记忆也淡忘了。

再后来,小河每年雨季依然会发大水,最终也依然会恢复它的平静,但是我记忆深处最美好的瓜果飘香的家乡形象永远也没恢复过来……

父亲当"劳模"

说到20多年前的那场特大洪水,其中还有一个关于我父亲的动人故事。正是这件事感动得当时的县长大人亲自到我家登门造访,父亲也算顺便过了一回接见县太爷的瘾。此后,父亲便成了方圆几十里的"劳动模范",连当了十几年村支书的周大爷也逢人便夸我父亲是个大好人。这是怎么回事呢?说来话也不长……

一

书接前回,就在有人说看到两条巨龙骨碌碌着四只绿眼睛,乘着洪峰浩荡而来的那天夜里,年富力强的父亲正与抢险队员连夜转移遇险和将要遇险的财物,包括村集体的一些财产物资。

有人说,最容易发财的机会有两个:一是战乱财,二是灾荒财。比如那次滔天洪水在卷走公家和私人财产的同时,也给一些浑水摸鱼之徒送来了大量的不义之财。前面说过,老家那地方是个相当富饶的鱼米之乡,而且那年月还是人民公社大集体的经营体制,所以不算太穷的村子其实囤集着当时来说相当可观的银子。

那天夜里,父亲组织抢险队去抢搬村集体的财物,包括财务室的好多箱箱柜柜时,才发现当时掌管村集体房门钥匙的人和负责财务的人,都因为前几天外出办事而被隔在了河对岸。有人说,反正当官的不在也没人管了,不如我们把那东西分了。父亲是个老实人,平时待人挺仁义的,但他听到这话顿时火冒三丈,把那人骂得够呛。

眼看着已经进水的房子危在旦夕,父亲果断砸掉锁匙,让人们先把值钱的东西抢出来再说。黑灯瞎火中,父亲一个劲地带领大家搬这搬那,但由于人多手杂、场面混乱,有居心叵测的人就故意把有些木箱木柜搞烂,然后谎称散架了,再趁乱取走自己中意的好东西,包括那不多不少的粮票和钞票。

当搬到一个沉甸甸的木箱子时,父亲发现这箱子已被别人暗中砸破了,用手朝里边一摸原来是一堆纸本子。这时有人对父亲说,那箱废纸没什么用的,你不要浪费力气了。父亲没理他,径自找来雨布包着箱子搬了出去,接着又继续搬其他东西。搬到半夜时分,被水泡软墙角的房子越来越有随时倒掉的可能,父亲看看东西搬得差不多了,就让大家赶快撤退。大概过了半个钟头,那排房子果然哗啦哗啦地倒掉了。

二

洪水退了,上边派人来村里清点财物,发现财务室的大部分东西都基本完好,但是他们最关心的一套账簿却没找到,会计与几个抢险的人便一口咬定是被洪水冲走了。上边的人一听就急了:“这是你们信用社的账,账本找不到,社员的存款,还有其他村子欠你们的几万块钱咋办?”问会计,会计说没办法。问抢险的另几个人,他们都推说不知道。后来又找了几天,也没有结果。

前面说过,当时我家就是救灾指挥部,奉命查账的那人来指挥部汇报工作时,恰巧父亲就在旁边。听他们提到账本的事,父亲才想起那个破箱子。父亲马上报告说,自己曾搬过一个破箱子,里边是一些纸本子,不知是不是要找的东西。那人一听就非常兴奋,父亲立即带他来到地势最高的二伯家。向主人说明来由后,父亲钻进小孩的床底下,抱出一个包得严严实实的箱子。几个人打开箱子一看,正是要找的那些账本。

“你为什么把箱子藏在这里?”奉命查账的人有点疑惑。

“这箱子上原来有锁但被人弄坏了,我想若是废纸应该不会上锁的,这东西肯定有用,所以就藏在自认为最安全的地方。”父亲回答说。

那人听了,连连与父亲握手表示感谢:“你知道吗?你这是保护了国家和集体的巨额资产啊?”父亲只是憨憨地摇了摇头。

三

又过了几天,父亲护账有功的事传到了县里,县长认为这事应该表彰,就趁到村里慰问时特别登门向父亲表示感谢。在人们里三层外三层的围观下,县长向父亲发了一个大红奖状,授予他“劳动模范”的光荣称号,并号召大家向他学习。而受宠若惊的父亲只会傻傻地说“感谢领导”“这是我应该做的”。

听说父亲当“劳模”的事后来还上了报纸,这着实让他老人家好好“风光”了一回。

MM 原来是秘书

刚从 QQ 上结识了一个 MM。一天晚上，MM 给我讲了下面这个故事：

深夜，MM 从睡梦中突然听到“铃…铃…铃…”电话暴响。

谁这么晚还打电话？她揉揉惺忪睡眼，黑暗中摸起电话。

“喂，找谁呀？”

“我找×”（是她名字的最后一个字，听声音像她一个姜姓朋友。）

“你是姜三吗？”

“是啊。”

“哦，你在哪里？”

“在家里。”

“这么早就回家了？”（那时已子夜两点）

“嗯。”

“你有两个电话号码？怎么我手机里没你的号？”

“我有三个呢。”（难怪不认识他的电话号）

“我睡觉了，有事明天再说！”

“平常你没这么早回家啊？”（他也奇怪）

“两点了，还早？”

“可不是吗？早晨了。”

“喂，你是不是打错电话了？”

“我要是打错电话，怎么知道你的名字呢？”（也有道理，哪有这么巧的事？）

“那你找的人全名叫什么？”

“你不是李海×吗？”

“不好意思，你真的打错电话了。”

“啊？”（电话挂了）

我正在打探她的名字。她的故事讲到这里，我突然发话了：

“哦，原来 MM 是章海燕？”（瞎猜的，因海燕较普遍，也是我秘书的名字）

“你怎么知道？”

“因为那个打电话的就是我。”

“你不是张三吗？不姓姜啊？”（我告诉过我是张三）

“哦？”

“你在哪里？”

“干嘛要告诉你？”

“我看是不是那个章海燕。”

“你在哪里。”

“哈哈，不告诉你。”

“哈哈哈，没关系，反正我的好奇心没你强。”

“呜呜～～姐姐欺负我，呜呜～～”

“别哭，快告诉我名字。”

“呜呜～～姐姐，我错了，我是你对面的周三。”

“啊？不可能吧？”（周三是他上司）

“不信，你看。”

“周总！”（她站起身，惊讶地叫了我一声）

“下班了，快回家吧。”（我对聊得正欢的秘书做了个鬼脸）

……

网上情人

一对小夫妻都是名副其实的大网虫。也许是生活的激情越来越少,也许是家庭的烦恼越来越多,反正二人的口水战是愈演愈烈。不得已,二人决定分隔一段时间。

一天,GG 在网上认识了一个 MM,二人你来我往,渐渐热火,大有相见恨晚之感。发展到一个月后,二人已经无法控制自己的感情了。于是,GGMM 商定联络暗号,决定 2 月 14 日到真情咖啡屋幽会。

咖啡屋装修考究,室内数十支蜡烛,在冉冉烛光的映照下,一对对情人们啜着咖啡品着名点或窃窃私语或小声嬉笑,显得浪漫无比。

晚上 8 点正,GG 按约定时间来到咖啡屋。他的目光在室内迅速扫了一圈,发现约定的 MM 已经先来一步,她的头上有一只约定的小蝴蝶,正在对面角落的一个座位上低头小饮。GG 刚要兴奋地叫出暗语,忽然感觉 MM 的背影太过熟悉,他在心中仔细搜索,竟发现这个背影只能是自己的妻子。不会真是自己的妻子吧?他在心里打起了嘀咕。

虽然心中好奇,但为了不暴露自己,GG 决定趁 MM 还没发现自己时,背转身不予理睬,他慢条斯理地要来一杯咖啡,暂且耐心等待。

大约等了二十分钟,不见有约定的 MM 到来,室内除了他这遥遥背座的夫妻显得顾影自怜外,其他人都是成双成对的了。

又等了二十分钟,仍不见约定 MM 到来。GG 急了:不对,莫非那位 MM 真是自己的妻子?GG 扭头想再次验证一下,却见妻子正温柔地看着他笑。这真是太不巧了,难道自己的计划全被妻子知道了?

GG 不敢再僵持下去,连忙轻轻走过来用联络暗号说:“嗨!你怎么在这里?”

妻答:“来陪 GG 你啊!”GG 暗吃一惊:联络暗号天衣无缝!

GG 坐下后,妻子深情地笑着说:“有什么感觉?阴差阳错,还是无巧不成书?”

GG 笑答:“既没错也没巧,我看本是如此,感觉妙极了!”

妻子娇嗔地看着丈夫:“干杯!”两双手随之紧紧地握在一起。

“我们为什么会到这儿来呢?”丈夫纳闷地说。

"有一天,我看到你的 QQ 号,所以……就有了今晚的故事。"妻子得意地笑道。

丈夫故作失意地说:"唉,闹了半天,网上情人竟是同床共枕的妻子!"

妻子也调侃道:"是啊,世界太小了,孙悟空也跳不出如来的掌心啊!"

"我看是命哟,这辈子是命中注定要过没有情人的情人节哦。"

"我觉得很刺激呀,难道你不满意?妻子作情人,感觉应该也不赖吧?"

"感觉很好,可惜现实中的妻子大多做不了情人。"

"好,从现在开始,我就当你的妻子兼情人!"

"虽然兼职,我可不发'加班工资'哦?"

"没问题,就这么定了。"

二人喜极而泣,兴奋地携手慢慢向家中走去。

捡 钱

你捡过钱吗？相信十有八九都捡过，只是大钱小钱多少钱的问题。

"我在马路边捡到一分钱，把它交到警察叔叔手里边，叔叔接过钱，对我把头点……"老实说，在还没听过这首歌之前，我就捡过几次钱。

学前时代捡巨款

记得我还没上学前，也就是大概五六岁的时候，家门前的沙子公路上车辆不多，没有摩托车、自行车，卡车、拖拉机也很少，只是偶尔有县市领导视察的吉普车按着喇叭嘀嘀嘀地经过，因此公路上一直很安全。

有一次，我和小伙伴们在公路边追逐玩耍。跑着跑着，我发现路边草丛下有一卷很像钱的东西，遂停步悄悄捡起来，凑近一看果真是一卷钞票。打开一检查，有1元的、2元的，1角、2角的，最多的是2分、5分的，有十多张，但外面一张是崭新的5元票子，比被包裹的所有钱都多。虽是小孩子，虽然没有钱的概念，但我知道钱是好东西，正准备塞进口袋，三哥在后边看到了。三哥比我大5岁，是我们的孩子王，而且他很霸道又好吃懒做，谁不听他的，他就让大伙不和谁玩，所以小伙伴们都怕他。

三哥追上来盯着我的手问，你捡什么了？我说捡钱了。三哥说，多少钱？我说，不晓得。三哥命令：给我看！我就把钱给了他。他泯着唾沫数完钱说，唉呀，这正是我掉的钱呀，我刚才还在路边找呢，没想你捡到了。好，这5分钱奖你买糖果吧。三哥说完，就把钱塞进口袋飞奔回家了。

那时候我还不会算数，当时也不知道捡了多少钱。后来想起，估计共有9块多。那时候我对钱的意识不强，也不知道这些钱意味着什么。后来想起，那时一个鸡蛋两分钱，一分钱能买两个糖果，一个人一天的工分才值一两毛钱，而我捡的是9块多钱，那相当于一个农民伯伯辛辛苦苦两三个月的收入啊！那时候一般人身上不会有这多钱，后来想起，怀疑是下乡视察的干部丢的。

天啊，我惊叹自己曾捡过如此一笔巨款！

放学时候捡大钱

上小学的时候,学校离我家有两里路左右,上学放学都要自己走,每天要来回四次。一年级下学期的时候,在一次放学回家的路上,我又毫无征兆地捡了一笔钱。这笔钱也是一个卷,但最外面的一张不是 5 元而是 10 元,后来知道 10 元也叫“大团结”。“大团结”团结着两张 1 元的,还有几张一角两角的,那时候我的数学还不错,因此我清楚地记得,一共是 13 元 9 角。也许是物价上涨吧,当时的鸡蛋好象是 5 分钱一个,一般工人的工资是 30 多元,所以我捡的 10 天工资,也应该是一笔大钱。

那时候,学校正在开展“五讲”“四美”“三热爱”“学习雷锋好榜样”之类的活动,“我在马路边捡到一分钱,把它交到警察叔叔手里边……”的歌也唱得震天响。捡到这笔大钱的我,当时只想着在上学时候把钱交给漂亮的语文老师,能得到老师的一番表扬该是多爽啊!

我心里这样想着,越想越想高兴,蹦蹦跳跳地很快就要走到家门口了。听到隔壁二爷在院子里自言自语,唉,到底掉哪里了呢?我问二爷,掉什么了?他说,几个“镚镚”不见了。我说什么镚镚?他说是钱啊。我马上脱口而出地说,我刚才捡了钱,不知是不是你的。他说,拿出来看看。我就从书包里掏出那笔钱。二爷一看,眼睛发直,呵呵笑着,好小子,真是你捡了,那就还我吧,明天我带你上街吃油条。我说,你要写封表扬信到学校,我们学校在学雷锋。二爷爽快地说,好!

后来,不知过了好多天,二爷真的带我上街买油条了。那时的油条真的好香好香,才一毛钱一根,我馋猫似的一连吃了两根。他的孙子,也就是我的乐意哥也吃了两根。乐意哥上五年级,他问我,爷爷为什么请你吃油条。我说,我给二爷捡过钱,那次他的“镚镚”不见了,刚好我捡着给他了。乐意哥神秘地悄声告诉我,那几个“镚镚”是他偷拿去买笔和本子了。不过,才 8 分钱,爷爷为什么请你吃两毛钱的油条?我反问,怎么才 8 分钱?乐意哥说,“镚镚”就是硬币角子,我就拿他三个,一个 1 分、一个 2 分、一个 5 分的,就是 8 分啊!

啊?我上当了!后来,二爷的表扬信也一直没给我。因为他不会写字。

新婚出门捡红包

八月十五中秋节,是我的生日,也是我的结婚纪念日。记得新婚第三天,随妻子回娘家的时候,刚出门走了一里多路,我隐隐觉得脚下踩了什么东西。低头一看,哈哈,又是一卷钱,随手一数,不多不少,正好 108 元。好吉利的数字!妻子还说，这是好兆头！

这次捡了钱，我没想要学雷锋，但我们还是在路边等了一会儿，见没人来找，也没人问，才嘻嘻哈哈地把捡的钱装进了腰包。

结婚那时候，我每月工资将近两千元，一般朋友贺喜的红包也就50元、100元左右，那次捡的钱大概可以买500个鸡蛋，也算不少了。后来想想，那次捡的钱是不是老天爷送我的新婚贺礼呀。呵呵，谢谢啦！

一家三口捡钞票

时光飞逝，一晃又是十多年。2008年的时候，我的儿子都好几岁了。

这年冬天的一个早晨，深圳的天还是很温暖的，我们一家三口到笋岗文具批发城去shopping。我们从一家商店转出来，到了门前的停车场，穿过几辆车子，我正准备带队进入另一家商店的时候，奇迹发生了。

哇！那地上全是钱啊，硬币、钞票、10元、100元的都有。我心里一阵狂喜，带头抓起两个1元的硬币，对儿子说，快，捡钱！儿子机灵，马上伏身捡起一张百元大钞。妻子在后边一看，嘀，这么多钱呀，那还了得？也赶紧跑前两步弯腰抢钱了。这时候还有点风，有的钞票都飞起来碰到我们的腿了，哇，好多钱啊！

一阵疯抢之后，那地上大约十平方米的范围都被我们搜捡得干干净净。大家把捡到的钱一清点，儿子捡了126元，我捡了115元，妻子捡了一大把硬币。我疑惑着，不对呀？这么多钱，怎么一共才276元零5毛2分？妻说，都是零钱，看着不少，实际不多。儿子说，不管多少，你就知足吧，反正是捡的嘛。

是呀，捡钱是可遇不可求的美事。捡了钱就知足吧！

后来想起，这次捡的钱，可能是哪位马大哈开车时，钱从车里掉出来而没发觉就跑了。我对儿子说，这失主是找不到了，这钱就是上天的恩赐，给你留着买笔买本吧。谢天谢地！

按说，捡钱是可遇不可求的美事，可我却经常做捡钱的梦。而且现实中，感觉自己也经常捡钱，上面说的几次是捡得多的，还有平时也经常捡些1角、5角、一两块、七八块的，捡这些小钱是出于对钱的爱惜和尊重。毕竟，每一分钱都来之不易。如果地上有一分钱，李嘉诚、比尔盖茨这些巨富都会捡，何况我乎？

但，有得就有失，我也被偷、被抢、被骗过，也掉过一些钱(捐款就不说了)，最后还是得大于失。因此思量，一切得失都不必太过计较。因为，冥冥之中自有平衡。

(原载2013年9月27日中国作家网)

喜讯·洛三·风

喜讯,如风一般迅速吹遍了公司的每一个角落:“我们又中大标啦!”“嘿,听说还是两个多亿的高速公路哩。这可是咱兵改工以来,首次承揽的一个最大的路外项目啊!”

喜讯,传到了海南岛,传到了广大、萧甬,传到了北京、南京,传到了公司每个人的心坎上。一时间,大家的话题突地冒出一个很响亮的词语:“洛三高速”。

喜讯,早把公司领导喜得豪情万丈:“这一下,久旱逢甘霖,咱们有戏了,大家一定要全力以赴演好这出戏! 逐鹿中原,舍我其谁? ……”说着,就有人抱来一挂“万字头”霹雳啪啦地在办公楼前炸响开来。电光火闪中,每个人都是心花怒放信心百倍。

山雨欲来风满楼。这么大的工程可把雷厉风行的公司领导忙坏了。他们事不宜迟般地又是开紧急会议,又是确定项目组织架构,又是布置选派上场队伍。随后,“立即上场”的命令通过一道道电波迅速传到天南地北。各路人马就像离弦之箭一样,从东西南北各个方向齐齐射向了素称九朝古都的洛阳和豫西边城三门峡之间。接着,开工前的各项筹备工作也随之一鼓作气紧锣密鼓紧张有序地铺展开来。

风传:洛三线马上就要开工了。这传闻也真如洛三的风一样天天吹个尘土飞扬,若要去寻它却又无影无踪。于是严阵以待的筑路人只好盼星星盼月亮一样从七月等到九月,从九月等到十月,从十月等到十一月,眼看一年又将过去了,可洛三工程依旧未能开工。

这等得那个急呀,简直是让人心如火燎了。

又据说,不能按期开工并非公司的原因,而是缘于业主的报批程序未到。“唉,本想来此早作一搏,谁料竟急中风遇上了慢郎中,好事多磨了,扫兴!”但扫兴归扫兴,一经宣传动员,大家仍是争着抢着把开工前的各项准备工作认真细致地干快干好,争取万事俱备听令开工。

风,洛三的风呼啸着一阵接着一阵地吹起了沙尘,吹来了冰雪,什么时候才能吹来正式开工的福音呢?

喜讯、洛三和风被搅成一团,难解难分……

(原载 1997 年 12 月 3 日《铁建工人报》)

保险之家

有这么一家子:爷爷是保险人,奶奶是保监会,妈妈是代理人,爸爸是投保人,儿子是被保人也是受益人。

一天晚上,妈妈回家对爸爸说:“亲爱的客户,最近我们公司又推出了一个非常好的险种,叫月月红,您要不要了解一下?”

爸爸:“什么月月红?那是你们女人的事,跟我有什么关系!”

妈妈要继续解释,爸爸却钻进被子蒙头大睡。

妈妈把爸爸揪出来说:“我们公司还有一个险种叫阳刚美,这可是你们男人的事呀?”

“男人的事男人办,与你又何干?”爸爸钻进被子,一会儿就打起了呼噜。

妈妈见状,急得大叫:“一定高!”喊声盖过了呼噜声。

爸爸在被子里没听清,便探出头狐疑地问:“深更半夜的,你在叫什么?”

“我这儿还有一个送给宝贝儿子的好礼物,叫一定高。”

爸爸睡得迷迷糊糊的,以为妈妈说得是增高器械:“可以让我儿子快点长高吗?”

妈妈狡黠地一笑:“可不是吗?”

因为5岁的儿子才一米高,望子成龙的爸爸一听就“蹭”地钻出被子——来劲了。

妈妈知道大鱼上钩了,便如此这般,让爸爸在甜言蜜语中稀里糊涂签了单。

两年后的某一天,妈妈笑容可掬地送给爸爸一张分红通知书。

爸爸见有钱可赚,顿时两眼放光:“代理小姐,我哪儿来这么多钱?”

“这是你儿子的爷爷给的。”妈妈故意诡秘地说。

恰巧,这一问一答被放学回家的儿子听到了。

儿子立即大叫:“好哇,你们趁我不在,贪污爷爷给我的钱!”

妈妈耐心地说:“亲爱的小客户,这不是给你的,是给你爸爸的。”

儿子不信,去问爷爷。

爷爷说:“是啊,这是我给你爸爸的,不过这也是你为你爸爸赚的钱。”

儿子不明白,爷爷又解释说:“这是你爸爸为你买一定高保险分的红利。”

儿子反驳说:“你们不要骗我了。我是被保人,又是爸爸的受益人,这钱怎么说都是我的。”

爷爷说:“这钱是有你一份,不过要等你长大了再说。”

“为什么?”

“这是保监会规定的。”

儿子又一溜烟地去找奶奶。

奶奶心疼地说:“我的小祖宗,你现在要钱干什么?”

“我要自己赚钱!不然你们都把我蒙在鼓里,把我当作赚钱的工具。”

奶奶见事出有因,便对一边发愣的爸爸说:“当初投保时,代理人没给你们说清楚吗?”

爸爸:“她什么也没说,就诱惑我交了保费。”

儿子对爸爸说:“你也没给我说什么,我就成了你的托儿。”

奶奶严肃地说:“真不像话,鉴于代理人诱骗客户属严重违纪行为,即日起吊销代理资格一年。”

儿子小心地补充说:“那爷爷呢?”

“保险人管理不力,负连带责任,给予警告一次!”

爷爷不服气地嘟哝道:“他奶奶的。”

奶奶温柔地一笑:“他奶奶怎么了?他奶奶还不是为了他好?!”

思无邪

我要收获的是星星

很久很久以前,上帝选择一个花好月圆的日子,让我在一座山脚下发了芽,几片嫩嫩的绿叶扎根于脚下肥沃的泥土,于是,我便长成一株嫩嫩的小树。

仰望着高高的小山,我恍如登上了琼楼玉宇。梦呓着"危楼高百尺,手可摘星辰"的佳句,我不禁扬起了抓向星星的小手。我整日整夜地向星星抓去,可是至今依然是两手空空。我在怀疑是否楼矮了?是否手短了?是否在浪费青春?是否在虚度生命?或者,根本就没到收获的年龄?!

成长之路上,阳光雨露给我不尽的关怀,春风夏雨给我无穷的力量,严寒酷暑磨炼了我的意志,大地母亲教会了我什么叫"扎实"。为感谢她们对我的养育和恩赐,从破土而出的那一刻起,我便天天喊着"寸草报春晖"。过了一天又一天,过了一年又一年,我却迟迟未能如愿。

情急之下,我连忙去请教满身小红星的枣姐:"为什么我还没有收获?"

枣姐甜甜地说:"别急,别急,水到渠成,月到十五自团圆嘛!"

"唉呀,什么时候水能到、渠能成啊,真是的。"我气乎乎地转头去问收获了几十箩筐金星的桔哥:"为什么我还没有收获?"

桔哥诡谲地笑道:"你还没长到我这么高嘛。"

"嘿,难道有志还要年高?"我迷惑地抬头问妈妈。

妈妈祥和地笑了:"傻孩子,你光说大话,却不能脚踏实地积极向上地多学多做,如何才有收获星星的能力啊?"

"噢,妈妈,我明白了。"

从此,我不敢夸大海口。我开始结合实际勤学勤做,注意慢慢积累知识、锻炼才干,坚持以平淡而积极的心态迎接未来。

我自信:天生我材必有用!

我坚信:我要收获的是星星。不论大、小、多、少。

(原载 1999 年 4 月 7 日《铁建工人报》)

造物之惑

据腾讯科技讯:每年全球都会发现至少15000种新物种,目前英国《新科学家杂志》收集整理了近年来全球范围内发现的最奇特新物种,其中包括:吸血鬼鱼、世界上最小的蛇、迷幻鳔鱼等。

为什么世间会有如此丰富的生物？动物、植物,还有那么多的人。而且,为什么每一种动物都千奇百怪,每一种植物都千姿百态,每一朵花儿都千娇百媚,每一片叶子都各有千秋,每一个人都与众不同？

水里为什么有鱼有虾有龟蟹？土中为什么会长出花草长出树木？天上为什么有飞鸟？地上为什么有虫兽？

为什么千足虫有上百条腿,螃蟹有八条腿,蜻蜓有六条腿,马有四条腿,鸡有两条腿,人有两腿两手,而鱼和蛇却无腿也无手？

人,为什么只有两只手？而每只手为什么只有五个指头？五个指头又为什么长短粗细不一？

为什么有男人还有女人？人体为什么有心肝脾肺？是谁给人体器官进行了如此精细的分工？又是谁让这些器官持续着百年如一日的精诚合作？

为什么所有生物都会自我生产、自我复制、代代相传？为什么哺乳动物是胎生,而昆虫飞鸟却是卵生？

为什么狼吃羊不吃草,羊吃草不吃肉,人却荤素通吃将万物所用？

人啊,其实也是一台设计精密的机器。人脑为什么会思想、会运算、会记忆？人脑是怎么运行的？眼睛为什么可看到东西、感知东西？眼睛是怎么构造的？

是谁设计了这些神奇的人？是谁设计了不计其数的动物植物？

宇宙呢？其实整个宇宙也是一个非常精密的系统。为什么有了太阳还有月亮,有了月亮还有星星？为什么太阳月亮会发光,而地球只能被太阳照亮？为什么行星要绕着太阳转,月亮要绕着地球转,地球要绕着太阳转？变一下行吗？反转行吗？乱转行吗？

是谁设计了这个神奇的宇宙？是谁设计了多姿多彩的万事万物？

是谁为宇宙万物定制了绝妙的游戏规则？又是谁实现了这些天才的绝妙设计？

为什么为什么？为什么的为什么？为什么的为什么的为什么？

人啊，对这世界实在有太多的疑惑！神啊，请赐我解开这些疑惑的才智吧！

（原载2013年8月16日《清远广播电视报》）

孔子的生态环保观

最近,号称史诗大片的《孔子》正在全球公映。孔子思想及周润发演绎的孔子形象随之成为人们茶余饭后的热门话题。

在孔子逝者如斯夫了2500年之后,由胡玫导演,鲍德熹掌镜,周润发、周迅、陈建斌领衔主演的历史大片《孔子》,将一个真实的、人性的、鲜活而伟岸的孔圣人形象,再次还原在世人面前,也将悠久博大的中华文明在全球推向新的高潮。

孔子生于公元前551年9月28日,名丘,字仲尼。孔子幼年丧父,与母亲过着贫困的生活。孔子年青时做过几年小官,后辞官不做,改以教书为业。到差不多50岁时,才当上司法部长。可是4年后,又被逼下台。在随后的13年中,他周游列国、讲学布道,直至公元前479年4月11日与世长辞。

孔子是中国古代伟大的思想家和教育家,儒家学派创始人。孔子一生培养有3000弟子72贤人,编有《易》《诗》《书》《礼》《乐》《春秋》六经。孔子逝世后,学生们将他的言语编撰成《论语》。此后,《论语》及六经的理论学说成为中国历代读书人的必修课。公元1581年,意大利著名传教士利马窦将孔子思想带到西方,从而使孔子影响了中国乃至世界2500年之久。

孔子思想的核心是"仁",是仁者爱人,具有非常博大的胸怀。但生逢乱世,孔子的主张在当时很难被采用,因此他的一生悲壮豪迈而富有传奇色彩。

近读《礼记》,发现孔子的博爱,不仅表现在爱人,而且也体现在爱一切有生命的"物"上,具有一种非常原始、非常自觉、非常纯真的生态环保观。

比如在对待动物、植物方面,孔子也有一颗晶莹闪亮的柔善之心、怜悯之心。他在《礼记》中要求:"诸侯无故不杀牛,大夫无故不杀羊,士无故不杀犬豕,庶人无故不食珍。"这个"珍",就是山珍海味、珍禽异兽。

又说:"孟春之月……禁止伐木。毋覆巢,毋杀孩虫、胎夭飞鸟……季夏之月……树木方盛,乃命虞人入山行木,毋有斩伐。仲秋之月……鸠化为鹰,然后设罻罗,草木零落,然后入山林,昆虫未蛰,不以火田,不麛不卵,不覆巢……"

孔子说的什么意思呢?他是说啊,牛啊、羊啊、猪狗什么的,都是上天的恩赐,都是人类的朋友,不论诸侯士大夫,还是普通老百姓,没有特殊情况,就不要随意宰杀它们。

春天，树木正在生根发芽，小虫小鸟正在产蛋孵卵，你不能乱砍滥伐，不能把鸟窝的蛋掀翻，不要杀害幼虫，也不要射杀天上的飞鸟。夏天，正是树木生长的旺季，要安排人上山防护，不要乱砍滥伐。而秋天呢，斑鸠如果变得像老鹰那样可恶时，才能设网抓捕；草木落叶凋零了，才可进山砍伐。昆虫还没躲藏起来，就不要放火烧荒。秋天也不能猎杀小兽，不能搜取鸟卵，不能把鸟窝弄坏了。弄坏了鸟窝，小鸟怎么过冬啊？

或许有人会说，这个孔夫子真是妇人之见，也太心慈手软了，还把“不能翻鸟窝”啰嗦几遍。照他这么说，我们就不要吃肉，不要生活了。

恰恰相反，孔子的用意不仅是为了让你有肉吃、生活好，而且让你的子孙后代也有肉吃、也能生活得好好的。我们今天实行的休渔、休牧、封山育林的政策，就与孔子的这种生态环保理念一脉相承。

2500年了，与人的一生相比，该是多么漫长的岁月。但在2500年前，孔子就能为保持生态平衡、保持良性生态循环，提出天人合一的世界观，就能有如此远见卓识，实在不愧是千古一圣！

遗憾的是，孔子的生态环保观被后人反复学习、讲解、释读了2500年。但2500年后的今天，仍然还有那么多的人不知生态环保为何物，仍然还有那么多的人为了一己私利、一时便利而肆无忌惮地抑制生态环保、破坏生态环保。今古对照，真是令人汗颜！令人悲哀！！

（原载2010年1月28日中国作家网）

说 规 范

今我顽鄙，规范靡遵。透过多年来的职业生涯和生活阅历，我越来越强烈地感受到“规范”二字的内涵和真义。

按照中国文字的字面解释，“规”即尺规，“范”即模具，两者均是约束物料的器具，合用为“规范”，引申为对思维和行为的约束力。

“规范”包含有多种意思，概括起来主要有两类：一是指规矩、范式，即明文规定或约定俗成的标准，以阐明事物的规模、规格、模式等各种要求，如法律、规章、制度、纪律、伦理规范、设计规范、技术规范、礼仪规范、行为规范等等；二是指按照既有规定和标准进行操作，使某一行为或活动达到或超越规定标准的程度，如规范管理、规范作业等等。

说得直白点，规范就是规矩，它规定了事物必须遵守的条条框框和清规戒律，明确了该做什么、不该做什么、该怎么做、不该怎么做的一般要求。俗话说：“没有规矩，不成方圆。”考察世间万事万物，无一不是有规矩则成、无规矩则乱。因为规范、规矩一般都是人类在长期的、甚至几千年的生产生活中不断积累形成的，并被历史和经验一再验证、优化了的，能够保证质量和效率、效果达到最佳状态的一套流程、规定和标准。

任何事情都要规范操作，否则就可能导致严重的后果。从小的来说，单是一壶茶的冲泡方法、一个馒头的制作技艺，诸如此类的不起眼的小事情，每件事情都有其一套明确的、独特的规范流程和检验标准，而且这些事必须按规范操作，否则就达不到规定的质量和效果。从大的来说，比如工程建设管理的各个方面、各个环节，也有各自的一套流程和检验标准，任何一个流程的违规操作，都可能导致严重的安全、质量事故，进而影响局部甚至全局的成败。因此，对于一切新生事物，人们总是以“磨刀不误砍柴功”的思想，在第一时间全力探索、研究并努力掌握其内在的规律，制定相应的流程和规范，以确保达到事半功倍的最佳效果。

正确的规范，就是成功的法宝。在古今中外的纷纭人事中，之所以有那么多的人和事出问题，其中绝大部分也是最关键的因素，就是他们没有遵守相应的规范、标准，以至“一招不慎，满盘皆输”。试想：做人，如果规规矩矩，就不可能去违法乱纪，就不可能去贪污腐化，就不可能去杀人放火，就不可能受到正义的审判；做事，如果规规范范，就不可能出现豆腐渣工程，就不可能出现毒奶粉、地沟油和染色馒头，就不可能出现那么多的假冒伪劣，就不可能酿成那么多的人间惨剧。

由此说开来，规范即准则，规范即天条。但规范亦有真伪正误之分，一些危害人性的封建制度，一些误国误民的不科学的规范、规矩，必须坚决废除。而一切利国利民的规范、规矩，必须不断完善、不断遵循。

规范面前，人人平等。对待规范，只能遵守，不能违犯。因为，人若犯规，规必犯人！

（原载 2012 年 6 月 12 日中国作家网）

想念黄牛党

最近,广州、成都等地试行了火车票实名购票制,以规避黄牛党的大肆炒卖。应该说,这是政府顺应民意,缓解买票难的一个有效手段,理当也必当收到一定的效果。但有人把这种效果过分夸大,把实名制想像得过于完美,认为一实行实名制,没了黄牛党,今后购票就很容易了。

果真如此吗?非也!

中国人流众多、运力紧张的矛盾,绝非一个实名制就能解决的。试想:回家的时间就那么几天,一列火车的票数就那么几张,而要乘车的人却是既定车票的N倍。在运输高峰期,尤其是春运、暑运及"黄金周"期间,一张车票对应的乘客不是1∶1、1∶2,而可能是1∶1000、1∶10000,需求量超乎寻常地远远大于供应量。虽然有电话购票、网上购票、提前购票,但供应量不得到大幅增加,供求矛盾就不会完全消除。所以实行实名制以后,购票仍然有三难:

一是购票手续问题。因必须持身份证件购票和上车,往往有很多乘客因人多拥挤,在购票或上车的忙乱过程中将身份证件遗失,进而上不了车。而证件遗失可能造成更多损失,证件补办更为复杂。所以大家一定要加倍小心,否则将因实名购票而得不偿失。

二是排队时间长。由于一张车票对应的乘客可能成百上千,仍然不可避免地会出现实名制以前那种为了买一张票而辛苦排队几小时、甚至一两天的现象。这种现象在以往春运中频频发生,因此而晕倒者、被盗者大有人在。

三是暗箱操作难免。由于以上"两难"的影响,实名制也杜绝不了暗箱操作。所谓"上有政策,下有对策",现在的人多聪明呀,一个实名制就难倒他了?绝对难不倒。如此一来,就会进一步挤压、削弱和剥失排队购票者的权利,导致购票者要花更多的时间去排队,从而出现新式"黄牛党",从而形成比实名制以前更加混乱的局面。

总之,人太多、需求太旺,根本问题还是要解决供求紧张的主要矛盾。

况且实名制必须要本人或亲友才能买票,工作忙、时间紧的人就惨了。时间就是金钱,时间就是生命,哪有那么多闲工夫去排队啊!!!!!

结合以前的经历，一想到现在买票要在人潮汹涌的车站排队几小时，或电话打N遍、上网N次，苦等几天却等到想要的票却没有了的结果，就突然觉得还是黄牛党好！虽然他收点辛苦费，也赚一点，却省了我大把的时间，给了我极大的方便。

想你，黄牛党！

（原载2010年2月1日《清远日报》）

诘问购票难

年年春运，年年一票难求，这已是我国铁路运输的一个常态。大家也知道，这归根结底是人多车少、运力有限和地区发展不平衡的缘故。政府和铁路部门为此也出台了一系列的政策措施，也得到了广大人民群众的理解和支持。

今年春运前，铁道部实行了实名购票制度，开通了网上订票、电话订票等便民措施，确实拥有想要解决一票难求的一片好心。但事实证明，这些措施并不便民，一片好心也似乎做了驴肝肺。比如，网上订票，一直“网络繁忙”，上不了网，甚至订了票交了钱却没有票；电话订票呢，拨上几十遍电话也难接通一回，好不容易接通，好不容易下了单，结果又被告知所要订的票都没了！

出现这些情况，广大人民群众也理解铁道部的难处。但是，依在下看来，作为政策制定者也要好好反思，你有没有好好预想可能发生的情况，有没有把服务做细、做实！就算你没票，也要早点告诉人家，不要等到人家上了几天网、打了几天电话，好不容易登录了、好不容易打通了，最后才慢声细语地告诉人家：“对不起，您所需要的车票已售完！”这不是明显忽悠人嘛？这不是明显折磨人嘛？而且是比旅途劳顿的折磨更难以忍受的精神折磨！

通过在下的耳闻目睹和亲自进行的几次上网、打电话订票的经历，在下认为，要做到及时告知旅客有没有票，绝不是什么难事。关键还是铁老大要放下老大的架子，放弃垄断的心态，也包括在管理上要放权，不要什么事都大权独揽嘛。比如网上订票，一个网站肯定是不能满足需求的嘛，这个问题在设计网站时就已经注定了，因为一个网站的容量实在有限；完全可以授权各大铁路局分别建设自己的网站，然后由铁道部根据各地客流量的大小合理分配票源，即可有效化解网络繁忙、网络瘫痪的矛盾。电话订票方面，也可考虑再增加分点，公平公开合理分配票源，各方面的工作再细点，避免买票秒杀现象。若如此，也好让广大群众少受些精神折磨，少生一些怨气。

百年回眸

来也匆匆，去也匆匆。过去的这100个春秋，曾经轰轰烈烈的20世纪，正逐渐从我们的视线中匆匆退却、消逝，成为永久的记忆。

在历史的长河中，20世纪是一个多灾多难的漩涡，上半世纪爆发过史无前例的两次世界大战，下半世纪又险些发生第三次世界大战，给人类社会文明发展造成重大影响。

在历史的长河中，20世纪又充满了天翻地覆的浪涛，这100年中人类取得了前所未有的辉煌，机械化、电器化、自动化、智能化，改变了人类社会的一切，也改变了人类自身，加速推进了人类文明发展的征程。

从世界局势的"冷热"变化来说，20世纪上半叶的地球，可说是个兵荒马乱的世界。帝国主义和法西斯主义者所挑起的两次世界大战，把人类推向了濒临灭绝的深渊，人类遭遇了史无前例的巨大灾难。然而天理昭昭、邪不压正，世界被压迫人民争取民族解放与国家独立、维护世界和平的斗争终于取得了最后的胜利。封建主义制度逐步从地球上被驱逐，腐朽的资本主义制度也在人民的不懈斗争中不断被打击、改良，社会主义与资本主义成为人类社会意识形态的两大阵营。也正由于这个原因，从五六十年代起，代表社会主义的前苏联和代表资本主义的美利坚在军备竞赛上不断升级，从而使世界从此进入长达30多年的"两极"和"冷战"时代。

20世纪下半叶，人类社会发展出现重大转机，其突出特点是，经济与科技从此进入发展进步的快车道。几何量级的科技发展成果极大推动了经济社会发展，经济社会发展反过来进一步促进了科技的全面进步，特别是一系列重大发明和科学理论的出现与应用，如声、光、电、磁、核和生物、化学、机械等方面的学科取得的重大成果，以及汽车、火车、飞机、轮船、宇宙飞船、航空母舰和电子计算机、国际互联网等高新技术的相继出现与快速更新换代，犹如在黑夜里点亮了一盏盏明灯，使人类社会发生了惊天巨变，让人类看到了美好的发展前景。

20世纪八九十年代，随着苏联解体、东欧巨变和欧盟、东南亚国家的兴起，世界局势由两极分化转向多极并存，世界形势总体趋于和平，和平与发展成为人类社会发展的两大主题。大工业化生产由机械化、半自动化向全自动化方向推进，社会物质财富空前剧增。五花八门、千姿百态的商品,不断丰富着人们的精神、物质需求。与此同时,天文、地理、哲学、艺术、物理、化学、生物、医学、教育、体育等各个领域均得到突飞猛进的发展。世界范围内的民主与法制也不断得到改进和完善,人类正在实现着从自由王国向必然王国的飞跃。

在一片大好的形势下,我们仍然需要关注的是:世界并不太平,局部战争和民族争端时有发生,恐怖主义、军国主义正悄然抬头;世界经济发展不平衡,出现南北分化和东西分化,贫富差距越来越大,马太效应愈加明显。而这一切,尚需我们在21世纪,用几十年的时间给予妥善解决。

回眸百年,我们应该信心百倍:地球的未来是美好的,人类的前途是光明的。

看朗朗乾坤,浩荡风云,想天下大势,和谐为本!

从说企业不行想到的

日前,笔者在一节熙熙攘攘的车厢里无意中捕捉了一组令人费解的镜头:

同属国内某知名企业的三位职员在旁若无人地高谈阔论:其中一人长叹一气说道:“唉!横看一四七,纵观三六九,依我说呀,××系统中当属我们××公司最是差劲……”

一语未了,另一位打断道:“你说我们公司不行,不过我看我们所在的××分公司才是最差之最差,窝囊透顶了。”

第三位打圆场似的连忙续道:“其实我早有同感。”

就这样,三人你一言我一语地数落着自己的企业怎样怎样不行。那阵势俨然是三位雄才大略的人物在进行论辩演讲一般。

瞧着这三位先生谈兴盎然的模样,笔者不禁心下生疑:难道这世上果真有如此“献丑”、“自我毁容”的么?他们的企业到底如何,姑且不论,单从这段粗声大气的谈话对周围旅客所产生的负面影响来推断,恐怕你的企业就是假“不行”,也要真不行啰。因为“好事不出门,坏事传千里”呀,况且处在当今这个信息发达的时代,已早不止传千里了。说得严重点,这种只顾逞一时口舌之快,而不惜自伤企业形象,自损企业声誉的行为,对企业来说就是一种犯罪!

众所周知,企业的形象、声誉正是其安身立命的资本。试想,你这样去挖企业墙角,企业还能“行”吗?反之,即使你的企业真的不行,的确很差,但“不行”有“不行”的原因,“差劲”有“差劲”的缘故,也用不着你在大庭广众之下去揭企业的疮疤,妄论企业的不是呀!

俗话说“家丑不可外扬”,这话在某些时候还是很有道理的。既然你知道企业不行,难道你大喊大叫说不行,发一通牢骚,企业就“行”了吗?

有位企业家曾经说过:“别人说我们不行,并不可怕;可怕的是自己说自己不行。”仔细琢磨,此话不无道理。假如你的企业真的不行,但只要你的心中有自知之明,而言行上又保持自尊自爱自信自强的姿态,首先找出导致“不行”的因素,进而万众一心为企业献力献谋,为企业的腾飞而自强不息。你能付出卧薪尝胆的代价,何愁赢不回“扬眉雪耻”的报答呢?!

大家知道，企业的形象是靠全体成员的共同维护而树立起来的。虽然我们不一定人人都是公关先生或公关小姐，但我们仍应时时处处以专业公关人员的素养来规范自己的一举一动，这对维护我们的企业利益是非常必要的。

（原载 1994 年 12 月 28 日《中国铁道建筑报》）

再谈包装

中国有句老话,叫做"佛要金装,人要衣装",抛开其衣帽取人之嫌和夸大外在包装的片面性而言,这句老话在今天的现实生活中仍然有极强的实用价值。

从现代交际和形象设计学说及其实践结果来看,搞好包装的确是推销自我的一条有效途径。试想:一个蓬头垢面、衣冠不整、猥琐不堪、形似乞丐的人,谁愿和他交往呢?当然,这里并没有歧视乞丐,或鼓动大家以华丽外表哗众取宠的意思。推而广之,一个集体、一支队伍、一家企业要与社会打交道,树立队伍雄风、显示集体实力、展现企业风采,相应地注重自我包装,培养良好的外部形象是相当重要的。然而,愚以为,仅凭初级单一、冠冕堂皇的外包装,毕竟势单力薄,在市场竞争中经不起几番折腾和考验。只有实现内外结合、表里如一的"全副武装",才能从根本上壮大核心竞争力。

话说团队包装,其内容固然十分广泛,但归根结底,其实质是对全体成员的素质包装。素质包装的第一步就是要用市场经济理论、市场竞争理论,引导团队成员不断增强自己的责任感、危机感和主人翁意识、市场开拓意识,切实提高大家干事创业的主观能动性;素质包装的第二方面,就是要以"科学技术是第一生产力"的指导思想,加大教育投入,采取各种有效措施加强团队成员的文化知识、法律常识和专业技能的教育培训,全面提高团队成员的文化修养和专业技能水平;素质包装的第三要点,就是要健全团队管理制度和激励机制,培养和弘扬求真务实、团结进取、拼搏创新的精神,提升团队管理和服务的规范化、精细化水准,为社会提供高品质的产品和服务。

形象包装和素质包装其实也存在一种辩证统一的关系。离开素质的形象,只能体现为虚浮和空洞,仍然会寸步难行;离开形象的素质,则多少有点"老死深闺人不识"的风险,不利于快速的市场推广,不利于高效地创造社会价值。所以,任何一个团队都必须要既练外功又练内功,二者不可偏废。尤其要以强烈的市场竞争意识,强化市场经济理论学习,按市场经济规律办事,不断完善团队的全面包装。唯有如此,才能游刃有余地上到九天揽月、下至五洋捉鳖!

名著难读的真正原因

最近网上有个“死活读不下去排行榜”，中国古典名著《红楼梦》竟然高居榜首，《西游记》、《水浒传》、《三国演义》悉数在列，《百年孤独》、《钢铁是怎样炼成的》等中外名著亦赫然上榜。

这些名著为什么让人“死活读不下去”呢？愚以为，此问题有着很多深层原因。

一是世风浮躁，缺乏适宜的读书环境。人们不愿静下心来读书，或者是树欲静而风不止，受周围环境的影响，想静心读书，很难。君不见，大街上物欲横流，红男绿女争利于市，哪顾得上读书？城市里车来车往，喇叭声咽，更有夜总会灯红酒绿，KTV人声鼎沸，洗脚城充满诱惑，哪有读书的环境？电视里非诚勿扰、玩水娱乐节目遍地开花，广告上全是金钱美色，而关于读书的广告却闻所未闻；再看看昔日的乡村净土，早已是孤寂难耐、偏安一隅，人口外流，已成空壳，有书也没人读；山区开发，环境污染，丛林中还有“天体运动”若隐若现，再无夜静春山空的意境，泱泱大国难觅读书之地。

二是由于懒惰和缺乏耐心。受文化快餐和社会快节奏的影响，就算有人能在闹市静下心来，也因为阅读经典需要花费一些时间和精力，很难有耐心读完动辄数百上千页的名著，至多不过是走马观花、浮光掠影。也因此，小小说、小段子、小相声才受人青睐。

三是社会实用主义、功利化倾向严重。有人认为读那些古典名著有什么用啊，它能让我掌握工作技能吗？它能让我升官发财吗？不能！所以，与其读些“无用”的古典名著，还不如看看厚黑学、赚钱术、升官记和成功密码、泡妞秘笈、致富捷径、减肥技巧之类的实用书籍，而且随时可以“现学现用”。只不过，这样的功利化读书，已经背离了阅读本身。

四是受网络文化、影视文化、手机文化的冲击。人们陷入文化信仰的缺失，玩游戏、浅阅读、碎片化阅读成为潮流，心理上已经形成某种“坚冰”，只偏好简单、短小的通俗文学、媚俗文学，而讨厌长篇幅的文学经典和“大部头”。很多人认为，与其孤单寂寞地啃“大部头”，不如低头看看手机上的小新闻、明星绯闻、玩玩游戏，或者呼朋唤友地去欣赏同名电影、电视剧，或非诚勿扰、玩水娱乐节目来劲。

五是由于信息泛滥的影响，人们被信息轰炸得只有招架之力、没有还手之功，甚至顾不上辨别信息的真假好坏，也根本没意识、没机会读什么经典名著了。特别是大部分年轻人容易沉迷于网络游戏，而无暇读书，更遑论读名著了。

六是读者对书的认识和阅读习惯不同。有的就喜欢一时之快的低级趣味的言情小说，有的是欣赏水平未到，觉得《红楼梦》之类的名著太高雅了，读不懂。

综上所述，名著不受人待见的现象和大众读书意识的缺失，确实令人深思，应该引起全社会的重视。

（原载 2013 年 7 月 26 日中国作家网）

也说惟楚有才

岳麓书院有一幅对联:“惟楚有才,于斯为盛”。这里的“楚”,是指今湖南湖北的大部分地区。看上去“惟楚有才”的口气颇为自负,但其实他并非吹嘘只有楚地才有人才,而只是说楚地的人才比较多而已。事实上,楚地也的确人才辈出,对中华文明发展作出了巨大贡献。至于实例,想必大家都很清楚,就不再一一列举。

由“惟楚有才,于斯为盛”,想到《左传》里说的“虽楚有材,晋实用之”,再对应当今的现实情况,我不禁对“楚材晋用”现象唏嘘不已。

作为楚人后裔,我时常感叹:楚地人才辈出,为什么这大批的优秀人才没有为楚地服务?从几千年前的《左传》到几千年后的今天,一直没人正面回答这个问题。粗略想了想,我来大致找个答案:

首先从楚人包括湖北湖南人的人性特点来说,湖南人勇于进取、逊于创新,有韧性、无锐意,有憨劲、不开通,重文史、轻理化,重政治、轻经济,好交友、非知己,厌排场、轻礼仪;湖北人则有雄心、无韧性,易激动、性胆质,好交友、心易通,好排场、喜清洁,语随和、多风趣。有人说,湖北人是中国的法国人,湖南人是中国的德国人。仔细想想,有一定的道理,也基本符合实际。

再从共性上看,楚人均有勇于进取、乐于创新的精神,所以相对体现出了自己的聪明才智;同时楚人均有重文史、轻经济的缺陷,所以湖南湖北的文化人比较多,但经济人才还是相对较少。而大多文化人又喜自由自在、四处飘摇,不愿固守乡土,因此很多人才外流并被他人所用。

其次,从经济社会环境来说,由于楚地自古就是鱼米之乡,不愁吃穿,不缺小钱,所以楚人历来重农轻商轻钱财,楚地的经济发展水平也一直处于中间偏上,但从没有发展到一流水平。受此环境影响,楚人感觉发挥才能的舞台过小,加之不能轻易搭建自己的平台,自然就会到他乡施展才华,直接促成了“楚材晋用”的局面。

其三,从个性特征看,由于楚地人才扎堆,论资排辈和文人相轻的现象十分普遍,楚人之间的“窝里斗”也经久不绝,形成了“一个楚人是条龙,一群楚人是条虫”的奇怪现象。为了避开本土的“窝里斗”,很多楚人选择了远走高飞、单打独斗。这是“楚材晋用”的又一重要原因。

其四,从人的劣根性上讲,多数楚人还具有愚忠和不善变通的缺陷,历史上的一些典故,比如刻舟求剑、楚人养狙、楚人隐形等等,就充分表露了楚人自私、固执而不善应变的弱点。同时,楚人又喜欢讲义气、扮好汉,乐于报答知遇之恩,所以一激动起来,就很容易被人拉拢利用而且是被拉到外边去利用。

以上所述仅为个人观点,难免以偏概全,且作抛砖引玉吧。

视灾难为测验

看到这题目,或许有人会问了:灾难如瘟神,人人避之犹恐不及,你怎能视灾难为测验呢?这不是视灾难为儿戏,拿灾难开国际玩笑吗?

非也!打死我也不敢拿灾难开玩笑。其实在说到话题时,我心里一直在为所有灾难中的遇难者默哀。我的意思是想说:很多事情也是没办法啦,不是你想避免就能避免,也不是你想抵抗就能抵抗的。既如此,我们何不视灾难为测验,从中学习、总结我们的防灾抗灾能力,从而成功预防灾难重演呢?

灾祸无常

很多灾难是不以人的意志为转移的,可说是无法回避、无法抵挡也无法挽回的,比如地震、海啸、雪灾、洪水、台风、雷击等自然灾害,都是真正的祸从天降,不是任何人力所能阻挡的;天灾以外,还有很多人祸,比如突如其来的侵略战争、恐怖袭击、行凶抢劫、意外伤害等,战胜它、避免它往往要付出巨大代价。

要不然,世界为什么每时每刻都灾祸不断?要不然,中华民族为什么自古多灾多难?

损之而益

塞翁失马,安知祸福?既然有些灾难无法避免,既然有些损失无法挽回,面对灾难,我们就要坦然,任何怨天尤人都是无益的。

老子说:"有无相生,难易相成",又说"损之而益,益之而损"。从唯物辩证角度看,所有祸福都是可以互为转化的。对于个人来说,所有祸福都有一个概率问题,就像中彩一样,有人穷其一生没中(奖)过十块钱,有人却好运连连、一夜暴富。所谓有失有得、有得有失,无论祸福都不能只看表面。比如中奖的人看似得了许多,实际失去更多;遭殃的人看似失去很多,实际得到也不少。其实,这其中的得与失,大部分是人们一时无法预见、无法看到和无法感知的。

照你这样说,对于灾祸,咱是不是只能听天由命了?

当然不是!

“防、躲、救、学”

对于灾祸，我们必须从四个方面积极做文章，即谱好“防、躲、救、学”四部曲。

“防”，就是准备、预防。凡事预则立，不预则废。“防”字策略适用于一切天灾人祸，即通过各种手段做好人员、财产、技术、设施等各方面风险的各种防备及应对措施，包括应急救灾方案，最大限度地增加敌方（包括自然因素和人为因素）实现企图的难度和代价，或最终粉碎敌方阴谋、迫使敌方放弃袭击，最大限度地减少或避免灾害损失。比如对于今年夏天南方遭遇的50年一遇的强降雨和洪水，由于政府部门防范有力，最终能将损失降到最低；而对于早些时候发生的“3·14”藏独暴乱等人为灾难，由于预防不足，以至于闹出了较大乱子。

“躲”，即打不赢就跑，惹不起躲得起。比如洪水、地震等灾害，任何人都无法抵挡，必须在有效防御的基础上，在合适的时间，采用合适的方法，躲避到合适的地点。躲的前提是防，没有防备就无法躲避。比如“5·12”汶川大地震，如果事前能比较准确地预报到地震的时间，做好了相关防备，人们能及时躲避到安全的地方，肯定不会有那么多人遇难，肯定不会有那么大损失。

“救”，即抢险、救灾、救援。所谓“智者千虑，必有一失”，在灾难防范失效或防不胜防时，必须积极采取强有力措施，迅速进行全力救援。比如对于今年春天从天而降的冰雪灾害和今年夏天从地突发的地震灾害，国家都在第一时间组织进行了强力救援，最终减少和挽回了部分损失，同时避免了大灾后之大疫。

“学”，即学习、总结、提高。古今中外的无数事实一再表明，有些灾难确实不能完全避免。所以，对于这些灾难，我们只能视之为自然或敌人对我们的测试和考验。既然灾难发生了，我们只能视之为一场逼真的救灾演习，积极投身抢险救灾，并在此过程中不断学习吸取教训、积累经验、提高防灾救灾能力，从而避免灾难重演、避免更大的灾难。

多难兴邦

2008年，注定是需要抗争、需要拼搏的一年。从冰雪灾害到藏独暴乱，从火车倾覆到地震灾害，从洪水暴涨到凶手袭警……这一连串的天灾人祸，不仅给我们敲响了一个个震耳欲聋的警钟，绷紧了每一个中国人的神经，而且生动诠释了“生于忧患，死于安乐”的真义，让我们全方位、多层面地练就了驾驭各种复杂局面的能力。

2008年，也注定是一场拼实力的恶仗，是一场拼水平的硬仗。目前，国家经济社会发展的任务很重、时间很紧、困难很多，加之奥运开幕在即、“神七”展翅欲飞，各方面工作千头万绪、繁重而艰巨……虽然说多难兴邦，虽然说我们不怕困难、不畏艰险，虽然说困难越多、难度越大，越能体现我们的实力和水平，但我们谁也不愿我们的国家再经受任何折腾！对于各种不稳定、不安全因素和潜在隐患，我们必须结合已发事故和灾难全面防范，不可掉以轻心。

沧海横流方显英雄本色。我们中华民族就是从灾难中学习、成长和强大起来的。此前经历了这么多磨难，相信我们一定会从中学到更多，相信那抢险抗灾的故事可以感动上苍，相信我们一定能举办一届高水平的奥运会，相信我们的各项事业一定能取得更大的成功！

不经风雨，怎么见彩虹？让我们坚定信心、团结一心，满怀激情地展开双臂，迎接即将到来的伟大胜利！

（原载2008年7月5日中国作家网）

话说开源节流

据词典解释,“开源节流”就是开发资源、增加收入和厉行节约、防止浪费的意思,其中心内涵即节支增收。结合企业物资管理来说,开源节流是个永恒的话题,因为开源节流是控制成本、提高效益的捷径。

那么,如何在物资管理中开源和节流呢?

首先,要用市场意识开源节流。市场环境造成市场竞争,各种新材料的生产和应用日新月异,新陈代谢的周期不断缩短。但另一方面,各种假冒伪劣产品也充斥市场。作为物资管理人员,必须努力学习钻研业务知识,提高职业技能;要勤于市场调查、善于市场分析和预测;要研究和掌握物资市场的供求规律和各种材料的性能、品质、保养和操作要点,适时采购和使用那些既可节能降耗又质优价廉的新材料、新设备,及时满足施工生产和增强物资装备的需要。

第二,要用科技意识开源节流。科技是第一生产力。把科技转化为生产资料,同样可产生事半功倍的效果。要联系实际,组织有关技术骨干在施工生产中大力开展新材料、新技术的研制开发和技术攻关活动。以提高工程质量和进度、节省人力物力、降低成本为目的,不断创造和发明那些先进适用的新技术、新工艺、新材料、新设备。此外,还可运用科技知识进行革新改造和修旧利废,充分发挥材料、设备的潜在效用。

第三,要用现场意识开源节流。加强施工现场管理,是物资管理的中心和重点之一。现场物资管理首要一点,就是要在严字上下功夫。要建立健全现场物资管理的约束机制,严格遵守物资纪律和有关规章制度,严格物资采购验库制度,坚持按定额投放和领用材料,避免滥发乱用和超支浪费现象。另外,还要结合施工实际,不断优化现场施工组织方案,利用统筹方法加大物资周转频率,因时制宜、因地制宜全面搞好物资的保管和养护,切实保障财产物资的安全,防止因水、火、爆炸、盗窃等不利因素造成经济损失。

第四,要用主人翁意识开源节流。要采取各种有效举措,教育职工树立与企业同兴衰共荣辱的思想,激发职工为企业开源节流的积极性、创造性和艰苦创业、敬业奉献精神。引导职工以主人翁的姿态和责任感,自觉发扬节约每一分钱、勤俭办企业的光荣传统，积极参与企业物资管理，形成强有力的全员监控网络。从自觉爱惜一颗铁钉、一个草袋、一滴水、一度电做起，坚决反对铺张浪费、假公济私、损公肥私和贪污、偷盗等不良行为，为企业的兴旺发达做出应有的贡献！

（原载 1997 年 7 月 30 日《铁建工人报》）

话说过年

冬天来了,春天就不远。冬去春来又一年。

中国人所说的过年,一般是指一年一度的春节。春节在中国古时候也叫元旦,但是与现在的元旦不同,现在的元旦是个舶来品,是指公历新年的第一天。而春节是中国农历新年,是中国最隆重、最盛大、最悠久、也最具文化特色的节日。春节是中华民族的传统佳节,也是炎黄子孙最大的“心”节、最大的“情”节。

大人忙种田,小孩盼过年。每当飘飘洒洒的雪花飞进腊月时候,城里乡下的人们就早早开始做着过年的各种准备了,大人们忙着置办年货、装修房子、除尘迎新,小朋友们放了寒假跟着大人忙着买鞭炮、买新衣,很多上班的人也没了工作的心思,早早打听着回家的车票,盼望着老板发工资、发奖金、发红包、发利是。“有钱没钱,回家过年”,更多的打工者不顾风餐露宿千里迢迢,就图个“粗茶淡饭,全家团圆”。

转眼又忙了一年,又混了一年,自己混得怎么样,年底时要回家交个成绩单。所以,每到过年的时候,一家人不论相距多远都要团聚在一起,谈谈心,拉拉家常,交流交流感情,向家人报个平安,向父母长辈表示孝道,向妻子儿女表示爱心;同时也对过去一年的收获进行盘点,向家人和亲朋好友进行汇报,共同分享收获的喜悦,一起规划新一年的打算,在一年之春商定一年之计,期盼来年生活更美好。所以每到过年时候,漂荡在他乡的游子便会情不自禁地归心似箭,便会倍加思念自己的妻儿父母,没能回家团聚的也难免不生出一些孤独和伤感。

过年是好事,是喜事,也要有个好心态。本来,过年是一个非常纯朴、非常纯情,也非常轻松、非常美好的团聚之节、情谊之节、休闲之节,其乐融融、其情浓浓。但是,有些人却把过年当作衣锦还乡、光宗耀祖的机会,把过年当成相互攀比、相互炫耀的机会,把过年当成大吃大喝、骄奢放纵的机会,还有些人把过年当成请客送礼、敛钱聚财、寻找门路的机会。如此一来,年味就变了,心情也变了,过年也就过得很辛苦了。

(原载2010年2月8日中国作家网)

秦皇身世探秘

秦始皇,雄才大略,千古一帝,实在是个举世无双的高人、强人。他在世时用毕生之力解决了一统六国的天下难题,他死后却给天下人留下了诸多无解之谜。除了无数人关心的一些大问题,还有很多人在研究秦始皇的小问题。比如:秦始皇的身世问题至今仍然是众说纷纭。经多方查证,本人也说说个人看法,请朋友们参考。

秦始皇孕十月而生?

要说这千古一帝秦始皇,的确天生就是一个传奇人物。据史家考证,秦始皇是由其母怀胎十二月而生。单就这一点,就非常的与众不同。我们都知道,普通人是怀胎十月而生,而他秦始皇比常人多在娘肚里呆了两个月。

据《吕不韦列传》:“姬自匿有身,至大期时,生子政。”《集解》:“期,十二月也。”《索隐》:“人十月生,此过二月,故云‘大期’”,盖当然也。既云自匿有娠,则生政固当逾常期也。

司马光先生在《资治通鉴》中说得更明白:“吕不韦娶邯郸姬绝美者与居,知其有娠,异人从不韦饮,见而请之,不韦佯怒,既而献之,孕期年而生子政,异人遂以为夫人。”这里的异人,就是秦始皇的爸爸(不一定是父亲)。

怀胎十二月而生的特例,本人在相关医学著作中曾有所闻,而且大史学家司马光也言之凿凿“孕期年而生子政”。但是,本人仍对秦始皇是否真的由其母怀胎十二月而生持怀疑态度。理由是:

一、吕不韦将秦始皇他妈献给异人时,也许秦始皇他妈并没怀孕,而只是经期紊乱。否则,秦始皇他爸不会不知,秦始皇他爸如果知道了,吕不韦可能死得更早。而且,以当时的条件,不可能马上怀孕马上就能知道,一般最少也要一月后知道怀孕。就算从吕不韦知道秦始皇他妈怀孕到秦始皇他妈又孕期年而生,实际上是怀孕十三个月了。这种情况,从古至今尚未有确切先例。

二、吕不韦将秦始皇他妈献给异人时,曾对异人撒谎说这个女人是自己的表妹。如果秦始皇他妈在见秦始皇他爸之前没有怀孕,而是在与秦始皇他爸同居后两月左右怀孕，则更符合常理，即秦始皇与普通人一样也是怀胎十月而生。否则，吕不韦的弥天大谎将不攻自破。

秦始皇应该姓吕？

秦始皇，本名叫嬴政。秦始皇不是他的名字，而是历史学家册封的。因嬴姓与赵通，故嬴政也叫赵政。据司马迁《秦本纪》嬴为赵姓的解释是："邑之秦，使复续嬴氏祀，号曰秦嬴"，"秦之先为嬴姓，其后分封，以国为姓，有徐氏、郯氏、莒氏、终黎氏、运奄氏、菟裘氏、将梁氏、黄氏、江氏、修鱼氏、白冥氏、蜚廉氏、秦氏。然秦以其先造父封赵城，为赵氏。"

如果光听司马迁的这种解释，秦始皇姓嬴、姓赵都没错，是不容置疑的。但问题恰恰没有这么简单，大家都知道秦始皇的身世与其亚父吕不韦密切相关。正因为这个吕不韦，秦始皇的身世才愈加神秘，让人疑惑不清。

吕不韦何许人？《吕氏春秋》的大主编也。吕不韦既是富甲一方的大商人，也是一个才高八斗的投机客。假如真像上面所说，秦始皇出生之前吕不韦就与秦始皇他妈有一段秘密情史，而且秦始皇是吕不韦将秦始皇他妈献给秦始皇他爸之前怀上的，那么这秦始皇的本姓就不能是嬴，也不能是赵，而应该是吕。而如此，吕不韦被秦始皇尊为"仲父"（第二个父亲）之事才能有一个恰当的解释。

信不信由你

信息时代,人类的信息传递方式真是一日千里、快捷多样:电话、传真、手机、E-Mail、QQ、MSN、BLOG、微博、微信、手机短信、网络短信、邮政快递、网络传真,还有能让远隔千山万水的人轻松来个面对面的视频聊天、视频电话……生逢此时,想来也是吾辈一大幸运。

随着信息科技的加速发展,信息工具在不停地更新换代,在不停地被淘汰、被替代,很多曾经先进一时的信息工具也在莫名其妙地逐渐“失传”,如 BP 机、电报等等。

由 BP 机、电报,我想到了自古以来已经传承了数千年的书信,也在担心她会不会在哪一天突然消失。说来,我与书信也算有着不解之缘,此前的几个重大人生转折都直接间接地与书信有关,所以我对书信也有着较深的感情,至今家中仍有半箱书信见证我的人生。但是,时至今日,也许是“与时俱进”吧,自己已经很少写信了。

“我们还能收到书信吗?”昨天看王小丫在博客中提到这样一个问题。我的答案是:难啊!且不说传统意义上手写的书信即“手书”难以再睹风采,就是现今打印的个人书信也不多见。当然了,那些广告性的,包括银行的账单、水电费、电话费啦、保险单什么的,不带私人情感的信件倒像雪片似的还在越来越多。

早些年就听专家说,现代人的沟通工具是越来越先进、信息科技是越来越发达,但是沟通的效果却越来越差;人与人之间的地理距离越来越近,而心理距离越来越远。很多时候,不要说“心有灵犀一点通”,就是你对他说上几箩筐、说完千言万语,也只能得个充耳不闻的结果,大不了他敷衍几句,反正得不到一个“好”字。

“难道沟通渠道出问题了?”怎会呢,现在是什么事情都是广开渠道,信息渠道、沟通渠道畅通,绝对没问题。

“难道现代人真的出毛病了?”是的。依我看,这毛病还不轻!

“难道书信传情真没有存在的必要了?”

也不一定!一是受地域、经济、个人素质、个人喜好等因素的影响,电脑、电话、手机、网络等现代通信工具的普及率并没达到 100%,没有这些通信工具的人,还是会用较原始的书信方法传递讯息和情感;二是书信有书信的特殊优势,比如有些话不好当面说、不好意思在电话中讲或者其他原因又不得不说的,就只有靠鸿雁传书委婉含蓄地表达出来。这也是传统书信之所以在今天仍能维持不咸不淡的状态的主要原因。

那么,“以后的孩子会知道书信是什么吗?”小丫的这种担心,我也感觉到了。因为这种担忧不无道理:现在的孩子一出生就有电话、手机、互联网了,你要跟他说书信,于他还真是遥远而陌生的事儿。

但是我相信,书信的使用虽然不大可能越来越多,但至少不会像 BP 机那样突然人间蒸发,其中原因前面已经提到。另一方面,与手机短信相比,虽然现在写信的人已是凤毛麟角,但从信件分拣机满负荷运转、邮政快递业务繁忙的情况看,你就知道信件数量还是多么庞大。

诚然,传统意义上的书信远了,那种充满真情实感、能够反映私人心迹的亲笔手书是越来越宝贝了。不知朋友们平时有没有这样的感受:收到几封 E-Mail,你只会机械地打开扫一眼就晾在一边,除非工作上的或特别重要的才草草回复一笔;但是若收到朋友或亲人的来信就不一样了,你先会本能地小小激动一下,心中猜测信里会有什么喜事乐事大事小事,然后才小心打开、仔细阅读,继而通过各种方式给予回应。

书信只是一种交流的手段、一种传递信息的方式。“信”,还是不“信”,完全由你。愚以为,既然书信越来越难得,何不马上动手也给自己的亲朋好友、给自己的父老双亲寄上一封亲笔手书,来表达自己的亲情、友情,表达自己的诚挚感情呢?

假如这世间没有证

昨天在街上闲逛,看见电线杆上贴有几张办假证的小广告。晚上睡觉时就突然想到了这个题目。想来,这也是很多人都想过的问题:在这世界上,我们到底是被自己主宰,还是被那各种证件主宰?

想想看,我们从一出生就得有出生证,上学了有学生证、结业证、毕业证、学位证,长大了有身份证、健康证,工作了有就业证、培训证、工作证、资格证、职称证,结婚要办结婚证,计划生育要有准生证,生了孩子要办独生子女证,买房了要有房产证,开车了要有行车证、驾驶证,看医生要有医疗证,60 岁了还有老年证,领退休金要有社保证,甚至临死时还要办个遗嘱公证!

如此种种,不一而足……据说我们的一生要办 72 个证。

假如没有了这五花八门的“证”,这世界会怎样呢?

由此我也每每惊叹我们汉字的伟大,每一字都是那么的博大精深、寓意无穷!

你看,这“证”字由“言”和“正”组成,证即是正。有了证,就说明是正规、正确、正版、真正的。

而且,“证”与“政”字音同意不同,但其中关联却万分密切,如果将这两字作进一步延伸,“政策、政治”与“证件、证治”仍然是亲密无间!

现实世界的种种情形,都充分表明这“政治”其实就是“证治”,而政通人和也就是事实上的“证”通了才人和!

呵呵,假如这世间没有了“证”,还真没法儿治了呢。假如这世间真的没有了“证”,可能也就没有了人!

至此,我方彻底明白了那街头办证小广告屡禁不绝的真正原因。

“卡”通世界的密码

如果稍微留意一下今天的社会现实，你就会发现人们的生活早已被各种各样的卡给“卡”住了：银行卡、信用卡、电话卡、医疗卡、娱乐卡、保险卡、购物卡、乘车卡、会员卡、贵宾卡……等等一切，不胜枚举，真是“卡”拉OK、无卡不通！

各种各样的卡确实便捷了人们的生活，改变了人们的生活方式。可伴随各种卡的出现，各种各样的密码问题也成了持卡一簇的心病：开门要密码、开保险柜要密码、取钱要密码、炒股要密码、开机要密码、上网要密码、聊天要密码、看信要密码、打开文档也要密码……而要记住这些密密麻麻的密码，实在是一个令人头痛的难题。

前几天听朋友讲了一件趣事：话说有这么一个人，他是那种“最有心的人”，属于“人精”之类的。有意思的是他的密码也狡兔三窟、环环相扣。比如他的银行卡密码是3A6B9C，这密码不太好记，他就特别在自己的日记本的中间一页记上“6B”，在钱包的合页处记上“3A”，再在结婚证的照片下角记上一个小小的“9C”，而且三个“密本”三处存放。他在想，再没有比这更安全的办法了吧。可是时间不长，他就尝到了“聪明反被聪明误”的苦头。因为花钱的事随时随地都会发生，忘了密码时，而他不可能随时随地带上日记本和结婚证。

不行！还得再想妙法。于是，有人为设置密码煞费心机地想了N个奇法妙计，有人为使用密码心慌意乱地遭遇了N个忧烦顾虑——

第一类人的卡不多，他的原则是“一个萝卜一个坑”，喜欢对号入座。他把每张卡各设一个密码，而且还时不时地念念有词，除了他自己知道这是在背密码，基本没有第二个人知道他在嘀咕什么。

但是终于有一天，他发现自己的密码老是张冠李戴。虽然忘了密码可用身份证来改，但如果身份证不见了，那岂不是像丢了性命一样什么都完了？随着需要密码的卡片越来越多，他难得糊涂了。他删繁就简，开始研究第二类人的密码设置方法。

第二类人显得很聪明，但是不是真聪明也很难说。因为你可以推定他也许比较懒，也许喜欢把复杂的事情看简单。反正他的做法是一卡同仁，不管红卡白卡大卡小卡统统一个密码,他用卡倒也用得方便潇洒。高兴的时候还会莺歌小调:“有了卡真方便,卡的用处说不完,啊呀啊呀真好玩”。

可是一曲终了、一梦醒来,他的心中却平添了莫名烦恼,他否定了“简单就是美”!他在想啊:万一不慎泄密,别人会不会“融会贯通”地享用了我所有的卡?哎呀呀,密码问题事关重大,还是应该认真地想想办法。想来想去,他想到第三类人的妙法。

第三类人恪守的是中庸之道,他的密码既不是第一类人的密密麻麻,也不是第二类人的九九归一。他执行的是分类管理、分级监督的原则,比如银行的、涉及直接花钱的可统一一个密码,而上网的、QQ的免费项目可再统一一个密码,其他的依此类推。这种方法虽比第二类人提高了安全系数,但是对于第四类人来说仍显担心。

第四类人听银行小姐说有个什么活体指纹密码,租个保险柜,只有自己的手才能打开,既显高贵又可保万无一失,于是也申请了一个。

可是用了没几天,他就在某杂志上看到科学家的最新发现:天下指纹相同的人高达几亿分之一。据此估计,世界上与他指纹相同的差不多还有10多人。够了,万一这些人知道了我的保险柜,岂不是又……?况且走进银行时,说不定就有坏人监视呢,他要知道那个保险柜要用我的手才能打开,不砍走我的手指头才怪!!妈呀!太恐怖了吧!

哈哈!天下本无事,庸人自忧之。打住,打住,这是哪儿和哪儿呀。

蚂蚁·人·鬼神

我是无神论者,也是相对论者。

我肯定相对论,但我也怀疑世上有无鬼神。因为有太多太多的真真假假的关于鬼神的故事和现象左右着我的判断力。

关于鬼神,是个非常非常古老的话题。

你相信世上有鬼神吗?或许你也真的说不清。

“信则有之,不信则无。”

相对而言,蚂蚁眼中的人可能就是人眼中的神。

而“人为刀俎,我为鱼肉”的猪羊等物则可能视人为鬼了。尤其在杀猪宰羊、大嚼其肉的时候,富于恻隐之心的人或许会有这种很微妙的感觉。

以朴素的唯物主义而论,老子早就断言:“大象无形,大音希声”,即很大的东西是人所看不到的,很大的声音是人所听不到的。

现代物理学和天文学也反复证明:老子是正确的。比如宇宙可说是大于无形,超声波可说是大于无声,这都是事实,而你却看不到、听不到。

反之,很多小的东西,比如细菌和细菌的交谈,你也是看不到、听不到的。

与宇宙相比,人是渺小的。与人相比,蚂蚁是微不足道的。

蚂蚁的眼睛是不可能看到一个完整的人的,正如我们在地球上不可能看到一个完整的地球一样,因为两者的个体差距太大了。

如果蚂蚁、猪、羊、鸡、鸭等视人为“鬼神”,那么人们把“冥冥中的力量”和某些天灾人祸视为鬼神,也是合情合理的。至少在假说的理论上是可以成立的。

大千世界无奇不有,世上没有不可能的事。

更何况还有“真人不露相”、“大隐隐于市”一说哩。

当然,我这样想和这样说的目的并非要证明世上有无鬼神,而是想对自己强调:无论看什么问题,都不应给出一个太绝对的结论。事物多变,也是有着繁杂的内因外联的,所以我们看待事物应一分为二,既考虑其宏观也要考虑其微观,秉持中庸之道,坚持中庸之论。这样一来,或许你的结论更符合客观。

未来交通畅想

从某一方面说,人类历史也是一部交通进步的发展史。从伏地爬行到直立行走,从徒步跋涉到畜力代步,从骑自行车到开汽车、开火车,从轮船、飞机到地铁、潜艇,从传说中的木牛流马到遨游外星球的航天飞机、宇宙飞船……人类的交通发展日新月异,不断出现质的变迁、质的飞跃。

今天,我们可以在1天内到达2000里以外的任何地方,而在200年前,这段路程至少需要花上十天半月。除飞机、飞船之外,人们还在不断发展新的交通工具,不断研究提高汽车、火车的行驶速度。每小时300公里的汽车、每小时400公里的高铁,甚至会飞的汽车、无人驾驶的汽车等等高科技交通工具,都已成为我们生活的现实。

尽管如此,人类追求"更高、更快"的脚步,一刻没有停息。除了第一代磁悬浮列车,科学家正在开发更高速、更安全、每小时跑出600公里以上的新一代磁悬浮列车。甚至还设想发展管道交通,就是仿照管道样式建造管道之路,让交通工具在真空管道中即时穿梭,时速可达2000公里以上。试想一下,从北京到香港,如果采用管道交通,你只要乘坐在特制的交通工具中,一按电钮,刷刷刷一个多小时就到了。

从管道交通,我想到了火箭、导弹,由此大胆畅想,未来人类搞出箭式交通、弹式交通,也极有可能。

我假想的这种箭式、弹式交通,就像射箭或发射导弹一样,只需建造一个足够强力的发射装置,通过卫星定位等技术,精确设定发射目标的射程、方位,然后在发射物着陆的那一刻,及时启动一个降落伞之类的装置,使乘客冉冉下降,实现软着陆,就极速成功地到达目的地了。以现在洲际导弹的射程标准,通过这种箭式、弹式交通,就算再遥远的路,你也不必翻山涉水、车马劳顿了。只需舒舒服服地坐在发射舱里,你就可以随时着陆在地球上、甚至外星球的任何一个地方。完全实现所想即所达!

怎么样?是不是想像太疯狂了?没有疯狂,还很保守呢。因为人类数千年的历史一再证明:只有想不到,没有做不到。我相信,万能的人类一定想得到也做得到!包括任何事情。

点个赞

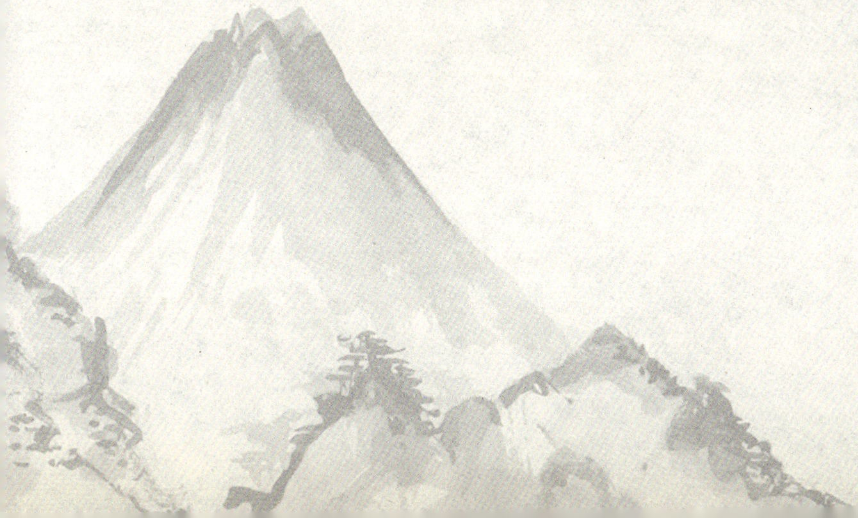

作家似农民

我以为，作家其实是另一类农民，伟大的农民！

作家通过种植文字、数字和标点符号，通过锄“草”、施“肥”、浇“水”、祛“虫”等一系列的辛苦劳作，收获到硕果累累的精神食粮，为世人输送正能量，提供丰富的思想、文化、知识和情感营养，促进了人类的身心健康和社会的发展进步。

因此，优秀的作家也是我们精神文化方面的“衣食父母”。

我以为，优秀的作家也是世界上最伟大的建筑家。

对于建筑家来说，一项工程的建造，需要设计、规划，需要施工、监理，需要处理材料、装饰美化，需要最后的检查验收。这其中，每一项工作都是由对应专业的人来操作，是通过众多设计师、工程师、建造师、监理师、采购师、管理者和无数工人、服务人员、辅助人员的共同努力，才最后完成的。稍大规模的建筑工程，很少有人独自建造完成。

但是，如果把每一部文字作品，比如《三国演义》《昆虫记》《百年孤独》等鸿篇巨著，看作一项项伟大工程的话，这每一项工程却是作家独自一人完成的。

因为，一个优秀的作家，他会独自设计、构思，独自选择、安排材料，独自用学识和灵感搭建框架，独自用才华调度千千万万的文字和标点符号，并把这些文字和标点当作砖瓦土木和钢筋水泥，一点一点地搬运、砌筑在合适的地方。在此过程中，作家会通过修改和润色，行使监理工程师检查验收的职能，最终凭借一个人的智慧和力量建起一座座雄伟壮观的文字的摩天大厦！

有时，我在想，优秀的作家似乎是全能的天才。他学识渊博、情感丰富、想像力强、精通人情世故，胸怀万象而巨细分明，甚至能透视人的思想和心理活动，能控制人物的言行举止；他擅于指挥和调动文字的千军万马，擅于通过各种文字的调配、组合演绎一个个精彩的故事，描绘无数个生动的场景，塑造大批的典型人物，展现特定时间（如古代、现在、未来）、特定空间（如所谓的人、神、鬼三界和动物界、植物界、外星空间、幻想世界等）的波澜壮阔的画卷。如果把作家的作品用画面来计量，作家显然比画家高产多了。

无数的案例证明，作家并非天生，他的才华也是通过学习、历练和积淀而成的。与建筑家、工程师相比，作家或许更需要创意。因为工程建造一般都有既定的标准、规范可循，一砖一瓦只要按规范图纸施工，一座大厦就可拔地而起。而文无定法，任何一部文字作品，包括小说、诗歌、散文等等，都只有一个笼统的大概的规则，而没有统一的具体的标准和实施细则，所有文字都要靠作者的创意创作出来，而其中的内容和情节设计，更是要靠思考、思想和百科全书般的知识的共同作用，才能完满呈现，给人心灵的震憾。

我以为，一些优秀的作家，更像是伟大的医生。

比如鲁迅先生，本身就是从医生转行成为作家的，还有马克·吐温等外国作家。他们虽然没有为人们开过一粒药、打过一次针，却仍然不愧为一代伟大的医生。因为，他们的文章发挥了针砭时弊、改变世道人心和提振精神的作用，能把人从精神昏迷状态唤醒过来，诊治了人的愚昧落后之症，提高了人们的思想觉悟。

鲁迅不仅是一位改造社会的思想家、革命家，以传道、解惑论，他也是一位伟大的教育家。

总之，伟大的作家都有其伟大之处，优秀的作家都是人们的良师益友。

钦佩作家，尊敬作家，学习作家，希望世界多出好作家！

（原载 2014 年 5 月 6 日中国作家网）

听取哇声一片

——读莫言的《蛙》有感

莫言，莫言？莫言是谁啊？如果三个月前提这个问题，估计90%的人答不上来。但是莫言获得诺贝尔文学奖以来，他的名字一下家喻户晓，我也才恍然大悟地知道莫言就是中国那个最会讲故事的人，才知道莫言是中国一个作家的笔名。作为一个半业余的半大不小的文艺青年，对这文艺圈的事情竟然如此孤陋寡闻，也着实是羞煞我也。

不过，也请允许我为此辩解一下，您想想：当今时代，时时刻刻都有超大当量的信息爆炸，每个人时时刻刻都在被动接受各种各样的信息，每个人的信息量都很大，每个人的信息量却又十分有限；另一方面，当今社会也是人才辈出、百家争鸣，作家、画家、美食家、旅行家，什么家都有，什么家都多，但人们的关注点又各不一样，说不定去买菜时能碰上个市场分析家，上厕所时又关注了一个氨素科学家。对于大多数人来说，他们关注一个三流的影视明星（也算是表演家），远比关注一个一流的作家要多得多。

所以，不光是我，还包括你和他、你们、他们，我们对某一"家"字号人物知之不多、了解不够，对某一作家感到陌生、对其大作不曾拜读的情况，是非常正常，也是情有可原的。

闲话莫言，书归正传。且说我得知我们的莫言老师成了中国的开天辟地的第一个诺贝尔奖获得者后，我和亿万中国人一样心情振奋，哇声一片。周末，我为着莫言的作品专门抽空去了一趟书店，但转了一圈下来，我发现自己还是迟到一步，莫言的作品早被那些或懂或不懂文学、或喜欢或不喜欢文学的人们抢购一空，那些买书的人们回家后也许会拿着莫言的书认真读一遍，也许会拿着书随手翻翻看，也许会把书直接放进书柜从此束之高阁。但是，如果别人看到他和莫言的书在一起，势必又要高看一眼、高论一番。其中一些人会想像着，自己与诺贝尔奖得主发生关系了，是多么的荣耀啊。

呵呵，我呢，当然与众不同。我对文学似懂非懂，而且也不讨厌，关键是我没看过莫言的书。看看书店没得卖了，就花了二十多块钱，从网上订购了他的《蛙》。

我认为《蛙》可能是莫言的十几部作品中篇幅最短的，要想了解其人其品，从其"短板"介入，管中窥豹，也许是一条捷径。

一《蛙》到手，我连着三个夜晚，在被窝里断断续续地把它读完。

真是"不看不知道，一看真奇妙"。名家大作，不敢妄论，且容我班门弄斧、盲人摸象地说说一已之见吧。我认为莫言之《蛙》，至少有如下五点可圈可点：

一是作品主题宏大，却被人长期忽视，而莫言眼光独到、耳目一新。

《蛙》的故事主要是讲中国农村的计划生育。计划生育，是中国从20世纪60年代开始推行的一项重大政策，尤其七八十年代执行得最为严厉。记得我们小时候经常看到一些围墙上刷写着"一对夫妇只生一个孩子"、"谁超生就让谁倾家荡产"之类的标语口号，其惨烈程度可想而知，也曾耳闻目睹了一些关于计划生育的血泪故事。那时候，我们还不知道结扎、上环是怎么回事。只知道那些结婚生了孩子的人，必须去结扎、上环；那些违反计划生育而超生的人，往往会被政府处以年收入好几倍甚至数十倍的罚款，同时被强制结扎、上环；那些超了生而没钱交罚款的人，则首先被强制结扎、上环，同时被乡镇干部赶走其牛羊、赶走其肥猪、甚至拆了他的房子、抓他进"学习班"。由于计划生育，中国农村演绎了好多好多的悲喜剧。

计划生育应该是现代中国的一个宏大历史事件，这么好的主题，这么好的素材，可我从没想到用它写个三五百字的故事，甚至与人聊天也从没想起来说说。不光是我，好多以写作为生的作家关于计划生育题材的作品也是少之又少。

我认为，《蛙》是我接触到的第一部关于中国计划生育的正儿八经的作品，还有一部非正儿八经的作品就是那个妇孺皆知的小品《超生游击队》。除此之外，这方面主题的作品我还真是知之甚少，但也许是从没关注而根本不知道了。莫言老师能够众人皆昏而独醒地以计划生育为创作主题，确实是眼光独到，令人耳目一新。因此，他的《蛙》能够独领风骚也就不足为奇了。

二是作品体裁新颖，书信、小说、话剧三位一体，环环相扣。

以我之见，《蛙》中的书信，其实也可不要。但莫老师为什么会加上书信，自然有他的道理。看看这些书信，都是写给一个日本人的，这个日本人名叫杉谷义人（亦可理解为山谷蚁人）。第一封信的开头一段就提到了杉谷义人的《文学与生命》的长篇报告，或许就是这个报告的题目成了写作这部作品的由头。其次，这些书信为什么是写给日本人，而不是美国人或英国人、印度人呢？从后面的书信和故事中，我才知这个日本人既是伏笔又是铺垫，因为故事中涉及了杉谷义人的父亲——侵华日军的一名指挥官杉谷,使故事更加戏剧化。其三,莫老师通过书信表达了自己的谦逊之心,书信内容反复提到了杉谷义人给予的指导和鼓励,其用意同时也反映了作者对作品主题的谨慎态度,即:为什么那么多作家没有写中国的计划生育?

从书信带出小说故事,从小说故事又牵扯出九幕话剧,这种写法匪夷所思,但是构思缜密、环环相扣。主人公在书信中多次提到要给杉谷义人创作话剧的事,同时又通过书信反复解释为什么还没写出这个话剧,而没写出话剧的原因就成了小说记叙的主体,即关于姑姑和计划生育的故事。这些原因都说完了、故事都讲完了,又通过书信交待:可以正式创作那个话剧了。而那个话剧其实又以新的形式、新的叙说方式,重复了姑姑和计划生育的故事,但读来丝毫没有重复之嫌。这就是莫老师的高妙之处!

我认为这个话剧的最大好处,就是为这部小说做了板书,让人进一步巩固了对小说故事的印象,达到了让人过目不忘的效果。如果没有这个话剧,很多人将是健忘的,他们会忘了这个小说到底说了什么。

三是书名人名新奇怪诞,紧紧围绕主题服务,达到了强化主题的效果。

看到《蛙》这个书名(题目),包括我在内的很多人以为是研究关于青蛙的什么事情,但看完故事,方知这一猜想大错特错。既然是讲计划生育的,为什么不用“蚁”作题目呢?人生如蚁啊,人多得像蚂蚁,也确实需要控制生育啊。但看完这个小说,我不得不佩服用“蛙”作题目的妙处,它不仅精准而且大有深意。因为蛙是由蝌蚪蜕变而来,而蝌蚪又与显微镜下的人的精子十分相像,据说也与人体胚胎初期发育形状相像,而且蛙的生殖能力十分强大,是支持计划生育的强大论点。同时,我认为名字越短越能激发人的探知欲。《蛙》的一声,莫老师的这个目的也实现了。

再看看故事中的人物,除主人公的名字叫蝌蚪外,还有95%的人名与人体器官有关,比如:陈眉、陈鼻、肖上唇、肖下唇、万心、五官、袁腮、王肝、王胆、李手、王脚、郝大手,等等,这些带有人体器官的名字,给人以肉体横陈、到处都是人的感觉,不断强化着“人和生育”这个主题。同时,民间工艺大师秦河,郝大手大量生产、无处不有的那些泥娃娃,以及袁腮的牛蛙养殖场的蛙与蝌蚪,更给人无处不是“人”的印象,人多得简直让你无法呼吸,进一步强化了人满为患的主题。

通览全篇,作者从题材、体裁、情节、构思,甚至人名、书名都是苦心积虑、下过苦功的。这些人物个性鲜明,又互相影响、相互交叉,人与人互相纠缠,故事情节相互纠缠，形成一幅人头攒动、人事纷纭的画卷。小说并未说“计划生育如何如何好”，但透过这些故事和场景，却让你强烈感受了“计划生育很难做”和“必须计划生育”的思想，读来令人拍案叫绝！

四是矛盾冲突迭宕起伏，故事情节富于戏剧，真实感强。

《蛙》虽然讲的只是很普通的乡村的计划生育，没有什么波澜壮阔、勾心斗角的大事件，但其中的矛盾冲突却纷繁复杂，令人眼花缭乱。仔细看看，除了人物与事件、生育与超生的矛盾外，故事中的每个人似乎都是一个矛盾的混合体。比如：姑姑本是一位抗日军医的女儿，是一个英姿飒爽的抗日英雄，解放后成为一个人见人爱、花见花开的专事接生的妇科医生，并被人们神化成非常神圣的“送子娘娘”。但是这个“送子娘娘”后来却成为计划生育的推手，专门开展引产、结扎、惩罚超生、打击偷生之类的事情，原来为人接生的主业变成了副业，原来“送子娘娘”的光环变成了扼杀婴儿的“杀人魔王”，原来的抗日英雄因为恋人叛逃而成了特务、内奸和反革命，原来处处受人尊敬的待遇落到了现在处处被人讨厌甚至追杀的境地，原来连日军司令都不怕现在反而被一只青蛙吓晕。而且更为矛盾的是，专门从事接生和计划生育的姑姑和小狮子，竟然双双失去生育能力。而这一变故，也引发了人们对当代中国“失独”家庭和养老问题的担忧，以致一生致力于计生事业的姑姑和小狮子，老年时竟身体力行地支持超生偷生，小狮子甚至知法犯法地偷偷花了5万块钱找被毁容的陈眉为自己代孕。

说到陈眉，她可算是整个故事中命运最为悲惨的人物。陈眉是陈鼻的女儿，有倾乡倾城之貌，本该有一个极为美好的未来，然而她拒绝靠姿色而坚持靠体力吃饭，结果被工厂的一场火灾烧得面目全非、惨不忍睹，成了神秘的蒙面疯子，并被穿越到民国县衙大堂打输了为人代孕的官司。陈眉的老爹陈鼻本是乡里第一个万元户和一个生存能力极强的暴发户，因为超生偷生几经折腾，晚年却沦为一个遭人唾弃的乞丐。还有那个矮女人王胆，竟然为了偷生采用抗击日寇的地道战术，不禁让人感叹母亲的伟大而对其生出恻隐之心。

矛盾冲突是小说的灵魂，透过矛盾冲突反映现实生活是小说的使命。《蛙》中的所有矛盾冲突，都是时代背景下的必然。经过那个时代和感受现实社会生活的人，都会有身临其境的感觉，都会感觉故事中的人就是身边的人甚至自己，都会认定那些矛盾冲突是客观存在的，那些人物事件是客观真实的。人物矛盾的复杂化、戏剧化，充分体现了莫老师制造矛盾冲突、把控矛盾冲突的能力，矛盾演绎技术已经达到了炉火纯青的地步。

五是语言朴实，土得掉渣儿，但通俗易懂、引人入胜。

《蛙》讲述的是山东高密东北乡的故事。故事的叙述语言基本都是中国北方的乡村俚语，是朴实的大白话、大土话。从某一方面看，汉语普通话可说是以北京和中国东北话为基准的语言，因此北方土话本身可算是普通话的一部分。在普通话的语境里，北方土话具有强大的感染力，这也是赵本山的小品和东北二人转广受欢迎的主要原因之一。

我认为，《蛙》使用乡村土话的叙述方式，讲述涉及广大农民阶层和普通民众的计划生育的故事，是非常适合的。正因为它土得掉渣儿，土得有思想、有个性，有乡土味和民族味，且文字粗放、符合人性，却又叙事流畅、表达细腻、情节生动，所以更加通俗易懂、更富表现力，而且很多土语字字珠玑，令人捧腹，引人入胜。

总之，作家是靠作品说话的。仅仅一《蛙》，已经充分体现了莫言的文学造诣，让我们听取了“哇”声一片。所以，莫言获诺奖可说是当之无愧，莫言获诺奖可说是地球人对中国文学的首肯。这是事实，也是我们读者的最直接的感受。

（原载 2012 年 11 月 28 日中国作家网）

（2012 年 11 月 30 日新丝路网转载）

有感于企业不求利润最大化

最近,老板在公司一次会议上公开提出了"我们企业将不再把追求利润当作第一目标"的理念。第一次听老板说出这么一句出人意料的话,很多同事都疑惑不解——难道我们公司的钱赚够了?难道我们企业改做慈善和公益机构了?难道老板不想为国家多作贡献了?听老板说完,才知道这些猜疑都不是!

老板这句平淡的话语,其实道出了在建设和谐社会的伟大事业中,企业该如何正确定位,如何承担社会责任,如何端正发展动机的高端命题。

对于企业来说,有钱赚、赚最多的钱,都是无可厚非的,也是最好不过的,这是由企业的本质属性所决定的。

随着社会文明发展程度的持续提高,共同富裕、人性关怀和重视人的发展、承担社会责任的理念已经深入人心。那种一味谋取小集团利益、谋取少数人利益而牺牲大多数人利益甚至切身利益,那种为了追求企业最大利润而置员工基本发展于不顾或随意损害客户权益、甚至危及社会大众的做法,已经受到了社会各界的尖锐抨击和各种形式的鞭鞑。

在此情况下,谋求长远发展的企业必然要仔细掂量眼前利益与长远利益的关系,必然要正视企业之"舟"与员工之"水"、客户之"水"和社会大众之"水"的关系,也必然要调整一些不合时宜的发展策略,进而以全新的视角重新审视自己的发展轨迹,修正和建立顺应时代潮流的、利己利他的企业发展战略。

利己利他发展战略的最大亮点就是企业价值观的正确诠释和全新演绎,具体来说,就是能把员工真正当成企业的第一资源,把客户当成企业的最宝贵资源,把员工的发展置于企业的发展之上,保证员工、企业与客户的平等、协调、可持续发展,最终实现企业与员工、客户和整个社会的多方共赢。在此情况下,利润就不再是企业的唯一目标,员工在企业中的价值体现和企业在社会中的责任体现便成为企业关注的焦点。

纵观全球真正有实力、有影响力、有号召力的企业,他们均没把追求利润当成第一目标,相反,很多企业已经改变追求利润的第一目标,把促进员工的全面发展和履行企业的社会责任当成自己的第一追求。其中的典范之一,当属声名遐迩的宝洁中国。目前宝洁中国的7000多名员工已经可以自由申请"非全职工作",每周可以选择1天在家办公或选择一周工作3~4天。很多人在想,宝洁这么做不是"亏大了"吗?而实际上企业不亏反赚。宝洁之所以这样做,是由于考虑到了员工可能面对的工作生活失衡的情况,是为了给员工提供更多自由,以方便员工兼顾家庭,因此极大地激发了员工的工作热情和对企业的忠诚度。

以宝洁中国等顶尖企业为楷模,我们公司开始放弃"利润第一"的目标,倡导"快乐工作"的理念,这无疑是企业变革中一个可喜的伟大的进步。相信企业发展战略的这一根本改变,必将给企业发展带来一个历史性转折!

与"重视员工发展"的理念相呼应,"快乐工作"的实质也是基于利己利他、利国利民的考虑。因为企业的最大原则是追求客户的快乐,企业让员工快乐工作,员工才会给予客户快乐,客户快乐又反过来促进企业和员工的快乐,最终企业才能赚钱、赚才、赚声誉,实现企业与员工、客户和社会的和谐发展。

如何让员工快乐工作呢?首先就要放弃"利润第一"的目标,因为企业若不顾一切地追求利润最大化,势必会令员工心情紧张、压力过大,或者一再压缩休息时间、一再减少福利费用、压低员工薪酬,这反而会使企业利润莫名其妙地越来越少,对企业的长远、健康发展造成重创;如果企业不追求利润最大化,而追求力量最大化、利润合理化,则员工的利益必然得到较好保证,员工的基本发展得到满足,才会具备快乐工作的条件,才会在快乐工作中加快企业的发展。

让员工快乐工作的另一策略,就是通过人性化管理,让每一个员工感到有前途、有奔头、有机会,从而使员工增强对企业的忠诚度,并通过积极快乐的工作,让客户得到快乐,努力扩大和维护企业的利益。

有人说"管理就是严肃的爱",要让人死心塌地地为企业服务,必须从人性化管理开始。而人性化管理的本质就是注重企业与个人的双赢战略,通过对员工采取尊重、信任、沟通、关心、赞美等情感激励手段,提供各种成长与发展机会,充分挖掘人的潜能,满足员工自我实现的多方面需求。人性化管理的关键就是以人为本,要想员工之所想,急员工之所急,切实解决他们在生活、工作、学习中的困难,为员工营造一个相互信任、相互关心、团结融洽的工作环境。所谓"士为知己者死",员工只有感觉自己被尊重、被认可,才会心情愉快,竭力贡献自己的聪明才智,努力把工作做到最好!

(原载2014年8月1日《清远广播电视报》)

涨工资的前提是稳物价

最近,随着全国“两会”的召开,“涨工资”成为人们茶余饭后街谈巷议的热门话题。人们要求老板涨工资的各种办法,或要求国家涨工资的各种方式、各种说词、各种措施,五花八门层出不穷。而且,在部分地区出现大规模用工荒的背景下,部分地区最近也确实出台了“提高最低月工资标准”的政策,部分企业也主动被动地为员工或多或少地涨了工资。

涨工资当然是好事。问题是这涨上来的工资,最后是不是我们实际增加的财富?是不是有助于提高生活质量?是不是有利于维护我们的尊严?

或许有人不假思索,会回答说:涨的工资当然是自己的了,涨工资当然会提高生活质量、维护我们的尊严啰。我看未必!比如你的月工资涨了1000元,而市场涨得更疯狂:大米涨了2毛,青菜涨了8毛,猪肉涨了3元,食油涨了4块,房价涨了800。你说,你的生活质量提高了吗?没有!你的生活压力减小了吗?不仅没有,反而更大了!你生活得更有尊严吗?没有!可能还有受戏弄的感觉呢。

为什么呢?因为在涨工资的同时,我们忽略了物价因素。

任何收获都是有代价的。涨工资必然导致生产成本增加,生产成本增加后,企业要想保持之前的利润水平,必然会把增加的工资转移到商品价格上。如果所有企业都这样转移成本,整个社会消费品、社会服务价格就会水涨船高,从而直接导致全社会的高工资高消费。最后出现的一个结果就是,涨工资前你不能消费或不敢消费的,涨工资后你仍不能或不敢消费,涨工资后的生活质量不升反降,人们的生活压力不减反增。

工资上涨低于物价上涨幅度的那种高工资高消费,实际就形成了名副其实的货币贬值,进而加剧贫富分化,加剧社会矛盾,其后果不堪设想!

所以,涨工资是必须的,但涨工资的必要前提是稳定物价。

(原载2010年3月11日中国作家网)

老板就是最大的客户

“你的直接领导就是你的老板,你的老板就是你的客户,而且是最大的客户!”这是我们老板经常提起的口头禅。

领导就是老板,大家都是这么认为。但能认识“老板就是客户”的人还不多。其实,用我们老板的话来说,将你的直接领导变为你的老板,其目的是在这个过程中逐步转变观念,以服务客户的心态,支持领导的工作,按领导要求做好事情,明白你的直接领导就是你的客户,并通过优秀业绩让客户满意。

同时,直接领导(老板)也要站在客户的角度,对员工的工作提出建议,而不是发号施令,给予支持、协助与配合,让员工在工作中获得快乐、健康,在工作完成后获得强烈的成就感。

“关注目标、关注成果、关注价值”。利润已不是企业关注的唯一目标,员工在企业中的价值体现和企业在社会中的责任体现,才是老板更加关注的重点。什么是价值?有人认为工作时间长有价值,有人认为工作效率高有价值,有人认为工作积极有价值,还有人认为客户满意才有价值等等。

态度决定高度,作为决定地位。能主动工作,并完成得相当出色的人,有高价值;工作积极,只要安排就可完成的人,有较高价值;既没有工作愿望,也什么都干不了的人,没有价值。

高效率是有价值的,因为时间有价而且有限;创新是有价值的,因为创新节约成本、提高质量;高质量是有价值的,因为质量是体现价值的硬性指标;团队协作是有价值的,因为团结就是力量,众人拾柴火焰高;让客户满意是有价值的,客户的满意度越高,我们的价值就越高。

老板是我们的客户,我们就要关心和解决老板最关注的问题。老板最关注效率、质量、创新、协作,我们就要一丝不苟,开动脑筋,及时清除工作中的种种问题,切实提高自己的质量和效率;同时,我们还要增强团队凝聚力,培养团队精神,通过团队协作产生最大价值的劳动成果。

(原载2014年3月24日中国作家网)

致 CCTV 的小小建议

作为 CCTV 的老粉丝,我最近发现 CCTV 有两个小问题值得关注,因为它反映了 CCTV 的大问题。

一是 CCTV 新闻联播的结尾经常出现主持人整理桌面文稿的画面,时间长达数秒。在这段时间里,观众只能眼睁睁地盯着主持人,而主持人感觉一定很尴尬。

为什么 CCTV 新闻结束时总要播放他们收拾稿子的片段?有个笑话对此调侃说:那是为了告诉你,他们吹牛也是打了草稿的。当然,这只是说笑话。

二是 CCTV 访谈节目的结尾经常出现嘉宾的一句话还没说完,而节目已然咔嚓掉的场景。相信这种情况一定也让台上的嘉宾和主持人相当尴尬,而台下的观众们可能更难受了。

这两种现象,一个是节目提前结束而空白了几秒,一个是节目时间仓促而容不得几秒的延迟。尽管都是短短几秒钟的问题,却给主持人、给嘉宾、给观众带来了长久的困惑,让无数的观众感觉伤不起。

从这短短的几秒钟里,我们看到了 CCTV 在节目设制和管理上的机械和僵化。

难道这些节目非要定死在某时某分某秒结束不可吗?

节目提前几秒播完了,为什么不能及时切换到下一节目呢?哪怕插播几个广告也好啊。

嘉宾几秒钟就能说完的话,为什么不让他说完,却毫不留情地咔掉呢?

如果嘉宾要说的那句话正是访谈的最主要观点和最终结论,他没说完,岂不是嘉宾的遗憾、观众的遗憾?岂不是浪费了观众为探知真相和结果而收看节目的时间?!

CCTV 是国家级媒体,其宣传效益极为可观。如果有 1 亿观众收看节目,新闻联播主持人整理桌面的时间假设是 3 秒钟,那么就可能浪费了观众 3 亿秒的时间,相当于浪费了 6.25 万人辛苦工作 1 天的劳动成果;如果访谈节目时长 40 分钟,那么访谈嘉宾没说完的那句话,可能使观众浪费了收看整个节目的时间,共计 40 亿分钟,“浪费 40 亿分钟”是什么概念?相当于 13.03 万人辛辛苦苦工作了 3 天都是白干了!!

鉴于节目的几秒钟问题竟能导致如此巨大的浪费，敬请 CCTV 在节目制作和管理上再精细一点、再灵活一点、再人性化一点。毕竟，这种几秒钟的衔接问题，应该不是什么技术难题！

（原载 2012 年 7 月 27 日中国作家网）

感叹发明家的伟大

伟大的发明家

爱迪生、达芬奇、瓦特、伏特、牛顿、特斯拉、阿基米德、伽利略、爱因斯坦、哥白尼、法拉第、富兰克林、达尔文、哈勃、门捷列夫、亚里士多德、帕斯卡，还有中国的蔡伦、张衡、王选、袁隆平等等，人类历史上这些伟大的发明家和科学家都是本人非常崇拜的偶像，因为他们对人类的文明和进步作出了巨大的贡献。

试想，如果没有发明家，人类社会是不是还停留在原始时代？如果没有发明家，人类的发展史还有圈点之处吗？

举世闻名的电学家和“发明大王”爱迪生是“世界上最有用的人”。他从16岁发明自动定时发报机开始，一生获得发明专利2000多项。单是1882年申请的专利就有141项，平均不到3天竟有一项发明！爱迪生不但发明了电灯、留声机、电报机、电影、电车、蓄电池、打字机、水泥、橡皮及水雷探测器、水底巡灯、吸声器等对人类社会产生重要影响的东西，而且他在矿业、建筑、化工等领域也有不少创造和真知灼见。

“当代毕昇”王选是杰出的计算机学家、汉字激光照排系统的创始人。只要你读过书、看过报，你就要感谢他，就像你每天用到电灯要感谢爱迪生一样。因为他所研制的汉字激光照排系统，为新闻、出版全过程的计算机化奠定了基础，让中国印刷业“告别铅与火，迎来光与电”，实现了“汉字印刷术的第二次革命”。

如果没有袁隆平，世界每年要多饿死7000万人。因为他发明的杂交水稻技术，为世界粮食安全作出了杰出贡献，增产的粮食每年解决了近亿人的吃饭问题。

……

发明家的伟大

令人不解的是，伟大的发明家各有各的伟大，而渺小如我的普罗大众则是千篇一律的渺小。我们大多数人不要说有什么发明创造，就是直接使用发明家发明的东西都往往不得要领，甚至终其一生也是知其然不知其所以然。

以自行车为例，你说简单吧也简单，但你不仅没有把它发明出来，而且你当初学会骑车的时候可能也费了好大劲；再比如电脑，够复杂了吧，可是发明家发明出来了，我们操作起来却只能学个皮毛而已，有点故障什么的就不知所措了；还有一些东西，不繁杂也不简单，我们100%的人会用，但可能90%以上的人搞不懂它的原理，比如电灯、电话、手机、彩电、收音机、照相机等等。

当然，涉及非物质的发明就更不好说了，比如文字、算术、几何、物理、化学等等，严格来说这其中的文字、公式、定律都是科学家发明出来的。仓颉发明汉字，为什么我们却学得那么难、用得那么难？你没想他创造文字时是多难呢？谁都知道1+1=2，但你能说它为什么等于2吗？还有那牛顿定律、焦尔定律、阿基米德定律和一堆一堆的钠镁铝硅，你可知道它们为这个世界带来何等不可思议的神奇！？

人类社会的每一点点进步，无不显现了发明家的伟大。在敬佩得五体投地之际，本人由此想到了：这些伟大的发明家之所以影响深远，这些伟大的发明家之所以有伟大的成就，主要在于他们拥有常人所没有的敢想敢干的能力。其实从发明家们的一些轶闻趣事看，很多著名发明家在成为著名发明家之前，都身背“叛逆者”的恶名；而他们后来的成就则向我们证明：标新立异往往是激发伟大思想的源泉，所以我们永远不要害怕异想天开！

因为——没有做不到，只有想不到。思想有多远，你就能走多远！而要想比别人走得更远，我们必须敢想敢做，最重要的是，不仅能想到还要能做到！

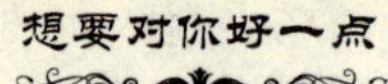

享受与自己对话的权利

春伤夏惘，秋思冬殆。我以为，每个人的青春、激情、斗志、理想，都不过是上天赐予的几样小工具，目的是希望你用这几样小工具创造自己的生活、把自己锻造成新的工具，成就一个利国利民的大器。

春秋往复，岁月更替。在季节变幻的语言里，我忽然失落了与自己对话的权利。因为在青春的涟漪里兜了几个圈子，除了发现自己的额头也多了几圈涟漪，我并没有用上天赐予的那几样小工具创造出什么奇迹！

额头上荡漾着青春的涟漪，青春的丰华却悄然远离。闲来无事，我偶尔也会"吾日三省吾身"：为人谋而不忠乎？与朋友交而不信乎？传不习乎？温习一下曾子对我们的淳淳之教，反省自己替人谋事有没有不尽心尽力的地方？与朋友交往有没有不诚信之处？所接触的知识有没有学习消化？修己、为人，一时一事都不能苟且、敷衍。唉，除了他那样的圣人，真正能做到的有几个呢！

在这样一个潇潇雨歇的夜晚，在这样一个阴差阳错的时空，在这样一个壮怀激烈的自己面前，颤颤触摸那残留在额边的印迹，缓缓整理那时隐时现的忧伤，我泪流无语。

不，不！我不能丧失与自己对话的权利！我要在对话中反思，我要在对话中自省，我要在对话中修正，我要在对话中提升。

"……三十功名尘与土，八千里路云和月。莫等闲、白了少年头，空悲切！"

就算是一个卑微的时光过客，我也不能老是这样仰天长啸的悲叹！我不仅要享受与自己对话的权利，更要畅享与自己对垒的精彩！我要奋然而起——驾长车、踏破贺兰山缺，待从头、收拾旧山河，朝天阙！！

房产新政愁煞炒房客

“密密麻麻的高楼大厦，
找不到我的家。
在人来人往的拥挤街道，
浪迹天涯。
我身上背着重重的壳，
努力往上爬，
却永永远远跟不上
飞涨的房价……”

最近几年中国持续高涨的房价，让千千万万的地产商和炒房客赚得钵满盆满。但高房价却远远偏离居民收入水平，激起民怨沸腾，广大民众对高房价“人人喊打”，并由此引发一系列社会问题，更是令中央政府深感不安。

经过旷日持久的争论、调研，中央政府在过去一个月来终于对高房价做出姿态：2009 年 12 月 7 日，中央经济工作会议提出，要增加普通商品住房供给，支持居民自住和改善性购房需求；两天后，国务院规定个人住房转让营业税征免时限由 2 年恢复为 5 年，这标志着投机性房产投资受到一定抑制；12 月 14 日，国务院出台政策发出抑制高房价的信号，要求各地加强市场监管，稳定市场预期，遏制房价过快上涨势头；12 月 17 日，国土部等五部委发出《进一步加强土地出让收支管理的通知》，要求首次缴款比例不得低于全部土地出让款的 50%，如果开发商拖欠价款，不得参与新的土地出让交易。这一政策被认为是对开发商囤积土地、推高房价的釜底抽薪；2010 年 1 月 10 日，国务院发布《关于促进房地产市场平稳健康发展的通知》，又预示房价不会大起大落。

与此同时，按照稳定完善政策、增加有效供给、加强市场监管、完善相关制度的原则，国家继续综合运用土地、金融、税收等手段，加强和改善对房地产市场的调控。一方面，启动了城市和国有工矿棚户区的改造，加快保障性住房建设，适当增加中低价位、中小套型普通商品住房和公共租赁房用地供应。保障房供应计划已从 2010 年的 747 万户调整至 2012 年的 1540 万户；另一方面，国家针对大户型、高档房的物业税政策也在商讨斟酌之中。

种种迹象表明:中央已对高房价重拳出击,房价飞涨的现象受到强力打压,“保持房地产稳定发展”的调子被融合到各项配套政策,楼市房价继续疯狂的可能性不大。但专家分析认为,由于中国人多地少、刚性需求大,楼市需求仍将看旺,房价及交易量下跌空间不会太大。

在此背景下,原指望房价继续高涨而趁机大赚一把的炒房客们就犯愁了,特别是那些刚刚买进的炒房客更是叫苦不迭。卖吧,房价还没涨到期望目标,就涨停了;不卖吧,国家已明令要稳定房价,再等也赚不了多少,反倒自己压款压力增大。当然了,对于那些有远见的投机投资客或早就套进房子的炒房客,现在出手也是稳赚不赔的。

“我身上背着重重的壳,
努力往上爬,
却永永远远跟不上
飞涨的房价……”

有一个“不识时务”的蜗居朋友,他以为永远也跟不上飞涨的房价,所以最近忐忑不安地试着买了一处房子。虽然一直在租房住,但他这次买房的目的却不是居住而是想保值增值,说白了也是想趁房价再涨涨不多不少地赚一点。可在“国五条”政策下,一不小心他就变成被套牢的千千万万的炒房客的一员,苦啦!

且慢叫苦!从2009年全国商品房开发投资、销售情况看:9.4亿平方米的销售面积、42%的销售增长率和44000亿元的销售额、76%的收入增长率,以及平均4700元/m^2的售价、前所未有的24%的房价涨幅,这几个统计数字表明开发商的大部分资金已回笼,且继续投资开发的资金比较宽裕,加之市场需求看高,“不差钱”的开发商也没有降价的压力。所以朋友那房子降价销售的可能性几乎为零,最惨也至少比存在银行稳当吧。再不行,他也可不租房了,也来个乔迁新居!倘若如此,倒也不负了政府出台政策的初衷。

“安得广厦千万间,大庇天下寒士俱欢颜”。秉承大诗人杜甫一样忧国忧民的情怀,真切希望我们人人都居者有其屋、耕者有其田、用者有其钱!

没有政府治不了的病

诸位一看这题目,可能会说我不知所云。其实,我要说的病并非人和动物要医治的那种。

最近引起大家热议的有三件事:一是玉树地震,一是冰岛火山灰,一是中国房地产。

对于玉树地震,我们只能说“是祸躲不过,躲过不是祸”,以现有的科技水平,我们对这种飞来横祸实在无可奈何,唯有补救。好在中国人信奉“多难兴邦”,好在“一方有难,八方支援”的精神已经传扬八方。我相信,人间有爱,玉树不倒!

关于冰岛,虽然远在欧洲,但其火山喷发产生的烟尘,却影响到了中国和世界。君不见,各国往返欧洲的航班都被迫取消,成千上万的旅客被迫蜗居机场,可见这个火山喷发也是一大灾难。像地震一样,火山喷发无可避免,无可奈何,唯有补救。好在火山喷发及其烟尘笼罩,尚未弄出人命,好在烟尘影响的时间空间毕竟有限。今天获悉,中国已逐步恢复所有往返欧洲的航班。

接下来该书归正传,就说说中国的房地产。

众所周知,中国最近的地产热,仅在这三四年。一直高烧不退的房价,引起普通百姓怒火冲天,甚至中央政府也是坐卧不安。

自去年底中央发出调控高房价的信号,到今年“两会”提出稳定房地产的口号。这半年来,整治房地产的政策不断出台,可各地的房价却是越调越高。难怪一直有人说,政府控制不了房价,因为地方政府在房地产中获利太大,甚至出现“房价绑架政府”、“房价不听总理的,只听总经理的”论调。其言下之意,就是说政府根本没能力把房价降下来。于是,各地房价,一路高升,投机炒房的人照炒不误,地产商和炒房客都满心企望大赚一把。其实,他们不知,中央政府正在玩着猫捉老鼠的游戏!

你瞧瞧,当美国等西方发达国家还在为来势汹汹的世界金融危机愁眉苦脸时,我们的中央政府却不显山露水、轻而易举地化解了。难道一个小小的房价,就难住中央政府了?不可能难住的!

我一直有个观点,就是天下没有政府治不了的病!关键是看政府想不想治,或治到什么程度。反观每个国家、每个政府,就算治理得再好,也少不了这样那样的问题和毛病。这不是说政府治不了,而是为了实现各方面的“平衡”、“守恒”,避免出现“水至清则无鱼”的局面。如果,一个国家、一个社会被政府治理得什么问题都没有了,那么这个国家、这个政府也不就存在了。近年中国房地产的情形也大抵如此。去年的天量贷款是为了刺激消费,也是化解金融危机的手段之一;去年底收缩信贷、控制房价,是为保持房地产的稳定发展;现在紧缩信贷、压低房价,是为了使房价回归到合理地位。

我早在三个月前就写过一篇《房产新政愁煞炒房客》的小文,提醒炒房客和开发商们该歇歇手了,房价不可能一直向上涨的!但当时大家不以为然。现在看来,这个预言是要实现了。特别是在4月份国家相继出台提高二套房首付率、停止三套房信贷、改革土地拍卖、增加保障房供量等等新的房产新政之后,各地房产成交量急剧下滑,楼盘打折应声而起。

据报道,以北京为例,上周新房整体成交较此前一周下跌19%,网上签约期房较3月份平均下降7.6%;4月20日,纯商品期房单日成交较4月上半月下降四成;4月中上旬,商品房开盘均价相比3月份下跌8.7%。

这一下,还在做着高房价赚大钱美梦的炒房客和开发商们都傻了眼。各地退房潮不时涌现。据广州市国土房管局统计,4月15~21日,全市十区两县一手住房网上签约退房共40套,比新政出台前同一时段略有增加,退房率达到5%。

看看中央政府这一年来的政策思路,前后上下都是行云流水,完全是成竹在胸的样子。现在回头想想,国家出台政策更加快、狠、准!中央政府在房产政策上妙手回春,真有猫玩老鼠的嫌疑。这些政策的另一隐性目的,或许就是刺激有钱人来消费、投资,但是你贪心不足把投资变成投机,想要吹起更大的房产泡沫大赚一把,眼看就要损伤到国家经济了。对不起,我只有狠压房价,加大你的炒房成本,让你囤积的房产出手困难,把你交的房钱充为国家无息存款,恰好也减缓一下货币发行量,抵消一点CPI吧!

(原载2010年4月23日中国作家网)

绝对相对

偶翻毛选，突然跳出了记忆深处的那两句名言："凡是敌人反对的，我们就要拥护；凡是敌人拥护的，我们就要反对。"这是伟大的毛泽东式的绝对。

而文革期间，英明领袖华主席又高举"两个凡是"的旗帜："凡是毛主席作出的决策，我们都坚决拥护；凡是毛主席的指示，我们都始终不谕地遵循。"这又是华国锋式的绝对，也是对毛泽东的绝对的绝对。

我以为，世间没有绝对的事，更不能说绝对的话。绝对的绝对，就像否定的否定，是逆转的另一面，是不可能绝对的。

"凡是敌人反对的，我们就要拥护；凡是敌人拥护的，我们就要反对。"这是毛泽东在20世纪中国抗日战争那个特殊时期、特殊语境下发出的呐喊，也是当时大长中国人志气、大长中国人骨气的一句硬话和狠话。事实证明，这两个"凡是"后来的确成为我们指导抗战胜利的法宝。

但是，时过境迁，看待任何问题都要与时俱进。如果在21世纪的今天，我们仍然坚信当时背景下的"凡是敌人反对的，我们就要拥护；凡是敌人拥护的，我们就要反对"的话，那么，在很多时候我们可能会误入歧途。

比如在过去几十年间，所谓的敌人对诸如生态环保问题、人性发展问题等等都是非常重视、非常拥护、非常支持的，而我们对此虽不能说是反对，但至少是认识不清、没有关注、漠不关心的，因而才去"征服"自然、破"四旧"和过度开发。时至今日，当我们的生态环保千疮百孔、危机四伏、人人自危，而"敌人"的生态环保、人性发展事业硕果累累、成效斐然、让我们羡慕嫉妒恨的时候，我们才恍然大悟：原来，敌人所拥护的，我们也不一定要反对，而是要更加拥护。因为敌人这时所拥护的，也与我们每个人的切身利益密切相关，这时候与敌人唱反调，最后只能是毁了我们自己！

以此类推，凡是敌人反对的，我们也不一定要拥护。比如，很多所谓的敌对国家反对人的克隆、反对研发杀人机器、反对恐怖主义等等，难道对这些问题，我们也要拥护吗？显然不是！这些"敌人"所反对的，我们也一样反对，而且是坚决的反对。

同为地球人类，我们所有人身上都打着“人性”的烙印，即使是最邪恶的敌人也或多或少地闪耀着人性的光芒。所以，敌人反对的，我们不一定要拥护；敌人拥护的，我们也不一定就要反对。对所有问题，我们都要具体问题具体分析，特殊问题特殊处理。

从哲学的角度来说，没有绝对的绝对，只有相对的相对，因为宇宙中的未知因素还占绝大部分。马克思主义认为，人们对客观事物的认识，是绝对和相对的统一。人们对真理的把握，也是相对和绝对的统一。真理是绝对的，又是相对的。绝对真理存在于相对真理之中，相对真理中包含着绝对真理的颗粒，无数相对真理的总和构成绝对真理。

最后，送大家一幅绝对（绝妙的对联），聊博一笑。

上联：绝对绝对，绝对对绝对；

下联：是非是非，是非非是非。

（原载2013年5月31日中国作家网）

（2013年6月3日四川人大网转载）

诗心可煎月

一项投资百亿的大工程就要完工了，公司领导就像胜利在望的将军一样豪气冲天、豪情万丈：鏖战三年才攻下的这个城堡，实在来之不易，你一定好好写写，而且要用史诗的形式写出来。

我？史诗？点名要我作诗以记之。没问题，这是一件好事呀，也是领导对我的器重和赏识。问题是，这不是一般的小诗、闲诗，也不是一般的风花雪月、闲情逸致，而是那种气势磅礴、振奋人心，抑或催人泪下、感人至深的长篇史诗！

我这人本就缺乏诗心禅骨，一般的打油诗、顺口溜或许还能应付，但这史诗的事还真难住我了。诗心、诗意与诗句，你们在哪里？何处来找你？费神不得，愁煞我也。

一连几天我都在工作之余搜肠刮肚、苦思冥想，可想了头没有想出尾，想了尾没有想出头，特别要命的是，中间那一长篇还一直空白着哪。也许心里还算有点灵犀，前天晚上竟梦见自己在纸上写了一首无题小五言，真给我带来一点惊喜的感觉。我有一个怪习惯：爱在枕边放上一支铅笔和一打白纸，这是干什么用呢？说了你不信，这是专门为我做梦用的，如梦见什么好的思路和文字、诗句等等，我会闭着眼睛用铅笔记下来，然后再加工发挥一下就恰到好处了。可气的是，这次做梦中，我闭着眼睛记下来，却一句也不关主题，害得我半夜生气到天明。

今天一天的时间又快过完了，离交差的日子也越来越近，而那个长篇史诗仍没一个清晰的影子，真有点急火攻心的样子。到此，我才真实感受了“书到用时方恨少”的无奈，才真正理解了“两句三年得，一吟双泪流”的艰难。

赶着鸭子上架吧，我在安慰自己，我在鼓励自己：不是还有一个礼拜的时间吗？再想想，诗心可煎月，云龙啸九天。不是写不到，而是时候未到。到时我一定会交上满意的作品，诵出上好的诗篇！等着瞧吧！

不扯了，我得继续我的“单想诗”，继续搜我的肠、刮我的肚去了……

为马英九“反台湾”叫好

台湾领导人马英九自5月20日走马上任以来,台湾地区政治形势发生了巨大逆转。先是5月20日当天,台军喉舌《青年日报》“为台湾的国家生存发展而战”的“台独”色彩口号,被改成“为中华民国而战”;接着,“总统府”、“外交部”网站悄悄将“中华民国(台湾)”的“国号”恢复为“中华民国”;继而,“交通部”果断删除了“台湾”字眼的邮票,将“台湾邮政”恢复为“中华邮政”;近日,“外交部”又正式通电各“驻外馆处”,要求今后称呼对岸为“中国大陆”,改外宾“访台”为“访华”;而且在马哥上任前夕,“教育部”已将“国语”改称“华语”。

从表面上看,上述这些变化仅仅是字眼上的小小改变,但我认为这一系列的小小改变决非“文字游戏”,它让我们领悟了蕴藏其中的一个积极而重大的信号:小马哥的一连串动作是有意识的“反台湾”,是追求回归“一中化”的重大战略举措。这其中特别让每个中国人感到兴奋的是,岛内带有“去中国化”内容的新教学大纲已被暂缓实施,应该说这一重大决策更是意义深远,再次让我们看到了小马哥彻底清算阿扁的决心,让我们看到了马哥拨乱反正、力挽狂澜的雄心壮志!

如果说“扁时代”的不得善终,彻底结束了台湾同胞的噩梦,那么“马时代”的翩然到来,则让所有中国人看到了两岸和解的曙光,看到了中国一统的希望!因为小马哥在宣誓就职时明确提出,要坚持孙中山的三民主义,坚决反对台独,要以两岸和平为目标,以五项共同愿景为方向,唤起民众,共同奋斗,共创双赢。倘若如此,则国家幸甚,民族幸甚!

现在回过头来看,小马哥还算是一个有良心的中国人,还算是一个信守诺言的人,也算是一个有能力有魄力的人,至少他的所言所为证明了这一点。

尽管马英九骨子里还没有“和平统一,一国两制”的想法,尽管其当下做法也只是维护台湾利益的基本策略,但我们应该很高兴地看到台湾领导人勇敢走出的这一小步,从某一角度看这一小步就是中华复兴的一大步!

听其言,观其行。因此,我从内心里为小马哥的“反台湾”叫好!

一个草根博主的新年致辞

尊敬的网络大虾，亲爱的GG、MM，各位网朋网友、网兄网弟们：

岁月不居，天道酬勤。值此2008年新年来临之际，我谨代表纵横一哥点新浪点卡姆并以我个人的名义，向广大网民网友、各界菜鸟草根以及驻网管理员、论坛版主、网警官兵、公安干警致以节日的问候和新年的祝福！向关心和支持纵横一哥点新浪点卡姆的港澳同胞、台湾同胞、海外侨胞、国际友人及各界朋友表示衷心的感谢和良好的祝愿！向节日期间坚持上网写博、发贴灌水和QQ聊天的同志们表示崇高的敬意和亲切的慰问！新年快乐，大家辛苦了！

刚刚过去的2007年，是充满挑战的一年，也是取得不平凡业绩的一年。一年来，面对风云变幻的国际形势、直线飙升的通胀压力和繁重艰巨的灌水任务，我们高举中国特色社会主义伟大旗帜，坚持以邓小平理论和"三个代表"重要思想为指导，坚持以科学发展观统领博客发展全局，坚持全心全意为人民服务的宗旨和"写博为公、灌水为民"的理念，紧紧围绕"全面推进博客事业，再创灌水辉煌"的目标，认真贯彻落实2007年北京博客大会精神，解放思想、开拓创新，发贴灌水各项工作进展顺利，全年完成文字博客9亿8千1百68万6千8百66KB、图片博客8亿6千6百86万1千1百99KB、补贴Q币2千5百35万元、完成灌水7亿3千3百89万9千200公斤、博客总流量8亿2千8百68万立方米，分别比上年增长518.6%、921.3%、333.9%、644.7%和999.9%，基本实现了草根博客的又快又好健康协调发展，构建了安定和谐的灌水局面……

作为纵横一哥点新浪点卡姆的一博之主，我从事博客领导工作的时间还不长、经验还不够丰富，这些成绩的取得，完全是各位GG、MM和广大网友大力支持、辛勤劳动的结果。我为自己能与大家交上朋友，能成为千千万万网友中的一员，并为我们的灌水事业贡献微薄之力而深感荣幸和自豪！在此，请允许我再次向各位朋友致以最诚挚的谢意！谢谢你们！

2008年，我们将迎来一个新的春天。博客世界春潮涌，网好正是灌水时。在举国上下深入学习贯彻十七大精神，努力构建社会主义和谐社会的新形势下，纵横一哥点新浪点卡姆将始终牢记"写博为公、灌水为民"的宗旨，认真贯彻中央关于发展和稳定的战略部署，继续推进"两手抓、两手都要硬"的方针，坚持以人为本、解放思想、深化改革、扩大开放，加快实施优势资源转换战略，加快博客结构调整，转变流量增长方式，大力推进博客模板化、灌水自动化进程，推动博客事业科学发展，为全面夺取建设自由民主博客社会的新胜利而努力奋斗！

线下 QQ 在望，线上 blog 相闻。各位 MM、GG，让我们紧密团结在以纵横一哥点新浪点卡姆为核心的草根博客周围，团结互助、众志成城，争取为博客事业的发展做出新的更大的贡献！

最后祝愿大家写博顺利、万事如意！！

做个博客好难

最近工作较忙，没怎么逛网，没时间写东西，自己的博客也冷落了好多天。顺手点击了链接的几个名家博客，却发现他们早已停博数月了，如易中天、贾平凹、王小丫等人的博客长期没有更新。点击了一些朋友的博客，发现他们也时断时续，有的甚至两三个月才更新一篇文字，仔细看看，有的还是从别处转载的。

我是一个比较感性的人，这一现象无疑又催生了我的新的感叹：做个博客好难！毛主席说，做一件好事并不难，难的是做一辈子好事。现在看来，写几篇博客并不难，难的是要不停地写。

细细瞧瞧那些名动一时的博客，现在还有几个还有当初那么高的兴致在忙活？所以，我连忙清理了自己的博客链接，凡长期没有更新的，一概删除处理。因为没有更新的博客，已经丧失了链接的价值。

就像做人一样，我说做个博客好难，做个优秀的博客更是难上加难！难就难在做个博客也要不停地学习、不停地思考、不停地表达，难就难在要坚贞不渝、持之以恒！

而做到这一点，除了要挤出你的时间、投资你的心情、投入你的精力、挥发你的思想外，还要求你有一定的才力和定力来作支撑。这个才力，就是你的才气、才学、才智；这个定力，就是要求你专心、专一、专业，而且还要做到心无旁骛，不能朝秦暮楚、朝三暮四，能达到“板凳要坐十年冷，文章不写一句空”的境界。

但是我们能真正达到这个境界的人是少之又少，他们最通常的借口就是工作忙、没时间、没心情、没意思，还有借口忘密码了、别人侵犯版权了，等等。而其实，最大的原因可能是懒得学习、懒得思考而导致江郎才尽，没有新的感悟，没有新的思想了。

做个博客好难！虽然如此，我还是要坚持，尽管我不可能天天有作品、天天去更新。

天地悠悠，过客匆匆，潮起又潮落。看看网上那不计其数的博客、播客、闪客、威客、晒客、黑客，他们都不过是一群过客，一群昙花一现的过客！而且，说不定将来我也是其中之一。

那么，你呢？是想继续去做你才情飞扬的博客，还是去做随风而逝的过客？

（原载2008年4月9日搜狐网首页）

有心·有情·有才

——散文创作之我见

众所周知,散文是与诗歌、戏剧、小说并行的四大文体之一。

广义的散文,是所有文学性散体文章的总称,是最自由的文体,不讲究音韵、排比,没有任何束缚及限制。可以说,几乎所有应用文都是散文的一种。

这里要说的只是狭义的散文,是指那种取材广泛、自由奔放、笔法灵活、主观感性、以记叙或抒情为主,抒写见闻感受的文学样式。散文篇幅短小,但所写的人生、自然、事件、景物等,都是从作者自身感悟产生的情、理、意、味,是作者知觉、思维、感觉的综合体及对事物特殊意义和美的发现,体现着作者的深思妙悟和强烈的感情色彩。愚以为,散文是最好写也最难写的文体。其关键是如果一篇文章没有表达作者的感受、感情或感悟,即使风格再独特、语言再优美、行文再潇洒,也不能算是真正的散文。

那么,如何写好散文呢?笔者不揣浅陋,愿意与大家分享以下几点体会:

一、做个有心人,用心观察社会,用心品味生活,嬉笑怒骂皆文章。

做有心人,就是要培养敏锐的眼光和洞察力,能透过某种现象发现别人没发现的东西。那么,有朋友就会问了,你怎么会想到写这些东东呢?也就是说你从哪里来的这些灵感呢?

灵感是思想的火花。灵感从哪里来?我可以毫不保留地透露几个小秘密:

一是枕头法。其实我们在睡不着或者做梦的时候,脑袋都在不停地东想西想,在这一堆思绪中,经常就会突然出现一个好点子、一个好感悟,产生思想的火花,如果没有纸和笔及时记下来,第二天可能就忘了。如果在枕头边常备一支削好的铅笔和一些稿纸,就可弥补这个缺憾。为什么要用铅笔呢?因为铅笔不会弄脏身体和枕头、被子,而且铅笔方便你书写,比如在似醒非醒、眼睛睁不开的时候想到点什么,这时就可用铅笔闭着眼睛在纸上写画,早晨起来凭字迹回想,可唤醒记忆如新。平常身边备个笔和本(手机)也是同样道理,一有想法立即记录下来,方便及时抓住灵感。

二是字典法。这也是长期实践得到的经验,没事的时候,随便翻翻字典、词典,或许会从某个字、词、句,产生某种联想和某个灵感及感悟。恭喜你,如果及时记下来,发挥发挥就是一篇好文章。其他,如像册法、经典名著法等等,都有异曲同工之妙。

三是台历法。台历上有一年365天,每天都有着各种不同的意义,比如24节气立春、雨水、夏至、大雪等等,比如传统佳节春节、中秋、端午、重阳等等,还有现代节日五一、六一、八一、十一及双11、圣诞节、感恩节等等,还有伟人名人诞辰、辞世纪念日等等,还有国际性的倡导性节日地球日、无烟日、消除贫困日等等,我们都可由这些节日引申开来,产生各种各样的想法,转换成各种各样的灵感,进而写出一些时令应景的好文章。

四是冥想法。对于我们这些长年漂泊的人来说,这个方法最方便实用。因为只身在外,经常形影相吊,产生孤独感。这时,就要珍惜孤独,善用孤独。找一个清静的地方,让自己静下心来,静心想想某件事、某个人,或者某本书、某篇文章、某个故事,或者干脆什么也不想,就是闭目养神,也会有新的想法、新的体验感悟。

比如,我结合自己的观察体验和思考,写了《清远意象》表达了对清远的清静之美和发展前景的赞许,很快被《清远日报》发表。工间闲暇去游了一趟神笔洞,便对开发商借洞中神笔(其实就一笔状钟乳石)搞开发,以及游人对"神笔"顶礼膜拜的现象产生感慨,由此写下《神笔洞记》,而且用上了半文言文,在《清远日报》发表后,那个景点的负责人甚至还打来电话表示感谢,说我再去就免费接待。当然了,这是后话。

五是关注法。这个还是用心、留心的意思。要时时关注身边的人、事、物,比如重大新闻、重要活动、重大事件,以及领导、同事和朋友说过的某句话、某个小故事。还有的虽不是什么大事,但有新奇之处,有值得深思的地方,如此等等,都可产生灵感,然后通过联想和反复构思,稍作加工,稍作发挥,即可写出文章来。

2012年秋天,中国作家莫言荣获诺贝尔文学奖,其作品也在社会上一时走红。我趁兴拜读了他的代表作《蛙》,并及时写了《读莫言的〈蛙〉有感》,受到中国作家网编辑的好评。

另外,我也结合工作情况和对所在行业的了解,写了一些言论性稿件。比如针对社会上对高速公路收费问题的非议和诋毁,而众多媒体不去深入调查、澄清,反而纷纷把枪口指向高速公路的情况,我写了《非议公路收费,媒体不能一边倒》。

再比如,我通过了解行业动态,发现现在中国交通规划的三个特点,一是超前,二是过多,三是过滥。特别是规划和建设的过多、过滥,导致现有高速公路被过度分流、效益下降，投资风险加大。由此写下《政策因素已成为高速公路投资最大风险》的言论，表达了一己之见，发表在《广东高速公路》杂志，赢得了路桥行业的认同。

这几篇文稿，可说是关注社会热点、大众话题的结果。当然，关注热点并非人云亦云，而是要透过热点发表自己的独到见解。关注热点只是介入写作的一条路径，而不是唯一路径。对于一些冷点也可多加关注，抒发自己的情感和观点，并以此引领风潮、创造热点。

六是要保持良好的心态。美国著名女作家多萝西娅·布兰德在《成为作家》一书中说："生气、嫉妒和沮丧是灵感之源的毒药，如果能把这些处于萌芽状态的迹象消灭得越早，你的写作就会越好。"她的意思，就是要保持平和的、宽容的、积极向上的良好心态，才能迸发精彩的灵感。

七是一定要喜欢写。这是最重要、最根本的。兴趣是最好的老师。否则，有了灵感不去写也是白搭。所以，一定要克服惰性，忍耐孤独，逐步培养阅读和写作的兴趣，读得多了，就想写了，想得多了，自然就写出来了。通过自我加压，多写多练，写作水平就会很快提高。当然，如果你不喜欢写，对写东西不感兴趣，什么方法都是白搭！

"做有心人，用心感受生活，用心观察社会"，就要求我们对日常事物不能熟视无睹、无动于衷，而是要用心观察，用心品味、用心思考，并从中捕捉灵感、积累素材。只要我们时时留心成败得失，处处用心待人接物，就不怕没有新的想法，就不怕没有新的感受，也就不怕没有好的文章。所谓，嬉笑怒骂皆文章，就是这个道理。

二、做个有情人，用情感悟生活，用情感受万物，人情练达即文章。

就我个人体会来说，人情练达即文章，嬉笑怒骂皆文章。因为散文关乎一个"情"字。但问情为何物？这也是一个问题。

正所谓"人非草木，孰能无情"，这个情就是感情，相信99%的人都知道"感情"这个尤物。

感情这东西内涵极广，人与人的感情、人与物的感情、自我与感官的感情、自我与精神的感情，等等，人情世故、不一而足，感情于人的一生无处不在。

散文正是有情可生、有感而发的载体。我们经常写的散文，一般都与亲情、爱情、人情、国情、事情相关。也就是说，至少这五个方面是散文写作的重点题材。比如表现"事情"的，十多年前，针对国企改革，一边是下岗工人没事做，一边是有些单位人浮于事，没人做事的现象。我写了《有点事做，真好》的稿子，被《中国铁道报》刊用，并被评为CCTV电视散文三等奖。现在看来，当年这篇小文章其实相当浅白，但是它与事的“情”有点关联，反映了下岗工人的心声，所以能获奖。

再比如写亲情的，我想到自己长年在外，对家中父老妻儿照顾不周，写下《想要对你好一点》，表达自己的感激与愧疚之情，被中国作家网发表。

再比如，我们都曾去过很多游览胜地，像岳阳楼这类名胜之地的游记，早已被人写了无数次，但一千多年来，人们只记得范仲淹的《岳阳楼记》。游记类的散文，写作难点在于防止写成流水账或景点说明书。我看岳阳楼在江南四大名楼中其实最为矮小，高不及黄鹤楼，壮不如滕王阁，为什么却声名远扬呢？因为它与家国“情”有关，而且是“先天下之忧而忧”的忧国忧民的高尚情操，所以令人敬仰。

这里说的“做个有情人”，是要求自己热爱生活、关爱他人、热爱国家，有良心和良知，有一颗敏感的心、多情的心，同时通过做人做事做文章，由心、由情有感而发，通过丰富的情感，讲述自己的心情故事，表达自己的爱憎、追求和品位，这一点至关重要。

可以这样认为：不论是叙事散文、写景散文、哲理散文，都是抒情散文的一种，都是围绕情字做文章的，都是为了抒发某种情感。

而对于文章中的情感的表达，则要站在正确的立场，通过合适的视角、细微的观察、细腻的描写、美好的愿景和自己的真知灼见来一一体现。

需要强调的是：立场、视角、观察的正确与否，写作愿景的美好与否，以及是否有真知灼见，直接关系到说事议理的正确与否和情感表达的真挚与否。

如果立场不对、视角不对，不可能有看问题的真知灼见，不可能写出真情实感；如果不想这个人好，却写要对他好，不想做好这件事，却写一定会做好这件事，对不起，这势必会产生思想矛盾、情感矛盾，会用自己的矛刺自己的盾，结果自然就写不出积极向上、情真义切的文章了。

三、做个有才人，不断提高自身素质，在做人做事过程中做好文章。

应该说，能写文章是一种才华，也是具有多种能力和才艺的体现。书法家们有一句行话，叫做“功在字外”。引申过来理解，写文章也决非文章本身，而是要靠文章之外的许多功夫。如果自己什么都不懂、什么都不会做、甚至什么想法都没有，那肯定写不出文章。所以，要想能写文章、写好文章，必须在工作、生活和学习实践中不断提升自己的综合素质，努力达到博学多识。

一是要多读书，多学一点写作的理论知识。理论虽然一般都比较枯燥，但它能提示事物的内在规律和基本经验，重视理论学习必不可缺。同时通过多读书、读好书,仔细领会别人的写作技巧、创作思路,并经常进行习作,多学深思,加深体会,达到学人所长补己之短的目的。

二是要多学一些工作、生活技能,完善知识结构,为写作创造条件、提供养料。比如中国茶道、西餐礼仪、红酒品鉴、音乐鉴赏、棋牌技法等等,都值得学习和了解。武侠小说大师金庸,如果没学习相关武术知识,就不可能写清楚武打情节中的那一招一式。比如我不会打麻将,所以从没写过关于麻将的文字。但我春节在家学会了"斗地主",于是写了《斗地主有感》,表达了游戏误人、不可游戏人生的感悟,被中国作家网发表。这是业余方面的,也算是生活和娱乐的小技能,至于工作方面的技能,就不必多说,那更是必须学、必须掌握的。对于一个社会人来说,工作技能也是丰富职业生涯,实现自我提升的主要途径。如果将来写作、创作成了主要工作,那就更要多学、多写,不断提升专业写作能力。

三是要学习一点心理学,提升自己的人际沟通能力。我们在很多文学作品中,包括小说、戏剧和散文中,看到大量的关于人物心理活动的描写,还有大量的人物对话,这些内容的表现应该都与作者的心理学素养有关。如果不懂心理学,不会将心比心,我们就不可能知道别人会怎么想、怎么说、怎么做,随心所欲乱写一通,可能就不符合逻辑、不符合常识,也就不能写好。

我的理解,学习心理学,也是解决"会做不会说,会说不会写"的不二法门。

四、做自己的读者和编辑,在稿件的修改提炼上下功夫。

鲁迅说过:好的文章是改出来的。看看毛主席他老人家的手稿,也是涂涂改改一团糟。但这些都是幕后功夫,就像表演艺术家一样,台上一分钟台下十年功。不管幕后如何艰辛,只要台上拿得出手,表现够漂亮,你就成功了。

修改文章,首先要自己当自己的读者,对稿子多看几遍,先看看文字、语句是否过关;二看情节、构思是否合理,故事讲得是否圆满;三看思想观点是否中肯,中心思想是否突出,要有新意、有思想、有内涵、有深度。

接着就要自己当编辑,对其中材料组织、布局设计等等反复修改完善。一是要检查写作要素,把要素交待清楚,这是把文章说清楚的基本条件。如记叙文的五个W(何时、何地、何人、何事、何故)、一个H(何果)六大要素一样,散文的几大要素不会太全,但关键要素必不可缺。

二是注意语言表述方式,散文是语言艺术文学体裁的典范,形式精粹亲切、语言优美清丽,集诸美于一身,具有很高的审美价值。散文语句要求词汇丰富、流畅洒脱,简洁凝重、高度准确,韵律动感、幽默睿智,体察入微、情理相透。但是,不管怎样组织材料，怎样安排文字，怎样美化文字，其目的必须是为了表达对人生或自然的特殊感受、感悟。

三是要注意融进“三贴近”的原则，即贴近生活、贴近实际、贴近群众，以此吸引读者的关注。如果写的文章纯粹是自说自话，与别人无关、与社会无关，也就会与读者无关，就没人去看你的文章。如在央视记者到处问人幸福不幸福时，我写了《问问幸福你是谁》；在中日钓鱼岛之争白热化时，我写了《钓鱼岛不仅是个岛》；在“末日”论甚嚣尘上的时候，我写了《人类只会自取灭亡》等等，都受到了读者的关注。

最后，要注意语言风格，切忌拖泥带水、含糊不清。可多用口语、俚语、乡村土语，适当点缀网言网语，增强文章的可读性和趣味性。

除了时效性强的文章外，如果觉得稿件修改不太满意的时候，还可以进行冷处理，就是把它放一边不管了，过它几天或者十天半月再看，这时往往会有新的启发、新的提升，再认真修改两遍，作品质量自会取得根本性提高。

（原载2013年1月25日中国作家网）

（2013年1月29日长春老年大学网转载）

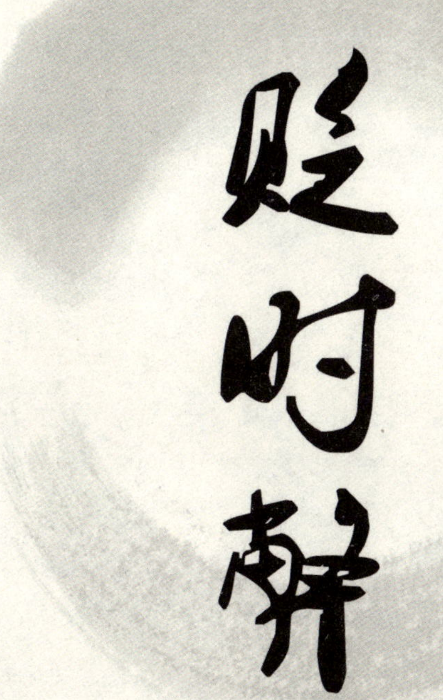

不谈足球

足球是重要的,但不是最重要的。

不谈足球,并不是足球让我们太伤心。不谈足球,也不是不爱足球,而是爱她难开口。

相对于所谓的球迷来说,我一向对足球是敬而远之。我的理由是:

一、自己不懂足球,不懂就不要装懂,也不要当什么球迷对打球的人评头论足,尤其是对打球失手的人妄加指责,因为你根本没这个资格;作为看客你可以这样说,但作为球迷你不能这样做,有种你就到场上去!

二、我敬佩真正的球星和球迷,但我不会发疯似地崇拜任何人,尤其不会和别人一窝蜂地去追星。因为崇拜有时是一种精神,有时则是精神失常。

这样一说,有人可能会熊我了:算你小子有性格!但更多的人会说:你TM有病啊!

我有性格吗?我有病吗?人皆有之,只是因人而异!

既然中国足球打了几十年,仍然没有打出亚洲打向世界,这只能说明三个可能:一是中国人暂时还不适应玩足球;二是玩转足球的确很难,或许比登天还难;三是足球的训练选拔体制机制有问题。不久前中国队参战世界杯,虽然有进步,但其结局还是证明了这几点。

参与是重要的,夺冠是重要的。有些时候,参与的重要性比夺冠的重要性更重要!不以赢球而喜,不以输球而悲,不以成败论英雄,我们应该有这种洒脱,我们应该培养这种心态。这既是对足球事业的自我鼓励,也是对中国足球的阿Q!

足球是一种精神,它是团结、拼搏、实力的结合体,三者缺一不可。赢了,说明玩球的人具备了一定的技巧和优势;输了,说明玩球的人在某一方面还有差距。

不谈足球,并不是说球打输了就不谈,而是要把用在嘴上的功夫用到脚上去,把用在嘴上的功夫用到推动足球发展的实际行动上去。

不谈足球,不评足球,功过自有千秋。光说光评、瞎吆喝有个鸟用!

对于足球,也许该谈的只是:如何少说多做、埋头苦练?如何取长补短、卧薪尝胆?如何改革训练选拔体制、完善训练选拔机制?如何真正支持足球、呵护足球。

不谈足球了,足球毕竟不能填饱肚子,更何况并非人人都是运动员。

不谈足球了,除了教练员和运动员,对足球无所裨益的人员,你还是该做什么就做什么去吧!

要敢于对环境污染出重拳

“北江明珠,清香溢远”。没想到这句脍炙人口的广告词,却在2013年广东国际旅游文化节开幕之时,让所有清远人陷入了前所未有的尴尬之地。

因为,在11月8日至10日,本届旅游文化节开幕期间,清远的PM2.5不合时宜地表现差劲,连续几天都是轻度污染,满眼灰蒙蒙的,加上天气阴沉、光景萧瑟,给旅游文化节笼罩了一层浓烈的郁闷气氛,使备受关注并被清远人民寄予厚望的旅游文化节大煞风景。对此,很多清远人怪罪是天公“不作美”,让清远当众出丑了。

其实不然。冰冻三尺,非一日之寒。让旅游文化节蒙尘、让清远人民蒙羞的PM2.5,绝不是天公不作美,而是清远在追求经济社会快速发展的过程中付出的一个代价,这是清远环保历史欠账的一种积累,也是环境恶化的一次集中体现。看看清远10年前的蓝天白云、青山绿水,再看看清远连续5年来的回南天、雾霾天,让人突然感觉“北江明珠”是最近的事,“清香溢远”却是从前的事了。

话到这里,大家也明白我其实要说的是环境问题了。是的,生态环境是当前中国十分严峻的一个社会问题,也是目前清远要特别关注的一个重大课题。党的十八届三中全会《关于全面深化改革若干重大问题的决定》,全文21427字,其中29次提到“生态”,24次提到“环境”,这说明党和政府对生态环境的重视已经提到了前所未有的高度,也说明中国的生态环境问题已经到了十分紧迫、十分严峻的地步。因此,如何保证经济发展与环境保护同步,将是全面深化改革所面临的一大重要关口。

生态环境事关我们每个人的切身利益,事关子孙万代的长远幸福。环境污染的病根在于发展与转型。转型,就是要从污染源头突破传统增长模式,改变粗放型、低产出和高能耗、高污染的发展模式,减少和杜绝高能耗、高污染的产业。

毫不讳言,清远环境污染的一大病根,就是因为陶瓷、稀土和废铜冶炼等高污染产业的大规模发展所直接导致。要想彻底保护环境、改善环境,必须减少和限制这些高污染产业的发展,我们的政府就要敢于对环境污染零容忍,就要敢于对污染重拳出击,必要时更要以“壮士断腕”的英雄气概,出狠拳、打要害,彻底消灭某些污染严重的项目和产业。

长期以来，经济发展与环境保护一直处于两难境地。但更多的实践证明，发展经济并不一定非要以牺牲环境为代价。在这方面，党的十八届三中全会已经明确提出，要“完善发展成果考核评价体系，纠正单纯以经济增长速度评定政绩的偏向，加大资源消耗、环境损害、生态效益、产能过剩、科技创新、安全生产、新增债务等指标的权重，更加重视劳动就业、居民收入、社会保障、人民健康状况”。对地方政府解决经济与环境的矛盾问题，给出了明确的答案，当前要务是政府执法部门要敢于动真格、抓典型，通过杀一儆百的方式，尽快遏制环境污染快速蔓延的势头。否则，到头来我们既达不到经济社会协调发展的要求，也达不到保护美好环境的目标，而且会葬送数百万清远人的幸福感。破坏环境将得不偿失！

如果政府和执法部门要担心有什么后顾之忧的话，十八届三中全会《关于全面深化改革若干重大问题的决定》也给打击环境污染提供了强有力的支撑。《决定》提出，要“建立系统完整的生态文明制度体系，实行最严格的源头保护制度、损害赔偿制度、责任追究制度，完善环境治理和生态修复制度，用制度保护生态环境……划定生态保护红线……建立资源环境承载能力监测预警机制，对水土资源、环境容量和海洋资源超载区域实行限制性措施……探索编制自然资源资产负债表，对领导干部实行自然资源资产离任审计。建立生态环境损害责任终身追究制。”“对造成生态环境损害的责任者严格实行赔偿制度，依法追究刑事责任。”首次建立环境问题首长问责制，明确提出对环境问题零容忍、高压力，对相关责任人严惩不怠！

北江明珠，清香溢远。未来的清远，还能不能保持着北江明珠的风采，还能不能保持着清香溢远的境界，关键要看清远人敢不敢向污染者叫板，敢不敢对污染行为重拳出击！

（原载2013年12月3日《南方日报》）

（2013年12月12日中国作家网转载）

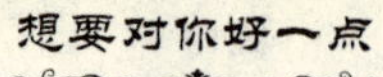

非议公路收费，媒体不能一边倒

近几年来，大众媒体对个别高速公路的不合理收费现象进行了一次次的猛烈抨击，连篇累牍的报道充斥于报端和网络，在社会上引起了强烈反响。不明就里的民众也在各个地方跟风起哄，口口声声要求取消公路收费，甚至强烈反对国家政策规定的合理的高速公路收费。而媒体又不时反过来以“民意”为基础，不分青红皂白，以各种言论直接或间接地支持这些不明就里的民众的不合理诉求，反对收费的声音甚嚣尘上，仿佛高速公路行业真的就是非常暴利。媒体这么做，显然有点过头了。

事实上，改革开放以来，中国经济的高速发展，中国公路建设事业的蓬勃兴起，在很大程度上得益于长期稳定的“贷款修路、收费还贷”政策。如果没有高速公路收费政策，中国的公路建设就不可能取得今天这样辉煌的成就。从1988年采用贷款方式建成第一条高速公路——沪嘉高速开始，到1993年通过世界银行贷款建成京津塘高速公路，25年间我国高速公路通车里程实现了从0公里到9万公里的大飞越！安全快捷的高速公路，不仅极大地改善了国家交通环境，极大地便利了人员、物资流动，极大地推动了经济社会文化的高速发展，而且极大地改变着人们的思想观念和生活方式，为国家建设和国防保障事业提供了有力支撑。如果没有这9万公里的高速公路，中国的经济社会发展也不可能取得今天这样伟大的成就。

高速公路是大型基建项目，工期长、难度大、投入高，单项投资动辄数亿、数十亿、上百亿元。由于国家建设资金有限，继而对高速公路实行了“贷款修路、收费还贷”的政策。在国家指导下，高速公路基本由有资质、有实力的投资人和大型企业，通过银行贷款、民间融资、股份合作等方式筹资建设，并由省级以上人民政府核定通行费标准，通过收费方式逐步偿还贷款和支付相关管理费用。

由于高速公路建设投资回收期较长，加上运营期间的经营管理成本、养护维修成本、银行贷款利息及合理的投资回报，高速公路的收费期一般长达20~30年，个别的甚至在30年以上。从经济效益方面看，那些修建早、位置好、交通流量大的高速公路，其累计收益确实超过了初始投资，有了大量盈利；但对于更多的位置偏远、道路崎岖、交通流量不足的高速公路，其中绝大部分都是高负债、高亏损，部分高速公路的收费额甚至不够偿还银行利息,其经营压力可想而知。2011 年以来,在国家信贷紧缩政策之下,高速公路项目贷款也更加不易,导致很多在建高速公路被迫停工。最近有报道说,山西组织省内最富有的 7 家煤碳企业通过代建代管的方式筹资修建高速公路,结果这些富得流油的企业竟然也忧心忡忡,他们担心将来收费不好拖累企业破产。如果高速公路是暴利行业,银行可能不给贷款吗? 富得流油的煤碳企业可能不投资吗?

收费期间且不赘述,再说高速公路收费期满后的养护问题。一般高速公路在经过了二三十年的收费期以后,也基本是破损不堪,必须实施大修和改造才能不至于影响通行和安全,而此时的大修和改造少不了又得大把银子。据报道,作为我国贷款修建的第一条高速公路,沪嘉高速在 25 年收费期满后,将于 2013 年元旦停止收费。沪嘉高速停止收费后的巨额养护和管理费用,会是政府全盘买单吗? 如果不是,势必让企业继续走上"贷款修路、收费还贷"的老路。

对于以上情况,一些媒体不知是真不清楚,还是装作不清楚。在媒体对公路收费还贷政策的再三宣战和激烈抨击下,一些民众更加理直气壮地蛮不讲理,他们普遍认为公路是公有的,公路收费就是不合理,就是要取消,而丝毫不考虑实际的国情和投资人的难处。

实际上,高速公路也是一种商品,它提供的是一种比普通公路更加安全、快捷、舒适的服务。作为消费者,你有权选择不享用这种服务,但你不能享用了这种服务却拒绝交费。因为提供这种服务的投资人为此付出了巨大的成本,花费了大量的有价劳动。在市场经济规则下,投资提供服务,投资享有回报,通过服务收取适当费用,都是天经地义的!

媒体和民众在拿高速公路收费说事儿时,一定要具体问题具体分析,而不能简单地用少数个例以点带面、以偏概全,更不能在反对收费还贷的问题上一边倒。再说收费标准问题,高速公路的收费标准都是政府根据社会物价和投资成本精算而来的,一般来说也是比较合理合适的。如果大幅降低收费标准,投资人的钱何时才能收回? 如果完全取消收费,每个国民要增加多少税赋才能偿还银行和投资人投出去的银子?

政策因素已成高速公路投资最大风险

看到这个题目,大家一定会质疑"这是为什么"?为什么呢?愚以为,主要是以下三大高风险因素导致的必然推论。

一、市场经济体制不健全,投资高速公路的政策风险明显高于其他产业。政策因素正成为高速公路投资的最大风险,且风险多变而不可控。

因为高速公路说到底是一项公共资源,近些年受广深高速等少数优势路线收费可观、盈利丰厚的公路的影响,媒体和民众便以为所有高速公路都是暴利的,于是大声吆喝要"还路于民"。他们这种呼声其实是一种无知,他们不知国内高速公路70%以上均处于亏损和惨淡经营的状态,因为建设贷款巨额利息和巨大的养护、运营开支,早已让广大路桥企业压力山大。政府呢,它对这一情况也不是不清楚。但是,出于应对媒体和民众关于还路于民、降低物流成本、控制通胀等各种诉求的考量,政府必须抓大放小、牺牲路桥经营企业的利益,从缓解社会矛盾、构建和谐社会的高度,在实施现有农产品绿色通道、军警免费通道政策的基础上,又开辟了多种减免高速公路收费、缩短收费期限、降低收费标准的新的"绿色通道",比如今年国庆开始实施的重大节假日小车免收通行费政策,就给广大路桥企业当头一棒。

岂不知,政府这种作为完全是违背市场经济法则的,因为高速公路是企业千辛万苦投资建设的,企业投资的目的是为了承担社会责任、服务社会、为全社会提供便捷交通,同时获取合法收益,并实现高速公路经营的持续发展。政府一句话、一个政令,便免除了车辆路桥费用,等于剥夺了路桥公司的收费权利和经济收益,且没有给予相应的补偿和说法,这无疑于是一种变相的巧取豪夺,是违法行为。政府是法规的制定者和执行者,政府出尔反尔、执法违法,只能使人想到那句着实无奈的老话:欲加之罪,何患无辞?

二、高速公路规划过多过滥,导致部分既有高速公路大失血,严重打击了民间高速公路投资的信心。

据交通运输部2011年度统计年报显示:截止到2011年底,全国公路通车总里程达到410.64万公里，其中等级公路345.36万公里，高速公路8.49万公里（国家高速公路6.36万公里）。这其中，国家高速公路“7918网”规划的横贯东西、纵贯南北、路网覆盖10多亿人口、总规模约8.5万公里的33条高速大通道，业已完成过半，国家高速公路骨架网络基本形成。

专家论证认为，当网络布局合理，连续运输距离达到200~800公里左右，高速公路将形成显著的运输效益优势。但是目前，我国高速公路建设与发展尚不平衡，高速公路里程超过3000公里的14个省份，大多分布于中东部和沿海经济发达地区，进而导致高速公路的规模效益发挥不平衡。

在全面建设小康社会、实现现代化的新时期，从国家发展战略和全局考虑，规划建设新的高速公路是十分必要和紧迫的。但是一些地方，特别是一些高速公路发展已经饱和的发达地区，以及并不需要那么多高速公路的欠发达地区，都出于增加GDP等各种考虑，置本就不饱和的高速公路于不顾，置一些高速公路的断头路于不顾，纷纷规划建设新的高速公路，从而导致不少既有高速公路被大量分流，路费收入大幅流失，投资回收难度明显加大，尤其是造成那些本不饱和的高速公路雪上加霜，并造成绝大多数路桥企业经营亏损，严重打击了民间高速公路投资的信心。

三、大规模产业转移政策和立体交通网络的快速发展，导致部分高速公路物流锐减，交通流量和路费收益直线下滑。

据2011年度中国统计年报数据，全国拥有公路营运汽车1263.75万辆，载货汽车1179.41万辆，水上运输船舶17.92万艘；2011年，全国营业性客车完成公路客运量328.62亿人，营业性货运车辆完成货运量282.01亿吨，完成水路货运量42.60亿吨；2011年，全国高速公路年平均日交通量为18941辆/日，年平均行驶量为160897万车·公里/日。

铁路方面，2011年全年投产新线2167公里，其中高速铁路1421公里，全国铁路营业里程9.3万公里，时速达200公里以上的高速铁路里程已经接近1万公里。铁路旅客发送量完成186226万人，全国铁路货运总发送量（含行包运量）完成393263万吨。

中国正在兴建和即将兴建的高速铁路客运专线和城际铁路里程达到17000公里。根据中国铁路网规划，至2012年底，中国将建成42条高速铁路客运专线，基本建成以“四纵四横”为骨架的全国快速客运网，总里程达13000公里；到2020年中国时速在200公里以上的高速铁路里程将会达到50000公里。

铁路、水路、高速铁路、城际轨道及航空路线网络的快速发展，大量分担了原有公路承载的物流、人流负担，特别是高速铁路、城际轨道及短途航空的方兴未艾，极大吸引了高速公路的人员流动，大幅减少了人们通过高速公路出行的意愿，直接减少了高速公路的投资收益。

另一方面，一些重要工业城市、中心城市和沿海发达地区，近年纷纷实行了产业转型、产业转移的政策，也导致部分高速公路物流锐减。如广东和其他沿海发达地区就有很多城市的大量陶瓷厂家、工矿企业转移到人力成本相对较低、环保政策相对宽松的内地和欠发达地区，产业转出城市和地区高速公路的物流、人流量就相应减少，同时还有大部分人流通过高铁、城轨及航空从高速公路被分流，而替代物流、人流相应增加的信息流、知识流并不需要高速公路。这样一来，就造成高速公路的“产能”过剩，交通流量和经营效益必然直线下滑。

以上所说的三大动因，包括农产品绿色通道、军警免费通道、重大节假日小车免收通行费和其他各种减免收费、缩短收费期限、降低收费标准的做法，以及发展立体交通、高速公路建设过剩和产业转移等等，导致现有高速公路竞争力下降、效益下滑的做法，都是政策层面的重大动作。对于民营路桥企业来说，政策因素正成为路桥投资的最大风险，且是致命的高风险因素。

鉴于当前中国的政治、经济体制和国家经济社会发展状况，在未来一个相当长的时期内，路桥企业所具有的上述高风险因素将继续存在。因此，如无重大政策改变，民间高速公路投资将被看空，整个高速公路产业前景堪忧。

面对这样一个前所未有的严峻形势和囚徒困境，广大路桥企业必须对投资高速公路抱持一个十分审慎的态度，同时要千方百计挖掘一切有利资源，通过更加有效的模式创新、管理创新、科技创新，实现既有高速公路自我发展的新突破。

（原载 2013 年第 1 期《南粤高速》）

冲冠一怒只为虎

东北虎存世稀少，十分宝贵，是国家一级保护动物，也是世界濒危物种之一。对于这些可爱的珍稀动物，本应精心照料、妥加保护才是，可沈阳冰川野生动物园却因管理不善，在短短3个月内使11只老虎相继被饿死、病死。

老虎是“森林之王”，身强体壮，虎虎生威，是不可能那么容易就被一点小病小灾、小饥饿弄死的。初次听说这么多的东北虎一下子非正常死亡，真让喜欢动物、喜欢老虎的人，有点“情何以堪”、“于心何忍”的悲愤之感！

11只东北虎非正常死亡后，又有幕后消息透露：沈阳冰川野生动物园2000年建园之初，共有动物61种1024只，而今仅有动物49种518只。10年间，蒸发了12种506只动物，包括老虎四五十只、狮子20多头。目前还剩老虎30只，其中东北虎18只、白虎11只、孟加拉虎1只。

在出现如此重大的损失面前，人们不禁要愤怒质问沈阳冰川野生动物园：你这还是饲养动物的动物园吗？你这分明就是动物的屠宰场嘛！不管怎么说，你总得给国家、给人民有个说法、有个交代！相关责任人必须绳之以法！

其他不论，先说东北虎的事。就算你说老虎是病死的，为什么当初那只老虎生病的时候，你不请医生好好看看？为什么当初那只老虎死后，你们还不想办法避免事故重演？哦，你又说经费不足，没有钱，才让老虎忍饥挨饿。就算真的没钱，那也不是一时没钱，你们经营这个动物园，更当早作规划，没钱更要早想办法，也不能眼睁睁地让老虎们一只接一只地死去。

作为一家动物园，不管你有钱没钱，都必须想办法承担起饲养动物、保护动物的责任，而不能说没有钱就让动物们饿死、病死！既然你没能力、没钱经营好这个动物园，为什么还要霸占着它的经营权？更要提醒的是，动物园既然经营如此困难，如此草菅虎命，为什么当地政府主管部门没来管一管？

博客,到底有多虚伪?

“博客真TM虚伪!”向来文质彬彬的一位哥们儿,最近不知何故一个劲儿地带着脏字这样抱怨着。而在此之前,这样的抱怨在别人那里也时有所闻,但我从来没有想过问人家“为什么”。

今天下班后,这位喜欢玩博客的哥们儿又在我面前发起了牢骚:“真的,我看这博客简直越来越虚伪!”也许是今天刚发了奖金,心情较好,我就笑着问他:“为什么?到底有多虚伪?”

没想到,他叽里呱拉竹筒倒豆子似的说了一大堆:

“哥们儿你说,作为一个优秀的个人信息展示、交流平台,博客可说是我们的网络家园啦。最酷的博客网,不仅拥有一批耀眼的名人博客、明星博客、情感博客、草根博客,配备有个性十足的博客模板,而且还拥有社会、文化、IT、教育、财经、体育、旅游、影视、娱乐、摄影、游戏、汽车、房产、生活、情感等各种花样的博客圈。在这里,咱们不仅可以自由自在地发表文章、发布图片,嬉笑怒骂、畅所欲言,而且还可以查看别人的博客文章,再天南海北、抒发情感,收听音乐、结交网友……”

“是啊,我还把自己的博客当成作品集呢。”我忍不住插了一句。

“总之,它的好处说不完。博客——你听听,名字有多雅?多好的一个宝贝东东啊!”

他继续倒豆子:

“可是,君不见:现下不少博客开始莫名其妙地心浮气躁起来,他们学会了政客似的虚伪、客套、拉选票,他们不再自食其力地耕种自己的那‘一亩三分地’,自己的博客要么是东转西抄的别家文章,要么是故弄玄虚、哗众取宠的做作之作;博客之间也是蜻蜓点水、互相拍马而心照不宣,其目的都是为了留下自己的印迹,商业化而且过分露骨地推广自己,以吸引别人的眼球、增加自己的点击量,企图依托博客扬名立万。

你看,现在有的博客甚至以变相的色情、迷信和偷拍、侵权、泄密、暴露隐私等内容来扩大自己的影响力……

唉,难道现在世风日下了?怎么人人都那么虚伪!我为这个世界悲哀!”

“名，吾所欲也，利，吾所欲也，得一可得二者，孰不拼命也。”套用孟子的之乎者也，我对这位愤愤不平的哥们儿开导起来，“俗话说，雁过留声，人过留名。追名逐利也算人之常情嘛。”

“看来，你更虚伪！”听了我的高论，这位哥们儿发急了。

我连忙连珠炮地加以反攻：

“这个世界其实本来就没有不虚伪的人。人人都虚伪，只是虚伪的程度不同而已。说实话，从个人的观察与体验而言，你对博客的抱怨我也深有同感。

你看看，哪个优秀的BLOG不是一束闪耀着思想光芒的火花？

博客，给我们带来过灵感，带来过快感，充实并极大地丰富着我们的生活。但是，作为一个新型的自媒体，作为网络的一种自由传播方式，博客的兴起也给我们的生活带来了巨大冲击。

知道吗？目前，中国的博客已经数千万，尤其是那些以发布所谓‘独家’、‘抢眼’的小道消息、敏感言论的博客，甚至已被视同网络记者，他们发布的观点和所见所闻，已在部分人群中发挥重要影响，少数强势博客还因此获取了事实上的‘媒体身份’，在某种程度上享有了舆论的引导权与主导权。

在此情势下，人们把博客作为名利双收的工具，充分发挥免费资源的效用，当然情有可原了。

再说了，博客也是个新生事物，由于缺乏相应的监管，博客内容良莠不齐、真假莫辨，以至混淆视听、造成负面影响，这都是法律方面要解决的问题。

在法律未健全之前，博客只能用道德、公德来约束。”

说完，我指着哥们的鼻子追了一句：“既然你说博客太虚伪，那你这爱‘客’如命的博客，更要革命靠自觉，不要别人说，要从自己做起，从现在做起……”

“做什么呀做——”他打断我的话。

“做人要厚道。博客是人，做博客也要厚道啊！”

这样的流量有啥用

相信很多网络作者,包括各种网站、博客和论坛贴子的作者,都曾苦恼于自己辛辛苦苦的劳动成果却无人问津。无人问津即缺乏有效流量,而有效流量恰恰是在网络上表示别人对你关注和认同的最重要的指标之一。

有效(真实)的流量与知名度和影响力直接相关,一般来说,流量越大知名度越高,知名度越高影响力越广,影响力越广所产生的社会经济效应越可观。

正是基于这个原理,很多网络作者都曾想方设法来吸引网民的关注,以增加自己的流量(其实不过是个变动的数字符号而已),其中不乏通过做广告、做宣传,来增加自己的流量。

增加流量本来无可厚非,因为想出名、想得到别人的关注与认可,都是人之常情嘛(比如网上芙蓉姐姐、山东二哥等等)。问题是,如果作者不注重提高出品的质量和数量,只是不择手段地为了流量而流量的话,就毫无意义了。但现实中还是有很多网络中人经常乐此不疲,他们除了自己反复点击自己的帖子来增加虚假的流量外,还会通过"走马观花"、"蜻蜓点水"的方式,增加与其他网络作者的"互动"来增加自己的流量。而那些无所不用其极地以色、性、暴露、凶杀之类的垃圾图片和文字,来直接提高自己的吸引力,就更是走极端、昧良心了!

正所谓,说者无心,听者有意。有需求就有市场。一些有经济头脑的人就从以上现象中,敏锐地发现了一个赚银子的新市场,这就是代客户刷流量,并将提供这种服务者美其名曰"网络运营商"。

初步的了解是,网络运营商代客户刷流量一般是要通过各种形式收费的。一旦客户付费,商家就会通过专用流量软件和相关网络技术,按事先承诺的数量和效果直接快速增加客户的流量;也听说有的商家甚至直接雇人不间断地反复点击客户的目标网址,来增加客户的流量并进行无关紧要的评论。不管以何种方式,这种大量增加的流量大多都是虚假的流量,虚假的流量不存在知名度也更谈不上影响力。

如果真实的流量与知名度、影响力成正比,即流量=知名度、知名度=影响力的话,那么虚假的流量与知名度和影响力成负比,即流量≠知名度、知名度也≠影响力,虚假的流量只能=自己的虚假=自己的虚荣。

有鉴于此,本人就太不明白了:靠劳民伤财地换取虚假的流量,到底有啥用呢?这不是自个忽悠自个吗?

依在下来看,这样虚假的流量还是不要的好!

红衫军其实很黑很恐怖

泼血,在巫术中一般是为了驱鬼祛邪而进行的一种仪式,现代多数人也只在恐怖电影中见过。对于3月16日泰国10万红衫军的泼血示威行动,有媒体竟然说它“极富浪漫主义”“有一种我以我血荐轩辕的悲壮气势”。对此,在下不敢苟同,恐怕更多的人也不会这么看!

泰国红衫军,是2006年前总理他信被政变推翻后成立的一个反对人民民主联盟的政治团体,又称反独裁民主联盟。因为他们行动时均穿着红色衬衣,所以又叫“红衫军”。红衫军这次泼血示威行动是因为法院判处没收他信财产而上演的,目的是以此向政府施压,提前进行选举,促使他信重新掌权。这次示威行动虽未达到全民起义的程度,但是数千名红衫军排队献血,又兴奋地挥舞着装满鲜血的瓶子,将收集到的300公斤鲜血泼向总理府,那种血流成河的场面,确实悲壮、惨烈,也确实让人们为之震撼。

抽血、献血应该只属于医学或研究行为。红衫军在36度的高温下在街头大规模抽血,卫生条件无法保障,被抽血者的健康没有保证,泼血场面血腥恐怖,更可能导致疾病传播,因此受到泰国红十字会的谴责,引起许多泰国民众的担忧。但是国内竟有媒体声称,“这次泼血示威是一种极富浪漫主义的创意”“有一种我以我血荐轩辕的悲壮气势”。我想,很多人不会这样认同吧。身边有好多人在看到这次示威的报道后,普遍认为示威行动太过血腥、太过恐怖,其血腥程度、恐怖程度丝毫不亚于大规模人员伤亡的悲惨场面。

而且红衫军泼血示威时,还请有一名印度教牧师诅咒政府,警告阿披实政府“正坐在人民的鲜血上执政”,血洒总理府寓意内阁成员将踏着红衫军的鲜血进入政府总部。红衫军的寓意虽好,但过于装神弄鬼,也做过了头。

另据报道,在泼血示威之前,红衫军领袖曾鼓吹“会有20万人参加行动,收集血液1000公斤”,但实际上都不足一半。可笑的是,还有消息透露,参加示威的这些人原来都是要拿报酬的,因先前承诺每人2000泰铢(约人民币420元)并全额补助汽油钱,后来报酬变成每人仅1500泰铢,致使许多原本要参加示威的人因为报酬问题又临阵退缩。

我们虽然不在泰国，但仅从红衫军的付费、泼血、诅咒这一连串的拙劣行为来看，泰国红衫军其实很黑、很恐怖！

我们知道，一般游行示威活动只有暴力和非暴力两种形式，红衫军一直主张搞非暴力的示威活动。但红衫军的这次泼血示威，实际介于暴力和非暴力之间，说他暴力吧，现场他没死人，说他非暴力吧，现场又血流成河，充斥极强的血腥色彩，实际是一种非暴力的暴力，而且比暴力行为有过之而无不及！

这次行动是不是暴力姑且不论，示威收费是不是仗义不说，讨价还价是不是道义不说，单就他们费尽心机地搞起泼血、诅咒这些明显带有黑道色彩、迷信色彩的事，就为任何一个正常的、理性的人所不齿。

而反观阿披实甘于示弱、理性思考的态度，可以肯定，这些红衫军的血也白泼了，心机也白费了！

七个小矮人

最近有七个人，不仅让中国人丢脸，而且让全世界恶心。如果说彪炳史册的“戊戌七君子”是极致的高尚，那么这七个人就是极致的龌龊，就是名副其实的“壬辰七小人”。不过，说什么君子、小人的，于现代语境也不是很准确，我们还是叫它“七个小矮人”吧。

媒体聚焦的这七个小矮人，其中三个与飞机有关，两个与大使有关，还有两个与钻石有关。虽然新闻报道都说过，相信大家都知道是咋回事了，但我还是对这几人的所作所为不吐不快。

这前两个就是在北京拦截日本驻华大使丹羽宇一郎的小车，并夺走太阳旗的人。在中日钓鱼岛之争白热化、中日双方都在担心擦枪走火的敏感时刻，这两个人竟然跳出来充英雄、出风头，没想到英雄没当成，反在人们的讥笑声中进了拘留所。据报道，这两人是开着大奔驰去抢夺人家的小太阳旗的，由此可知他们并不是一般的抢匪，而是两个没脑子的有钱人。不然的话，他们也该动动脑子想一想。你这不是成事不足、败事有余的添乱吗？所幸这一事件，并没有给日本右翼势力太多的把柄和口实，否则这两个家伙成为中日交战的导火索也不一定。

接着这后面的两个人就更有高度、更加风光了，他们竟然出人意料地在飞行中的国际航班上举行了举世瞩目的“拳王争霸”赛，两人拳脚相加、大打出手的结果，导致瑞士飞北京的飞机被迫返航，飞机上的几百名乘客和其他航班的无数乘客都被这两个混蛋耽误了行程。

第五个人虽然没在飞机上打架，但他的能量也不小，因为他的一个电话就把深圳到襄阳的飞机叫落地了。而令人可笑的是，他打电话谎称飞机有炸弹的原因，竟然是为了阻止债主来找他讨债。这又是多么荒谬、多么无赖的小人啊！

最后两个人，在斯里兰卡珠宝展会上欣赏钻石时，其中一个人在另一个人的掩护下，竟然不怀好意地把人家的钻石吞到了自己的肚子里，妄想通过如此极端无赖的手段，非法侵吞人家的财宝。

人啊人，这几个小矮人矮的不是身高，也不是智商，而是素质、是修养，他们的所作所为不仅充分暴露了自己的自私与无知，而且简直就是“一颗老鼠屎，坏了一锅粥”,严重败坏了全体中国人的声誉和形象。如果现在见到这几个人,特别是那后边五个欠扁的家伙,相信很多人都想上去给他一通狂揍。

为许宗衡们喊冤

2009年五六月份，中国官场的那次大地震，真不知还要"震"出多少令人震惊的人和事：广东省政协原主席陈绍基，山西省委原副秘书长冯其福，深圳市委原副书记、市长许宗衡，公安部原部长助理郑少东，全国人大常委会财经委原副主任委员、预工委原主任朱志刚，浙江省政协原常委、人口资源环境委员会原主任戴备军，天津市原市委常委、滨海新区工委书记兼管委会主任皮黔生等人，均在那次地震中原形毕露。

这些烂事已过一个多月了，但至今仍然余震不断，最近又听说许宗衡的后台老大也被揪出来了。倘如此，看来中央查处大案要案的决心是真的越来越强了，对腐败分子是真的不姑息、不手软了，而腐败分子的日子也真的越来越难过了。

自古以来，中国官场的腐败问题一直是个常态，人们见多不怪。但在那次大地震中英勇献身的许宗衡同志，还是一下刺激了所有人的神经。这就像猎人天天只能打个兔子，别人相信他的能力而不足为奇，倘若猎人某天打只老虎回来，众人一定会连称稀奇，不仅对猎人刮目相看，而且也一定会对老虎屁股好好摸一摸、狠狠踢一脚。因为老虎活着的时候，大家都不敢正眼看它、不敢走近它。所以，中央连续的重拳肃贪，强劲的反腐势头引起了民众和舆论的高度关注。

在关注许宗衡的同时，我也在为许宗衡们暗暗叫苦、大声喊冤！你会问了：他们冤什么呢？你想想：许宗衡们落得今日下场，尽管是自身私欲膨胀、修养不够、意志不坚等个人因素直接作用的结果，但其实现今中国的社会环境、法治环境、人际环境、市场环境，才是孕育培养许宗衡们的原始温床。什么样的环境，出产什么样的人。如果没有这个环境温床，许宗衡们即使私欲再强、意志再弱，也不至于一个个那么顺风顺雨地茁壮成长。既然他们倒台只是环境惹的祸，你说他们冤不冤？冤！真正比窦娥还要冤！其"冤"有三：

一冤：社会风气不正，市场机制不健全，许宗衡们只是世风日下的牺牲品。

当今社会，早已是声色犬马、灯红酒绿，骄奢淫逸成风，虚假浮夸成风，溜须拍马成风，请托送礼成风，跑官要官成风，拜金主义、享乐主义盛行，更有甚者，买官卖官暗渡陈仓。靠虚假、拍马、请托和跑官要官、买官卖官的人收获甚丰，你不假、不拍、不受、不跑、不要、不买、不卖，就没出头之日，就自觉吃亏，所以在此环境下想做个清官其实也很难。君不见，很多酒店、桑拿、娱乐、洗浴场所其实更像一个个花街柳巷和一个个红灯区，而政府却对其视而不见、闻而不问。街上二奶、二爷们恬不知耻、满面春风，鸡妈、鸡婆们骚首弄姿、成群接队，还有吸毒、赌博、乱性、裸聊等乌七八糟的事，在每个阴暗的角落轮番上演，好一派江河日下、世风日下的繁闹景象。

为什么一代家电巨头黄光裕案发入狱后，一大批重量级高官会随之落马、落网？这就是世风不正、官员们受到太多拜金主义、享乐主义轮番诱惑的结果。官员们看到别人发财获利，心理失衡，便与商人一拍即合。而商人们往往为了获取更大的利益，会不惜一切代价、利用一切糖衣炮弹对官员们进行诱惑，通过权钱交易、权色交易各取所需。当然，一对一的官商勾结，官员永远不会比商人"捞"的多。但是，一对十的官商勾结，官员们的收获就非常惊人了。在倒台官员中，身家千万、亿万者不乏其人。他们的财富哪里来？只能是商人们"返利"的，而且是很多商人和下面的官员返的利。但最终，官员们成了商人的牺牲品，成了世风不正的牺牲品。

二冤：国家法律、用人制度存在缺陷，许宗衡们下地狱是法律漏洞使然。

在中国，很多本来应该是法律要管的事，却交给道德和伦理去约束，而道德和伦理完全要靠个人自觉。而稍不自觉，违反了道德和伦理，也不过是受到一点不伤皮毛的"道德谴责"。于是，有人受私欲使然，往往也不去管它道德不道德、伦理不伦理了。比如属于权色交易的婚外情、二奶、二爷现象，一般人看来也不过就是男女关系不正常而已，法律不管他，而道德管不了他。但是这种关系一般都要有经济基础、权力基础做支撑，于是，权色交易、钱色交易、钱权交易暗潮涌动，并且常常因为不被重视而蒙混过关。这只是其中一些小例子，类似的问题还很多。

反腐斗争，是一场没有硝烟的战争，也是一场只能赢不能输的战争。也正因为国家觉悟到法律制度存在漏洞，所以近年开始频频颁布各种惩治和预防腐败的法律制度，力争从源头上构筑一个遏制腐败的运作体系，包括加强预防腐败教育、健全干部考核奖惩机制等，力求通过形成良好的工作和成长环境，使官员不敢"铤而走险"。中央《2008-2012 年健全惩治和预防腐败体系工作规划》明确提出了"经过今后 5 年的扎实工作，建成体系基本框架"的目标。2009 年 3 月，公务员财产申报制度被提交两会讨论；5 月，中央出台了《关于加强和改进村民委员会选举工作的通知》，明确基层选举工作要求；5月22日，中央政治局审议并通过《关于实行党政领导干部问责的暂行规定》、《中国共产党巡视工作条例（试行）》及《国有企业领导人廉洁从业若干规定》。这一系列举措表明，健全法纪制度建设，加强廉政文化建设，不给腐败留空子，不让腐败分子有可乘之机，才是预防腐败、保证权力阳光运行的必由之路。

三冤：监督机制形同虚设，权力约束无法无天，许宗衡们没法自觉“革命”。

俗话说，革命靠自觉，不要别人说。但由于监督机制、考核机制不完善或者形同虚设，民主集中制虚晃一枪，谁的官大、权大，谁说了算！官员权力失去制约而无法无天，一些官员不能自觉约束自己的权力，也不能正确对待手中的权力。而官员们的权力一旦失去监督，便会像决堤的洪水一样泛滥成灾，他们就会将权力从为人民服务的正道上，拨到以权谋私、权钱交易等“为人民币服务”的歪门邪道上。而且时时心存侥幸，认为别人查不到、抓不到。许宗衡在被调查的前两天，还在深圳新闻网畅谈文明城市。殊不知，腐败之手不能伸，伸手必被捉。再聪明的贪官也逃不过法律的制裁。

由上述可知，要想让官员廉洁从政，必须限制权力、制约权力、监督权力。在这方面，广东省有了一个好主意。今年6月，广东省纪检监察派驻管理体制发生重大改变，34个省直纪检监察机构由原来的单位内设，变成由省委任命、省纪委“直管”。这种做法的好处是，纪检机构与所驻单位的关系，由过去的“领导与被领导”变为现在的“监督与被监督”关系。从而彻底改变了“你监督我，但你被我管”和监督无效的尴尬局面。

（本书出版时作者注：党的十八大后，习近平总书记又提出“把权力关进制度的笼子里”的政治设想，并为此出台了“反四风”和“八项规定”。相信如此以来，被革命的和自觉“革命”的官员会越来越多。）

照片让我们不再相信眼睛

在这个世界上,一直以为我的眼睛是最值得信赖的,因为有大量的事例一再证明着“耳听为虚,眼见为实”的古训。但是,时代变了,眼睛也学会要滑头了,不端耳朵在听着人家忽悠你,眼睛也开始真真切切地忽悠你了。眼睛忽悠人的一大道具就是照片。

自“周老虎事件”曝光后,一直想和大家聊聊照片的话题,今天终于有了这份空闲。根据光学成像原理,按说照片是最能反映客观实际的,照片可说是我们的第三只眼睛,眼睛看的什么样,照片上就会有什么样。但是,我们千万不要被自己的眼睛所蒙蔽,更不要被眼睛所看到的照片所蒙蔽。

有次没留意间发现照相机里拍了一张楼房歪倒的照片。就让朋友们看:仔细看看上面那张照片,你发现了什么?感觉到了什么?是不是觉得那大厦在倾斜,似乎就要倒掉了?是的,照片反映的情况确实很危险!不过我要告诉你:别怕别怕,这只是我一边往前走,一边用相机拍摄的一个图像而已,而实际上那照片上的雕梁画栋美丽、正直而坚定地矜持在那里哩。

透过这样随手一拍的照片,我第一次感受到了照片真实性的不堪一击,它轻易地就欺骗了你的眼睛,并由眼睛欺骗到你自己。如果在拍照时,你用眼睛来现场对照,相信你首先信赖的还是你的大眼睛。

由这样一张不加曲解的照片,我想起美国《国家地理杂志》曾经报道:一名加拿大男子利用电脑技术对一幅乳齿象化石挖掘照进行数字化修改,将乳齿象骨骼“变”成了一具庞大的巨人遗骸,“巨人遗骸”的脑袋甚至比一个人还大。这幅伪造的照片在互联网传播后,骗翻了上千万网民,人们纷纷致信美国国家地理协会,询问他们是否真的挖掘了巨人遗骸,该协会经过详细调查,终于认定这是“恶作剧”。

由国外到国内,再看看“周老虎”、“刘羚羊”和所谓“艳照门”中的那一张张人为雕凿的照片,我们不禁要怒吼着为我们的眼睛叫冤!我们的眼睛也是受害者啊!

还记得小时候老师教导我们的吗?要透过现象看本质,不要被事物的表面现象所迷惑。但事实上要做到不被迷惑,确实很难,比如很多变幻莫测的魔术,你所看到的都很真实，而其幕后实际却都是假相。就说前一段时间出现的各种假照曝光事件，弄得专家学者都真假难辨、莫衷一是，甚至大呼上当，何况对此并无研究的普通人士。

有人说，中国的真东西不多，所以从来不缺假货。就像其他假冒伪劣的造假行为一样，照片造假也不过是其中最小儿科、最不起眼的一个小插曲而已。拿照片说事只能是盲人摸象，众说纷纭，而没有结果。就像前面几个"照片"的事情出来后，各种媒体添油加醋、轮番轰炸，人们在茶余饭后津津乐道、指指点点，社会各界反响强烈、喧嚣一片，而这些杂七杂八的视听信息，最终却如一场短暂的轻风细雨，风雨过后云开日出，然后就不再有任何痕迹，一切终归于虚无、终归于清静。

照片是人照的，事情是人做的，但是照片中的人和事，真假难分，对错难定，拿照片说事就只能是自欺欺人了。

照片，让我不再相信眼睛。蓄意用照片欺骗我们眼睛的，我们也不会再相信那拍照片的人。

搞笑:政府发公文为涉黑老板说情

早上从床上爬起来,本来还没完全清醒的我,却被央视“朝闻天下”中爆出的一块新闻笑料一下逗乐了。

这个笑料说的是一件千真万确的怪事:内蒙古自治区苏尼特右旗人民法院在开庭审理涉嫌非法持有弹药且与黑社会有染的一公司法定代表人李某时,竟然收到了当地政府以公文形式递交的一份“说情书”。“说情书”的内容非常冠冕堂皇,但其表达方式又非常官僚,标题是《关于对××公司法定代表人李××减轻处罚的建议书》。

据检察机关指控,犯罪嫌疑人李某曾将1000发子弹交给一个黑社会组织。但是所在地政府却在“建议书”中声称,李某为促进地方经济发展作过积极贡献,李某所在公司也是当地重点企业和明星企业,因此建议法院对李某减轻处罚。

政府是国家的公器,不是哪一个人的政府。政府发公文为犯罪嫌疑人说情,本来已是千古奇闻!“因为犯罪嫌疑人以前有贡献,所以他私藏弹药、违法犯罪就可减轻处罚”的逻辑,更是滑天下之大稽!!

就同河北唐山杨某的装甲车一样,这里姑且不论李某的1000发枪弹从何而来,单从苏尼特右旗政府的“建议书”而言,我们必须弄清三个问题:

一、如果苏尼特右旗政府“建议书”的逻辑成立,那是不是意味着对于有点贡献的犯罪分子就可以“刑不上大夫”?而如果真要后退到“刑不上大夫”的时代,法与情、功与罪的关系如何把握?现代法律的权威性、惩罚性该何去何从?

二、如果按照“建议书”的建议减轻、甚至免除了对犯罪嫌疑人李某的处罚,那会不会纵容更多的张某、王某、×某,将更多的枪弹、大炮,更多的国家利益献给更多的黑社会、恐怖组织、甚至国外分裂势力?

三、政府公文是经政府主要领导同意才可签发的,如果领导签发这个“建议书”时连认清这宗涉黑案件的法制意识都没有的话,那么他就根本没资格占着领导的位子;如果这领导明知是涉黑案件而不惜动用政府力量公开为犯罪嫌疑人设置挡箭牌,那么这领导的目的和本质更值得怀疑!而且其假公济私的胆子也真大得要包天了!

少些暴殄天物吧

国庆前夕，笔者在网上看到来自长沙的两则新闻：一是长沙一个庄园举办葡萄狂欢节，5000斤葡萄被狂欢的人们以“葡萄大战”的形式糟蹋殆尽。二是长沙世界之窗公园也毫无创意地打了一场“西红柿大战”，无聊的人们又像糟蹋葡萄一样糟蹋了大量的西红柿。

古人云，谁知盘中餐，粒粒皆辛苦。一粥一饭，当思来之不易。况且，在当今物价上涨的时候，一个西红柿要好几毛钱，一斤葡萄也要好几块，“葡萄大战”、“西红柿大战”简直是暴殄天物！出现这样两出闹剧，总是让头脑正常的人不自觉地有点想法，就像如鲠在喉，不吐不快。

据说举办者的目的是为了欢庆丰收、宣泄一下快乐的心情。但庆丰收、找乐子的方式何止千万种，你干嘛偏偏搞这些低级庸俗、无聊透顶的活动，而且造成了比“乌龟吃大麦”还要浪费的浪费呢？

印象中，湖南是出了不少名人和伟人，但湖南经济并不发达。奇怪的是，如此暴殄天物，与建设节约型社会背道而驰的活动，主管部门竟然为它大开绿灯！

由此，笔者还想到湖南卫视近年举办的各种眼花缭乱的选秀、争霸节目，这些节目无不充满了浮躁、喧闹与无聊，但是在媒体的推波助澜和群众的应声附和下，这些毫无意义的闹剧竟然畅行无阻，吸引和培养了大量的所谓的FANS，让你不想听、不想看都不行。扪心思量，这是不是国人的一种悲哀和无奈？

不过话又说回来，这种奢侈浪费的活动之所以能哗众取宠、大行其道，除了主办方缺乏大局意识、节俭意识外，也和媒体与群众的良莠不分直接相关。如果每个人都能从思想上、行动上抵制这种低级庸俗的活动，共同营造积极向上的文化氛围，相信此类“超级选秀”和“葡萄大战”、“西红柿大战”必将失去生存和发展的土壤！

（原载2014年8月1日《清远广播电视报》）

文山会海的无奈

开会开会,文件文件。纪要纪要,传达传达。

通知通知,开会开会。文山会海,没完没了……

像我等一介职员,也要三天两头的开会,而且不是一般的早会晚会和小会,动不动就是大会长会和"晚点"会。开一个会从上午9点开到下午1点,下午2点又一个会开到晚上6点,对我来说是常有的事了。

开会时只听高层领导大讲一四七、三六九,中层领导七嘴八舌、议论纷纷,相关人员呆坐半天、昏昏欲睡。而我等文职人员则要会前准备材料、布置会场、忙得头昏脑胀,会后还要加班加点整理纪要、草拟文件,累得精疲力竭。唉,会中滋味,不是一个简单的"累"字和"烦"字所能言说。

有这样一副对联:你开会,我听会,大家来相会;你讲话,他说话,大家都废话。横批:会话无效。

虽然,会多材料多,话多材料长,以至于"秀才写起来绞尽脑汁,领导念起来口干舌燥,群众听起来枯燥无味";虽然会多、文多、简报多,文山会海不仅浪费财力人力,而且助长了形式主义和官僚主义。

但是,作为一种工作方式、工作方法,开一个好会对于指导工作、完成任务还确实大有好处。尤其是对于我们这样一个人少事杂、管理跨度大、外围协作多的单位,很多时候、很多事情,不开会还真不行!

看着领导们天天被会议日程摆布得一刻不停地连轴转,被文山会海压迫得身心疲惫,我们也经常替领导喊累。

那么,怎样才能少开会,怎样把会开得有成效,怎样祛除文山会海之累,怎样转变工作作风、提高工作效率呢?我认为,这就要解决怎么开会、如何落实的问题。如果仅仅靠会议落实会议,靠文件落实文件,不开会似乎就无法开展工作,而会开了、文发了,工作却毫无起色,那就大大违背了开会的初衷。

所以,面对文山会海,我们亟需建立一套科学规范的会议制度,研究会议的科学方法论。把各种会议的出发点和落脚点放在"解决问题"上,对各种会议的时限、数量、参会人员、经费开支等设立刚性标准,同时各级领导干部要带头改进思想作风和领导方法，自觉克服形式主义、文牍主义、官僚主义，要坚持从实际出发，改革开会方法、精减会议、减少人员，提倡讲短话、讲实话、讲真话、讲有用的话，通过科学有效的沟通彻底解决问题。

否则，文山会海之累仍将“此恨绵绵无绝期”。

夜夜无眠

最近几个月，公寓周边生活环境越来越糟、每况愈下，简直是可忍孰不可忍！

先是楼下的摩的好像越来越多，每天晚上到清晨一直在狼奔豕突、一刻不停，发出阵阵刺耳的呼啸声和喇叭声，一回回不知刺破了我多少好梦。

接着发现租住公寓的小姐越来越多，从子夜到凌晨，成群的小姐鱼贯而回。她们嘻嘻哈哈，叽叽喳喳，不见其人，先闻其声。门外走道和楼上房间不时有高跟鞋撞击地板的碎步，在深夜里让人听得惊心动魄。而且最近是天天如此，没完没了。

再接着是隔壁房间不知何时搬来一对何样牛人，也是从没见到过他们的人，但却一遍遍被灌输了他们的声。特别是每每晚间十时、估计是上床睡觉之时和不知几时的深更半夜之时，便偶尔听到隔墙传出断断续续的怪声及床板摇晃的咣当声……

最奇怪的是，走道尽头的房间里还有一对猛男烈女，每半月左右便会发生一场战争。斯时也，必定是满屋瓶罐乒乓、厮打激烈，男人恶狠狠地叫嚣，并隐隐发出拳头和巴掌亲吻女人身体的沉闷之声，而女人似乎也歇斯底里、拼命反击，但更多时候则是女人的惨叫和哭嚎。有时好像有一男两女，有时又好似一女两男，多少男多少女现在也没搞清楚。某次，从睡梦中被惊醒的我实在于心不忍、忍无可忍，还想着要来个英雄救美，可又担心不是那小子的对手。只好在被窝中偷拨了110，说是某楼某号要出人命了，谁知警察比我还胆小、反应又太慢，等他们吧叽吧叽赶来后，满楼已然云淡风清、没了动静。反复一两次后，本人也只得打消当英雄的念头，蜷缩被窝，一忍再忍。久而久之，也充耳不闻了。

还有一个烦心事是，楼下对面不久前来了一家报刊发行点，每天清晨五六点，便有送报车准时赶到，接着有各个方向的摩托车呼啸着汇聚而来。车子熄火、摩托熄火，卸货、装货，其间发行员和报贩们还一直吵吵嚷嚷、讨价还价。到七点半左右，送报车、摩托车连同报贩们作鸟兽散，楼下才又稍稍安静下来。经历这样一个风风火火的早晨，让人一大早便无缘由地心烦意乱。

如此莺歌燕舞、鸡飞狗跳的环境，自然是想睡也无眠，只有转朱阁、低绮户、想心事。原以为最近失眠是健康原因，先是难入睡，十点上床，十二点还在东想西想，如果子时还睡不了，就该今夜无眠了；再是睡不深，易醒，一听到动静就醒，有时三点，有时五点，再也睡不着。仔细一想，这种睡不着，应该是环境使然。都是周边嘈杂的环境惹的祸！

最难受的是，这失眠不是两天三天，而是一下搞了两月三月！不是一夜两夜，而是夜不能寐、夜夜无眠啊！

痛苦啊，不堪！只好多加点班。如果还是睡不着，只得床上辗转，或是打开电视，或是在阳台睁眼看天。实在不行，就在被窝折腾这文字，把“的地得”、“着了过”东搬西搬。

只要能搬出一样小文章，感觉也算有了成就感。哈哈，失眠，其实也不是不好玩。

但是，如果再要夜夜无眠，可能要改晚上上班，得了！

（原载2010年12月7日中国作家网）

人类只会自取灭亡

地球会灭亡吗？人类会灭亡吗？

答案是肯定的。因为任何事物都有其发生、发展和灭亡的过程，地球和人类的最终的灭亡也只是时间早晚的问题。

人类最古老的玛雅历法显示，地球的生命只有五个太阳纪的时间，恰好代表了人类的五次浩劫：第一个太阳纪——洪水浩劫，世界被大洪水所淹灭；第二个太阳纪——风蛇浩劫，世上的建筑物被风蛇吹毁；第三个太阳纪——火雨浩劫，大地面临天降火雨的灾祸；第四个太阳纪——地震浩劫，地球遭到剧烈地震而灭绝；第五个太阳纪——世界末日，太阳会消失，大地剧烈摇晃，灾难四起，地球彻底毁灭……

按照玛雅历法，第五个太阳纪应在3113年来临，换算成公历便是2012年12月21日。

中国最著名的奇书《推背图》，在其第52象里有"乾坤再造在角亢"之语，"角亢"是东方青龙七宿，意指龙年2012年；"乾坤再造"是"天地更新"的意思，意为2012年有大难。

在天文星相上，2012年将会出现大十字，土木相冲，日月相冲，这代表着流血和死亡。

同时，一些科学预测也表明，2012年，地球和太阳的磁极将会同时发生逆转，当地球和太阳的磁场转换时，会造成电力失效及候鸟无法辨别方向，人类和所有动物的免疫系统将会明显削弱，也因为地壳变动带来更频繁剧烈的火山与地震。此外，小行星可能更容易接近地球，地球的重力亦会发生变化，而这与数千万年前恐龙灭亡时的景象非常相似。

此外，人类的核战争、环境污染和资源枯竭，都极有可能导致世界末日来临。所以美国人未雨绸缪，据说早在1980年就已研制了4架"末日飞机"，并安全保存在秘密军事基地，以供末日来临时的不日之需，保障总统和军政高官能及时指挥救灾或逃亡到外星球去。

在以上几大著名的末日预言中，我更相信最后一个，即人类极可能自毁于环境污染和资源枯竭。因为人类的智慧或可避免核战争，但人类的贪婪，却将使地球不堪重负。相关研究资料表明,近百年来人类消耗的资源比此前几十万年的总和还要多,近百年人类污染的环境比此前几十万年的总和还要严重,因此全球性环境污染和资源枯竭已经危在旦夕。

从某一方面而言,人类的太过聪明和贪得无厌,将使人类万劫不复。

君不见,人类的聪明才智促成了科学技术的突飞猛进,特别是近百来年的光景,人类发明了汽车、火车、飞机、轮船,直至核潜艇、航天飞机、宇宙飞船,完全实现了上天入地的梦想,甚至可以飞到月亮上、飞到火星上去。正所谓"聪明反被聪明误",人类同时也发明了毒气弹、细菌弹,直至氢弹、原子弹,这任何一弹都可让千千万万的人万劫不复,而一旦爆发核战争,极有可能让整个地球毁于一旦!

君不见,人类利用自己的聪明才智,发明了杂交水稻,培育了温室作物,推广了人工养殖技术,发明了替代材料,掌握了克隆技术,熟悉了提高产品产量和质量的方法,解决了几十亿地球人的温饱和享受问题,创造了辉煌的地球文明。但另一方面,人类也利用自己的聪明才智,发明了大量假冒伪劣产品,从假皮具、黑心棉、假木头,到假农药、假种子、假化肥,从假鸡蛋、假古董、假词典、地沟油,到毒大米、毒奶粉、毒水果、毒胶囊,甚至假男人、假女人,假冒伪劣已经涉及人类的衣食住行等各个方面,并且产生了危害无穷、后患无穷的效果,直接导致人类健康受损、基因变异,出现大量的怪病、怪胎、怪人!很多假冒伪劣产品还带来严重的环境污染,致使环境恶化,为人类未来开辟了一条条绝路!

君不见,人类的聪明和贪婪,还导致大量物种灭绝、资源枯竭,煤、气、水、电、石油、矿藏等等资源,终将被人类开采殆尽、消耗殆尽。到那时,人类又将重新回到衣不蔽体、食不果腹的原始时代,而那时的地球却已是真正的山穷水尽,再也没有可供人类开采、消耗的资源了,穷凶恶极的人类将成为地球的弃儿,从此彻底灭亡!

一度流行的美国科幻大片《2012》,曾生动描述了2012年12月21日世界末日的惨绝景况。这部影片在全世界广为传播后,引起很多人的恐慌,幸好影片内容不过是一些想象而已。但如果人类不改变贪婪的本性,世界末日将为期不远!

以目前的环境污染和资源消耗的速度,人类的灭亡必将早于地球的灭亡!因为地球的正常年龄尚有50亿年到100亿年,而地球的环境和资源,仅够人类挥霍不过几千上万年。

家国情

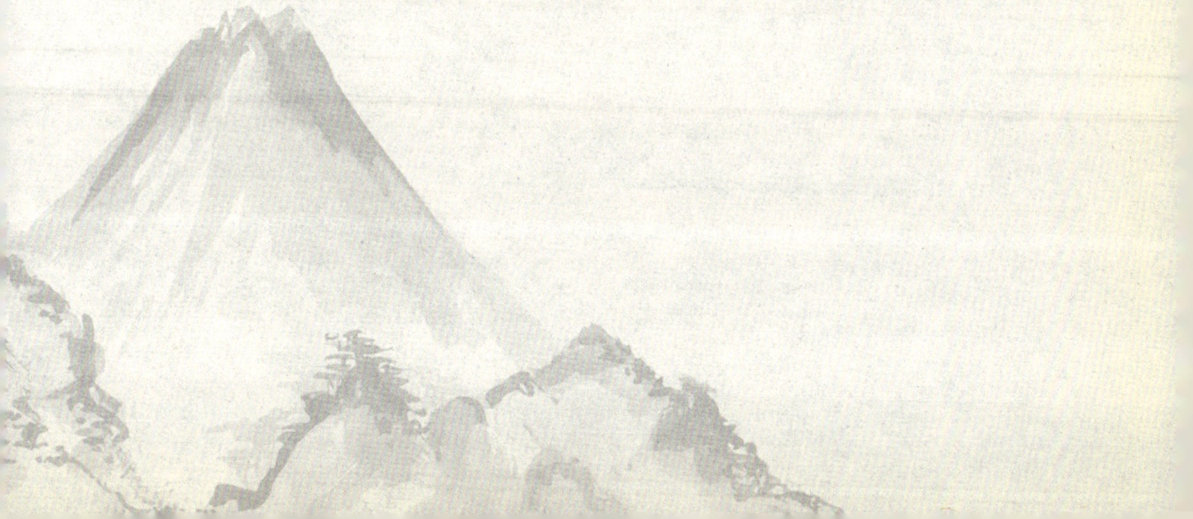

家有孺子

家有孺子，名曰丁当。

正是人如其名，未见其人，先闻其声。丁当的呱呱落地，正如一声春雷，立时打破了二人世界的寂寥与沉闷，给初为人父人母的我们小两口平添了大堆的义务与责任。同时，儿子的横空出世，也如天上掉下一个开心果，给我们的小家庭带来了无穷的稚趣和欢乐。

我家孺子现已一岁多了，长得白白嫩嫩、健健壮壮的，天天东走西窜，人见人爱。他虽还不大会说话，只会叫些“爸、妈、姨、弟”的，但却有着令人称羡的表演天才，模仿力很强，特会做秀。

如果妈妈在洗衣服，小丁当会挣脱爸爸的双手，凑到妈妈的搓衣板前，伸出嫩嫩的小手，拽过一两件衣衫在洗衣盆里揉呀抖的，直弄得衣服满地、衣袖透湿，害得妈妈不得不加重任务，再次为他换洗衣服。

看到爸爸在拖地板，孺子又会钻出妈妈的怀抱，争着与爸爸抢拖把，但他往往是力不从心添乱帮倒忙，把屋子越拖越脏。

更有意思的是，孺子还会读书看报打电话呢。如果有人打来电话，只要一听到铃响，他就会蹒跚着捧起手机，贴在耳边，学着大人的样儿“嗯——啊——嗯——啊”地叫个不停，那财大气粗的模样，往往逗得大家忍俊不禁、捧腹大笑。

有时，他还会夺过我们的书本或报纸，高高地平举在面前，眼睛盯着书面，“咿咿呀呀”地书声朗朗起来，那神情俨然是一位宣读圣旨的钦差大臣，满脸威仪、派头十足。但若仔细一看，你会发现他手中的书报也许是倒着的，不过没关系，这丝毫不影响他照本宣科的本领。

我家孺子还有歌舞天赋，对音乐和节奏相当敏感，能闻歌起舞、见艺学艺。若别人说：“小丁当，来跳个舞！”他马上会扭着小 PP 手舞足蹈。

不论学什么，孺子理解得都挺快。一岁时，他已会搞“飞吻”、“拜拜”和“恭喜发财”等动作。有时连吃饭也不要人喂，而要自己用手或饭勺自力更生呢。

孺子可教，望子成龙的父母自然是喜出望外。但作为个人理想的一种寄托，我们并不希望儿子将来进入娱乐圈，所以他现在的作秀本事只是我们生活中一个个快乐的小插曲。

望子成才是天下父母共同的梦想。年轻的父母朋友们，到底要培养孩子朝哪个方向发展呢？看来我们做父母的暂时也只能边走边看、多方挖潜了。

位卑未敢忘忧国

身为一介草民,但位卑未敢忘忧国。最近中国出的几档子事儿,不说其他人、尤其是身处“资本主义”的外国人怎么看、怎么想,反正我这种向来“以忍耐为能事”的书呆子是彻底的惊诧不安、彻底的忍无可忍了。

这几档子事儿,相信关心时政的人都比我更了解了。小生这几天脾气不好,一听到这事就愤怒莫名,甚至是无奈得气急败坏。但为忧国忧民计,还是不得不耐着性子,跟朋友们唠嗑唠嗑,也算一吐为快。你说这是啥事嘛,这是啥世道嘛! 21世纪了,在这个被标榜为“知识经济”的时代,竟还有这种有辱“知识”的丑事,我们没有理由不去强烈关注:

一是惊动中央才惊动地方的山西黑砖窑里的现代奴隶与奴隶主的血泪故事。仿佛历史倒车后退了几千年,几千人被奴役、过着牛马不如的悲惨生活,成为“当代奴隶制”的牺牲品。这可说是当今中国最最令人发指、最最令人震撼的大事,简直是现代文明社会的奇耻大辱,这种事发生在社会主义的中国更是让人不可思议!事已至此,我们不禁要怒问当地政府:你们的耳朵打蚊子去了?你们的眼睛哭娘去了?你们的良心狗吃了?!!

二是中共中央关于敦促国家工作人员中的共产党员限期向组织“说清问题”的反腐动员。这件事表面上看是大好事、是大快人心的,表明了中央坚决打击腐败、铲除腐败的决心;但从侧面推敲,这事就显得有点严重了,这至少说明我们党内的腐败分子已不像菜地里的害人虫,可以一个两个地手工去“捉”就把它消灭光了,而是必须用大面积“喷洒农药”的办法,才能控制虫害猖獗的局面。从媒体报道和社会反映的情况看,这“喷洒农药”的办法并没收到预期的效果,30天大限眼看就要来临,但能主动“说清问题”者却寥寥无几。排除“农药”假冒的嫌疑,只能证明这杀虫的办法并没有“虫高一尺人高一丈”的威力。害人虫实现了质变到量变的大跨越,消灭害虫的办法却远没有达到先进和有效的水平,看来这也是国人未来一个较长时期的心病了。

三是广东省西江干流下游325国道上的九江大桥坍塌事故。这座大桥被一艘2000吨级的“南桂机035”号运沙船撞断桥墩,造成200米桥面垮塌、4车坠河、9人失踪、交通中断的惨祸。我国桥梁众多，何止千万，如此罕见的撞桥事件是偶然吗？事故发生后，有人怀疑大桥的质量，有人怀疑大桥的设计，有人怀疑运沙船违规作业，而我怀疑它是不是与“恐怖袭击”有关？“怀疑”无罪！但人们都没这样怀疑，或者怀疑了而不敢说出来。苟利国家生死以，岂因祸福避趋之！这是国人对于“恐怖袭击”的恐怖心理使然，还是对不可能遭遇“恐怖袭击”太过自信？其实也是社会各界要关注的一个重要课题。

四是河北警方不知为何突然破获了以唐山市华云集团董事长杨树宽为首的黑社会犯罪团伙。让人震惊的是，这位老总不仅为非作歹涉嫌敲诈钱财8亿多元，而且还拥有超过一个排的正规武器，包括38支枪、1万多发子弹和1辆装甲车及4辆军用车辆。小小开动你的大脑想想吧，这个团伙利用如此厉害的武器装备耀武扬威，干起敲诈勒索、欺男霸女的坏事来不能说所向披靡，也肯定是如入无人之境，要不然他怎能为所欲为地欺压了百姓，还敢明目张胆地欺压警察？这件事发生在今天的法制社会，还真让人难以置信。但事实存在，不容置疑。责任不究，罪恶难除。这一事件的背后必定还有比杨树宽更“黑”的人、更“黑”的事……

人心不古，世态炎凉。路见不平一声吼，该出手时就出手。可是天下不平事太多了，出手不易，就只能抛砖引玉地先吼一吼吧。

病骨支离纱帽宽，孤臣万里客江干。位卑未敢忘忧国，事定犹须待阖棺。天地神灵扶庙社，京华父老望和銮。出师一表通今古，夜半挑灯更细看。

知识苹果

这年也过了，节也过了，大人要安心投入工作，孩子也要收心准备上学。

早上起来，看着满屋子到处是凌乱的书本、作业和课外读物，不禁正式向8岁的儿子下达了新年后的第一道命令：今天上午必须将那些不用的书本和作业本收集、整理、集中收藏，否则停供三个月的冰淇凌！

儿子骨碌碌四处搜寻，急着叫着说没有他的书柜，没地方放书，我指示他就用春节装苹果的纸箱当书箱。没想到，这小子盯着苹果箱上的鲜红香脆的苹果画面，却突发奇想：

“老爸，如果科学家能把我们要上的课本、要学的知识做成一个个苹果该多好啊！那样我想学什么知识，就吃什么样的苹果，比如：想学写文章，吃个写文章的知识苹果，就会写文章了；想知道历史知识，吃个历史知识苹果就行了；想学画画，吃个绘画知识苹果就胸有成竹了；想治疗病痛，吃个医药知识苹果，就会给自己和别人看病了；想学……”

我笑着打断的儿子的丰富联想：“是不是想不写作业、想不动脑筋，吃个懒苹果就行了？”

“那才不是呢？恰恰相反，如果我不想动脑筋，吃个动脑筋的知识苹果，就能给我带来思想灵感，更容易想出好办法！”

“我看你这主意不错，有机会我向科学家们建议一下。”

“得了吧，前天我看书上说，科学家已经在研究这样的苹果了”

“是吗？我怎没听说过？”看着小子那认真劲儿，我真怀疑他哪儿知道这么多。

“是的，书上说，科学家正在研究一种芯片，可以直接植进人脑，就像我说的知识苹果一样，想要什么知识就安装什么知识的芯片，真是太棒了！”

“如果真是这样，我看你的知识苹果要比芯片好多了，把知识芯片装入大脑肯定要动手术，而动手术也太恐怖了，不如吃个苹果或冰淇凌来得方便，而且既品尝了美味又填饱了肚子。”

“对呀，如果把知识苹果做成我最爱吃的冰淇凌，就再好不过了！”儿子兴致勃勃地继续联想。

“你小子真是裁缝丢了剪子，就剩一个吃（尺）了。不过这想法还真不错，可以从苹果推而广之，把知识苹果做成各种各样人们爱吃的东西，满足不同人的不同需要。”

儿子眨巴着眼睛：“老爸，你说咱这设想，什么时候能实现？”

“如果光是空想而不去积极学习、积极动手，我看你这想法只能等别人去慢慢实现了。”

“早知如此，我晚生几十年多好！”儿子小声嘀咕着。

哈哈，这小子也太饭没了秀了（注：饭没了秀——深圳电视台的一个少儿娱乐节目）。

想要对你好一点

一

离开你又是两个礼拜了。每次离开都有不舍，又在离开的日子里不停地想你。想你圆润可爱的脸蛋儿，想你扑闪扑闪的眼睛，想你活泼好动的小手，想你的机敏和淘气，想你的反抗和叛逆。最想你的，还是你的每一点进步、每一点成绩。

我承认，这么多年来，我对你的关心真是太少了。你感冒发烧或孤单无聊的时候，我可能远在千里之外，不仅得不到我的关爱和照顾，有时甚至得不到我的一句问候。每次见面，也只是看看你是否吃饱穿暖，看看你是否调皮捣蛋，看看你是否又长高一点点，看看你的功课是否做好做完。最关心的，除了你的成绩还是你的成绩。

你取得了好成绩，我会非常开心，会亲你搂你抱你，会给你买玩具、做游戏，会请你下馆子、陪吃肯德基，会让你得到你所能要的一切。但若哪次成绩不理想，或者不听话了，我则会声色俱厉地训你骂你，心情不好时甚至还会暴跳如雷地揍你一顿。当然了，你很聪明也算好学，你还没差到我要揍你的地步。

反省我对你的一切，我真是太自私了。虽然成绩的好坏对你的成长会有一定的影响，但是你年龄尚小，一切以成绩论也许本末倒置。于是，我刻意不去关注成绩，而是教导你更多的学习方法，时不时地，想要对你好一点！可在自己受气、心情糟糕时，一不小心又会对你声色俱厉。我知道，如此反反复复，一定会在你幼小的心灵埋下阴影。每每想到这些，我就非常难受、非常愧疚。我为什么不会控制情绪？我为什么让你如此无辜？

孩子，我错了，请原谅！成绩是次要的，听话是次要的。我要对你好一点，不仅是关心学习，还要关心你的童年游戏，还要关心你的喜怒哀乐。只要你快乐成才，只要你健康、进步！

想要对你好一点，更好一点，我的孩子！

二

离开你也是两个星期了。每次离开都有不舍，又在离开的日子里不停地想你。想你柔情似水的眼睛，想你干练贤惠的作风，想你勤俭持家的艰辛，想你孤枕难眠的苦楚，想你青春渐褪的身影。最想你的，还是你对我的理解、信任与忠贞。

我承认，这么多年来，我对你的关心也不够。你感冒生病或孤单无助的时候，我却经常不在身边，你不仅得不到我的关爱和照顾，有时甚至得不到我的一句问候。每次见面，也只是看看你是闲是忙，看看家务是否收拾妥当，看看孩子是否身心健康，看看家庭收支是否正常。最关注的，还是你作为妻子和母亲的职责尽得怎么样。

想想吧，想想，我对你，就像对孩子一样。你提高了孩子的成绩，你学会了一道菜肴，我就会非常开心，会亲你搂你抱你，会请你下馆子喝小酒，会陪你逛大街买衣服，会让你随心所欲。但若哪天你做得菜咸汤淡了，家务凌乱了，我也会声色俱厉、吵架生气，好几天不理你，让你承受委屈、暗自哭泣……

反省我对你的一切，我真是太自私了。虽然我们时常分离，但是两颗心应该永远亲密。既然共有这个家，家的担子就不该只落在你一个人肩上。不时反省着，时不时地一起做饭扫地，时不时地，想要对你好一点！可在工作不顺、心中窝火时，一不小心又会这不顺眼那不满意。我知道，如此反反复复，一定会在你心里埋下阴影。每每想到这些，我就非常难受、非常愧疚。我为什么不会控制情绪？我为什么不能分担更多？

老婆，我错了，请原谅！金钱是次要的，劳累是次要的。我要对你好一点，不仅是工作的、生活的，还有情感的、精神的。只要你幸福快乐，只要你心里不累！

想要对你好一点，更好一点，我的爱人！

三

离开你们已经三四个月了。每次离开都有不舍，又在离开的日子苦苦想念。想你们饱经风霜的容颜，想你们辛勤劳作的身影，想你们相扶相依的温馨，想你们思念儿孙的孤寂。最想你们的，还是你们脆弱的身体、清苦的环境。

我承认，这么多年来，我对你们的关心也太少了。你们病痛不舒服的时候，我却一直远在天边，有时我想到问候你们的时候，你们却哄我说“一切都好”。好不容易见上一面，却只是看看你们是否吃饱穿暖，看看你们收获什么特产，看看你们的活有没忙完。最关切的，还是你们的老毛病是否再犯。

想想吧，想想，我对你们，也像对孩子一样。你们祛除了一点病痛，你们收获了一些特产，我就会非常开心，会时常打电话唠嗑半天，会请你们到我这儿看看，会请你们出外见见世面。但若你们这儿痛那儿病了，又唠叨这贵那费了，我就感觉特别烦。有时一忙，甚至几个月不给你们一点音讯、不给你们一声问候，反让你们日夜担心、白白惦记……

反省我的一切，我真是太自私了。虽然我长年在外，但是儿女的心应与你们息息相通。你们已然年老体衰，就不能再受到任何身心的伤害。不时反省着，不时想要做点什么，不时地，想要对你们好一点！可在工作繁忙、情绪不好时，一不小心又将你们忘记。我知道，你们只顾儿孙不顾自己，我的这些作为，你们一点也没在意。每每想到这些，我就非常难受、非常愧疚。树欲静而风不止啊，子欲养而亲不待！

爹、娘，我错了，请原谅！保重身体，不要操心，儿孙自有儿孙福。除了关心你们的身体、生活，还要关心你们的心理感受，你们精神愉悦无忧无愁。只愿你们安享晚年！

想要对你好一点，更好一点，我的爹娘！

（原载 2010 年 5 月 5 日中国作家网）

只要人人都献出一点爱

“只要人人都献出一点爱，世界将变成美好的人间……”

朋友，当你或轻吟低唱或引吭高歌着这曲优美动人的《爱的奉献》时，你是否意识到在某些非常情况下，你必须无条件地奉献点什么吗？奉献——不仅是物质的，而且是精神的。有些时候你所奉献的一句话、一个眼神、一个微笑、一个手势，便足以让接受奉献者度过难关、起死回生。

外洪内涝，水患肆虐，十万火急！在这种非常情势下，当你耳闻目睹着祖国的长江、松花江、西辽河相继发生百年不遇的特大洪水、数百万人民的生命财产遭受严重威胁、上百万军民浴血奋战而义无反顾的时候；当大江南北、长城内外富有爱心的人们纷纷伸出援助之手，海外赤子、国际友人争相解囊相助的时候；当“一方有难，八方支援”“爱心筑成长城，我们万众一心”形成巨大合力，在中华大地谱写出一曲曲惊天动地气壮山河的奉献之歌的时候；我们这些相对幸运的同胞们还能袖手旁观、无动于衷吗？

不能！绝对不能！！因为我们有责任、有义务为抗洪救灾尽一份力、献一点爱，毕竟百姓一脉、四海一家啊！试想，谁没有个困难之时、危难之处呢？只有你想到了、帮到了别人，别人才会想到和帮到你。

如果人人都献出一点爱，那真情爱意必将深厚于高山大海！面对水深火热的灾区人民和险象环生的千里江堤，我们的当务之急就是从点滴做起，从现在做起：

多捐一点钱，江堤更安全；多捐一点力，灾民少痛苦；多捐一点爱，明天会更好！

（原载1998年9月9日《铁建工人报》）

今年过节不回家

逢年过节回家团聚，是中国人几千年来根深蒂固的传统习俗。

春节，是中国人最大、最隆重也最看重的传统佳节。漂泊在外的游子，就算在端午节、中秋节不能回家，也一定要在除夕前千里迢迢、风尘仆仆地赶回家，与父母妻儿好好团聚几天。其中酸甜苦辣，相信大部分中国人都深有体会。

有钱没钱，回家过年。但是，为什么大家对回家路上的千难万苦于不顾，一到每年的十冬腊月，在外工作、游历或漂泊的游子们，就像秋天南飞的大雁一样归心似箭，开始暗暗思量着要不要回家，什么时候回家，怎样回家呢？因为，我们太爱这个家、太重那份情了！

中国地大物博、人口众多，每年因春节回家的人口迁徙多达三四亿人之巨！这么多的人，几乎相当于美国、日本和俄罗斯三个国家的总人口在进行一次集体大搬迁！想一想，那个场景是多么蔚为壮观，那么个场景又是多么令人震撼！其时，人潮汹涌，水泄不通，即使打通中国所有的铁路、公路、水路和航空，也无法在短短十多天、二十多天的时间内完成这么大量的人员输送。因此，尽管中国每年都新建开通了一条条铁路、公路、水路和空中航线，人员运输压力每年都有所减缓，但每年春运的汽车、火车、高铁、飞机和轮船，仍然是人满为患、一票难求！一年如此，年年如此。

回家的路太艰难，春运之路更是难上加难！

刚刚哽咽着给老家的父母通了电话："爹、妈，对不起，今年过节，我们不回家。"值得欣慰的是，父母身体都还好，家中无甚负担，他们也体谅到了儿女的难处，也乐意儿女在平常时节再回家看看，或者干脆到儿女这里来过年。

与儿女回到老家相比，父母到儿女家的路就通畅多了。我经常看到，北上方向回老家的火车一律是拥挤不堪、喧嚣不堪，而南下方向从老家到儿女家的火车却一律是空荡寂寥、冷清不堪，甚至有的一节车厢才两三个乘客，反差实在太大！

今年过节不回家。如果与家人不能见面，我们也可以寄点他们需要的东西，再给他们打打电话、发发短信，相互用电话拜年，用短信问候，用 QQ 聊天，传递精神和情感需求。相信，在这样一番关爱与孝道的情愫中，我们也能真切品味出亲情的浓酽和甘甜!

今年过节不回家。让我们在给中国交通添砖加瓦的同时,也尽力给沉重而脆弱的中国交通减点压吧!

(原载2014年1月13日中国作家网)

(2014年1月14日中国公路网转载)

(2014年1月15日《清远日报》转载)

天涯之旅

远离了热恋的故土，惜别了初恋的情人，铭记父母的叮咛，背起简单的行囊，我欣然而又有点茫然地上了路，上了一条浪迹到天涯、奔波于海角的筑路之路。从此，我就成了一个专事修筑人间通途的筑路工。

从此，我便预感到：筑路工的人生之路，决不会如他所筑的公路、铁路和机场、码头那样笔直而平坦；筑路工的人生之路必将演绎成一个充盈着流浪与艰辛，写满了离愁与牵挂，铸就着坚强与辉煌的天涯之旅！

是为了天涯之旅而筑路，还是为了筑路而作天涯之旅？旅行之前，我一直在思考这两个问题。思考的结果，我决定为了千千万万人的行路旅行的便利，而去筑路。为了筑好这样的路，再艰苦难行的天涯旅程我都认了。我决不退缩！

李白说：行路难难于上青天。

我说：筑路难难于上青天。因为鲁迅也说过：世间本就没有路……

为了把路筑出来，我必须完成这个天涯之旅。怀着一颗志在四方的雄心壮志，带着一块遮风避雨的八角帐篷，我别乡离土义无反顾地踏上一条为把天堑变通途、为把天涯变咫尺的漫漫征途……

走过了边疆大漠、爬过了黄土高坡、跨过了长江黄河，我和同伴们不畏艰险、不辞劳苦地跋涉在千山万水之间。我们在走遍祖国每一寸土地的同时，也把千万条强国富民的康庄大道铺在了每一寸土地，铺在了亿万人民的心坎里。

当一条条公路、铁路通车典礼的时候，当一座座机场、码头开启航道的时候，当现代文明同致富之路一起驱走闭塞与贫困的时候，当如网的交通示意图上又多了一截线条的时候，作为一名筑路工，我感到无限的欣慰与自豪，我们猛然间感受到自身职业的光荣和伟大！而此时，心中原有的茫然和苦涩都随之灰飞烟灭。

路漫漫，其修远兮，吾将上下而求索。为了筑路架桥、造福八方，我爱上了走南闯北、四海为家的生活，我更坚定了继续天涯之旅和完成天涯之旅的信心和决心！

（原载1997年12月31日《中国铁道建筑报》）

天佑中华

随着全球政治、经济、军事格局的演变深化,和东西各方力量的此消彼长,中国、美国、日本及俄罗斯的交互关系,无疑是当今世界最为举足轻重的国际动因。尽管中、美、日、俄的关系一直处于错综复杂、诡秘多变的态势,并每每由于种种原因而明争暗斗、剑拔弩张,但值得国人庆幸的是,每在中美、中日、中俄关系最为紧急的关头,总有意想不到的事情,助我华夏实现意想不到的突破和转机。尽人事以听天命,仿佛冥冥之中,老天爷总是垂青中华、护佑中华!这样一说,大家可能不知所云了,我就随便举几个简单的事例吧:

首先看看中国和俄罗斯。上世纪六七十年代,原苏联政权与中国彻底决裂,并引发中苏珍宝岛之战,中苏双方大有你死我活、鱼死网破之际,不想美国总统尼克松却秘密破冰中国,伸出橄榄枝,建立了中美外交关系,联手制衡苏俄,使我中华逢凶化吉。冷战后期,美苏争霸,苏联迷失在强大的意识形态之争及军事僵局之中,并被老美彻底瓦解和分裂,由苏联肢解而成的俄罗斯只好回过头来,重新与中国抗衡老美,并逐步建立了中俄战略合作伙伴关系,致力维护世界和平。既然没仗可打了,中国则顺势而为,一举裁军百万,大幅削减军费,发展经济,终于取得改革开放的伟大胜利,国力日盛,那是今非夕比啊。

进入新世纪之初,当中美关系因为南联盟使馆被炸、南海撞机事件,而变得擦枪走火、危机四伏的时候,震惊世界的"9·11"事件,犹如晴天霹雳,闪电般地给了美国空前绝后的致命一击,并从此深深拖累了美利坚整整十年,方才缓过神来!此后的伊拉克战争、阿富汗战争,无不极大消耗老美的精力,使它无力腾出手来打压中国,又为中国发展提供了整整十年的良好机遇期!

再说说中国和日本。100多年来,一衣带水的日本,一直是中国的头号宿敌。日本侵华战争虽以失败告终,但它签了投降书以后,再也不承认与中国和其他亚洲国家的战争是侵略战争,拒不悔改认罪,拒不承担战败国的责任,并一直蠢蠢欲动地强化军力,明目张胆地窥觑东海油田及钓鱼岛,煽动其他国家频频制造摩擦。当年中国突发汶川大地震的时候,其实日本有不少人是抱着幸灾乐祸的心态隔岸观火的。结果,不过三年,上天便以数倍于汶川地震的烈度,爆发了日本大地震和大海啸,给予惩罚和警示。日本国小人多、资源匮乏,这场大地震也极大增强了日本人的领土意识和后危机意识,他们不得不摆出一副寸土必争的架势,就算那寸土不是他的,他也要争要夺要占。钓鱼岛之争正是如此。

钓鱼岛自古就是中国的领土,这是有据可查、有史为证的。但是日本的部分人却不这么认为,远在太平洋那边的老美也借口保护日本小兄弟,不时来钓鱼岛趟浑水,甚至还纠集有关国家隔三岔五地在中国近海搞什么军事演习、夺岛演练。正当日本因为钓鱼岛问题闹得焦头烂额、不可开交之际,日本国内政治出现暗流涌动,野田首相执政党地位岌岌可危;正当美国大有插手钓鱼岛助纣为虐、采取进一步行动之际,来势汹汹的金融危机和飓风"桑迪"不失时机地再次给老美以警告,致使美国经济遭受重创,迫使其无暇东顾。无奈之下,美国只得对日本虚与委蛇,对中国虚张声势,中华儿女保疆护土的必胜信念极大增强,钓鱼岛局势随之发生了有利于我的根本性转变!这又进一步为中共十八大的召开,创造了绝佳的利好条件。

在这个世界上,你可能不相信神灵,但你不能不相信神奇。以上所列,包括还有很多类似以上所列的各种神奇事件,无一不在验证,无一不在让人确信:天佑中华!

天佑中华,不是迷信,而是源于"天人合一,邪不压正"的天道。

天道即人道。天道之数,人心之变。天行健,君子当自强不息。

同胞们,伟大精深的中华文化,有着举世无比的先进性;伟大智慧的中华儿女,有着冲霄凌云之志。只要我们自强不息,抢抓机遇,尽心尽力,尽人事以听天命,定能博得苍天垂顾,化腐朽为神奇,创造惊天动地的奇迹,实现中华民族的伟大复兴!

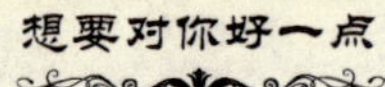

比天大的事

——写在2009年联合国气候变化会议开幕前夕

什么是比天大的事？我认为还是天上的事。天上无小事，天上的事能左右天下兴亡。比如气候问题。

地球变暖，气候反常。冰川消融，海平面上升。空气污染、环境污染，粮食一再减产，物种相继灭绝。甲流、非典、艾滋、瘟疫，层出不穷，地震、台风、洪水、干旱，轮番袭扰。因为一部分是天上的原因，一部分是人类自身的原因，现在的人类世界，可说是天灾人祸不断，世界末日正一步步紧逼而来……

想来国家领导也不好当，本来天下的这一摊子事还没管过来，又要管天上的那一摊子事。不过，现在天上的很多事也不能不管，因为那是天下的事没管好造成的。这不，各国首脑最近就专门为了天上的事，要在哥本哈根开一个会，目的是要达成一致行动，共同节能减排，减少大气中的二氧化碳的排放量，以有效缓解地球"发烧"，进而造福全人类。可是会还没开，各国就先在自身利益上争执不下，这个国际会议究竟会是什么结果，还真令人担心。

天下兴亡，匹夫有责。要我说啊，这天上的事真的比天还要大，地球上的任何一个国家、任何一个组织、任何一个人，都要高度重视、认真对待、全力解决。就说这个地球变暖的问题吧，科学家的研究数据充分表明，全球变暖主要是由温室气体的排放引起的，主要是由于煤和石油等燃料燃烧产生的二氧化碳引起的。由于二氧化碳的不断增多，全球平均气温已经在过去的100年里上升了华氏1度，未来100年里可能还要上升2~10度。气候变化，气温升高，将严重危害地球生态系统，并导致冰川消融，海平面升高，不仅会使图瓦卢、马尔代夫等一些岛国和一些沿海城市沉入海底，而且会使地球上大量生物陆续灭绝，最终导致地球末日的来临。因此，气候变化问题确实事关全球，事关苍生社稷，非同小可，应该人人关心、人人理解，人人想方设法去解决。

那么，为什么哥本哈根峰会结果难料呢？这主要是大家都把重点关注到了《联合国气候变化框架公约》中的"共同但有区别的责任"的原则，这个原则已得到192个国家的认可。科学家认为，二氧化碳一旦排放到大气中，短则50年，长则200年不会消失。也就是说,200 年前西方工业革命时代所排放的二氧化碳目前还残存在大气中。因此,《联合国气候变化框架公约》裁定:"历史上和目前全球温室气体排放的最大部分源自发达国家。尽管一些发展中国家近年排放增加,但远远不足与西方国家 200 多年无约束的大量排放相提并论。"

基于这一原则,2005 年 2 月 16 日正式生效的《京都议定书》规定:发达国家从 2005 年开始承担减排义务,而发展中国家则从 2012 年开始承担减排义务。与 1990 年相比,2008—2012 年发达国家必须完成的削减目标是:欧盟削减 8%、美国削减 7%、日本削减 6%、加拿大削减 6%、东欧各国削减 5%至 8%。新西兰、俄罗斯和乌克兰可将排放量稳定在 1990 年水平。爱尔兰、澳大利亚和挪威的排放量可比 1990 年分别增加 10%、8%和 1%。

可在议定书执行过程中,有些发达国家又反悔了,它们一方面承认自己是最大的排放源,但另一方面又不愿承担最大的责任,甚至要求发展中国家为它们买单。比如,中国人均温室气体排放不到发达国家的三分之一,历史累积的人均排放更低,而且在排放总量中相当部分是保障民生的生存排放和外国制造业的转移排放。但中国仍然承诺,2020 年单位 GDP 能耗排放量比 2005 年降低 40%。而美国人口仅占全球 4%,二氧化碳排放量却占全球的 25%,美、英等发达的高排放国家,才承诺减排区区 5%~7%。这是什么道理?这不是明显的霸权主义吗?

所以,众多发展中国家强烈呼吁,必须坚持"共同但有区别的责任"的原则,要求发达国家正视历史,立足当前,着眼长远,严格履行《京都议定书》的义务,切实按照"巴厘路线图"兑现承诺,开展长期广泛的务实合作,为发展中国家应对气候变化提供资金、技术和能力建设的支持,维护国际社会的公平正义与社会和谐。

同时,气候变化是在发展中产生的,也必须在发展过程中解决。消除贫困和实现发展是发展中国家首要的和压倒一切的任务,也是不可剥夺的基本人权。如果发达国家不能承担应有的责任,发展中国家可能会彻底不予合作!我们也要警惕更多的国家以"你不负责,我也不负责,大不了咱一起玩完"的消极心态,导致全盘皆输的结局!

也许是上天的警醒

2008年是中国人的吉祥年、喜庆年。这一年,我们要举办北京奥运,要发射神舟七号,要进行新一届政府选举……我们有太多的喜事、大事要办,因此2008年愈显关键和不平凡。正当举国上下满怀喜悦、充满期待地迎春接福、筹备大事之际,一场罕见的暴雪冻雨却突袭中南,给亿万中国人来了个当头棒喝!

据新华社报道,1月10日以来,受高强度、大范围、持续严寒天气的影响,全国已有17个省区不同程度受灾,其中湖北、湖南、广西、江西、贵州、安徽灾情最重,受灾人口8000多万人,受灾农作物1亿亩,房屋倒塌损毁80万间,38人因灾死亡(因房屋倒塌、滑倒和溺水等),162万人被紧急转移,直接经济损失超过300亿元。

持续低温、雨雪,不仅导致电网损毁、水管爆裂、断水断电,人民生活困难,而且致使道路封闭、航班取消、火车停滞、交通瘫痪,千百万回家过年的人们或滞留车站寸步难行,或被困路途进退两难,严重威胁到人民生命财产安全和国家社会经济发展。

春运计划严重搁浅,回家之路,从未如此震撼中国人的神经。很多人就问了:"为什么东北经常下大雪,没出现交通瘫痪和断水断电?"问得好,这一问至少从一方面说明,"大意失荆州"的故事自关羽孔明以来一直没有结束。

因为近几年中国中南一直是暖冬,所以99.99%的人都大意了,特别是中南地区的人们都只喜滋滋地想到了"瑞雪兆丰年",而绝没想到会碰上这场雨雪灾难,更不要说有什么灾害预防了。结果,预防不足、准备不够,面对雨雪的突然袭击只能是仓皇应战、损失惨重。

天有不测风云,这种罕见天气确实难以预料。据气象专家介绍,我国如此异常极端的天气是1954年以来的第一次,当年的异常天气曾引发了夏季长江大洪水,而今年的异常天气比1954年有过之而无不及。这是否意味着1954年的灾难将重演?

这世上没有"不可能"!天意,有时其实不可回避。这场极端雨雪,也许就是上天给我们的警醒。2008年我们要举办奥运、发射"神七",要实现"太空行走"。这些举世瞩目的大事情,都是繁杂的系统工程,一招不慎就可能满盘皆输,每一细小环节都不能出问题，所以我们必须仔细再仔细、认真再认真，真正一丝不苟、充分做好方方面面的准备。而新年之初的这场雨雪或许就是在检验我们的准备有多充分、计划有多周密，没准备到的就要尽快补充完善。

2008年注定是需要抗争、需要拼搏的一年。这场雨雪已经给我们敲响了警钟，且不说奥运开幕、“神七”升空，单是眼前暴雪冻雨的挑战，就足以让我们经受严峻考验。

还有台湾问题。2008年台湾地区要进行大选，而陈水扁当局顽固推动“入联公投”，台海和平面临“台独”分裂势力蓄意挑衅的严重危机，“台独”与反“台独”的较量空前激烈。假如台海万一有事咋办？

另外，能源短缺、通货膨胀、贫富差距、反腐倡廉等各个方面的大问题，都必须有相应的相对完善的预防和应急机制。

如此，才能从根本上避免我这样的“马后炮”和“事后诸葛亮”来浪费笔墨。

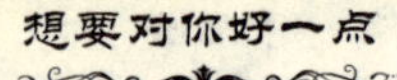

天啊！请赐我拯救地球的力量吧

A

元宵节的前一天早上，当我正懒懒地从床上爬起来时，突然惊闻CCTV《朝闻天下》节目报出“智利发生8.8级强烈地震”的消息。天啊！8.8级是个什么概念，8.0级的汶川大地震使10万人蒙难，7.3级的海地大地震致人员伤亡高达30万！8.8级的智利地震发生后，第一时间的具体伤亡情况尚不得而知。震后第三天从报道中得知，其官方统计因地震死亡人数约1000多人。

更加骇人听闻的是，有美国地球物理学家说，2010年2月27日智利地震释放的能量相当于引爆500亿吨TNT（黄色炸药），其剧烈程度相当于2010年1月12日海地地震的250~350倍。这次强震还致使南美洲板块西部边缘处的断裂带岩层出现大约400公里的巨型“裂缝”，强震之强可见一斑。加之智利地震的善后救援工作尚未全面展开，也远未全面结束，所以这次地震伤亡人数可能不是个小数！

由智利地震，到前不久发生的海地地震、汶川地震、印度洋海啸，到近期新疆地区的雪灾、广西地区的旱灾，再到相关国家的水灾，再加上一些国家的烽烟四起、恐怖活动猖獗、人肉炸弹频发，这么多的天灾人祸接踵而至、轮番攻击，真让人不得不相信“地球也疯狂”，让人不得不相信“2012世界末日”正在日益逼近！

由智利地震、人肉炸弹等天灾人祸，我突然想到——面对灾难，人类其实很脆弱，单个的人就更显无助！想着想着，就想到了上天、上帝，想到了菩萨、神……

想着想着，我这一幅悲天悯人的菩萨心肠就发急了。我真想仰天长啸、大喊一声：天啊！请赐给我们拯救地球的力量吧！天啊！请赐给我们拯救人类的力量吧！

B

第二天，星期日，是中国的传统佳节元宵节。一觉醒来，我感觉地球仍在正常运转，太阳仍从东方升起。我在床上临时决定，今天全家去仙湖。睡眼惺松的儿子没搞明白，嫩嫩地问我为什么说话不算数，昨天不是说好去登山吗？我解释说，仙湖是中国有名的植物园，去仙湖可以春游踏青，也好见见花花草草、见见阳光、杀杀菌、散散心。其实我还想说，仙湖有座闻名遐迩的弘法寺，去仙湖也算走近神灵，为个人为家庭为国家为世界祈福保佑吧……

我们从仙湖植物园山脚下的大门口，一直步行到弘法寺。一路上游人如织水泄不通，同时还有不少残疾甚至畸形的乞者，或唱或跳或跪或磕头向路人乞讨施舍。其中一个乞者竟将脑门在地上磕得鲜血直流，仍不停磕头，其状真是惨不忍睹，虽是令人惊诧、令人侧目，但鲜有施者给他捐钱。还有一乞者，竟是天生没有眼睛、连眼窝也没有，真是可怜！

待妻子挤进弘法寺大雄宝殿烧香拜佛毕，我们才走出寺门。见出口路上仍有一群乞者列队乞讨，我们顿时慈心大发，儿子首先伸手将口袋中的零钱全部给了一个老者，我则将零钱一元一元地发给乞讨的人。钱发完了，但前边还有不少乞者。不好意思，我身上没钱了，我张开双手向他们致歉。

由那些天灾人祸，再想到眼前的乞者。作为一名善良的老百姓，我虽有救天救地的雄心，却无那样巨大的能量。我只好抱歉地说，我无能为力。我希望所谓的上帝、菩萨、神灵都是真的，我希望他们真的能施展法力，投身在我们的世界救苦救难。不仅如此，我还希望这些神灵越多越好……

想着想着，我忍不住又想大喊一声：天啊！请赐给我们拯救地球的力量吧！天啊！请赐给我们拯救人类的力量吧！

阿弥陀佛！上天保佑！

（原载 2010 年 3 月 5 日中国作家网）

国强才能雪耻

随着一个庄严神圣的时刻——1997 年 7 月 1 日的日益临近,国人雪耻的夙愿终将在喜迎香港回归的国歌声中成为现实。中国编年史从此翻开新的一页。

香港的回归和澳门的即将回归,至少给我们彰明了两个道理:即落后就要挨打,国强才能雪耻。

自腐败的清王朝将香港置于英国殖民统治的魔掌之中,到新中国成立前的 100 多年间,为什么一个拥有几万万人口的泱泱大国却屡被一些远隔重洋的小国所欺凌,甚至几乎被一衣带水的近邻所吞并?其中一个显而易见的原因就在于当时的国力衰弱、地位低下。

清王朝被推翻以后,尽管几届民国政府也曾就香港问题与英方进行"理论",但由于"弱国无外交"而欲达不能。

新中国成立后,党和政府始终把发展国力、提高国际地位放在首要位置,使各项建设事业得到蓬勃发展。通过各个方面的共同努力,1971 年 10 月,中国顺利恢复了在联合国的一切合法席位。

1974 年,毛泽东、周恩来在会见英国前首相希恩时首次公开申明:中国将在适当的时候解决香港问题。这个"适当的时候"是什么时候?就是中国国力发展到一定水平、国家真正强盛的时候。

随着国际国内形势的发展,经过一系列不懈努力,邓小平关于"一国两制"的构想,终于促使《中英两国关于香港问题的联合声明》于 1984 年 12 月 19 日在北京正式签字。这标志着香港处于外国统治的历史将宣告结束,中华民族的历史耻辱将得以洗雪,香港同胞终于从寄人篱下的"二等公民"变成堂堂正正的国家主人。

香港的回归,向全世界证明了中华民族的向心力和凝聚力,以及完成祖国统一大业的智慧和能力。中国的统一,中国的崛起,已成历史潮流、大势所趋!

(原载 1997 年 6 月 26 日《铁建工人报》)

钓鱼岛只是钓鱼的一只饵

钓鱼岛，为什么叫钓鱼岛？是专门钓鱼的岛吗？谁在钓鱼？谁会上钩？

冥冥之中，我们不得不叹服中国先人的至高智慧。因为经过这一千多年的历史印证，钓鱼岛之名的解释，只能让我们顾名思义：钓鱼岛或许就是中国钓者预先投放在太平洋的一个饵，意在钓住东海的安全、钓住世界的和平。

或许这个饵太具诱惑力，几百年间，无数鲨鱼、水怪甚至乌龟、王八无不对其垂涎三尺，无不想得而吞之；又或许这个诱饵实在太大，大得鲨鱼、鲸鱼囫囵吞之而不下，一般的水怪、海妖也只能望岛兴叹，只能徒劳地、不断地骚扰，不断地试探。

诱饵香飘万里，远在东海之东的倭人族，也一直对其口水连连、密切关注。随着漫长的物种演化，有一部分倭人慢慢蜕变成一种比水怪、海妖更为无耻贪婪的饕餮之怪，它们亟需高能量的解馋之物满足自己的胃口，因此对那个叫"钓鱼岛"的诱饵越来越感兴趣，尤其是近百年来，它们一直急不可耐，天天在"过屠门而大嚼"，梦想着有朝一日能享用那个肥美大餐。

但是，对于钓者而言，诱饵毕竟只是诱饵，而且诱饵牢牢地固结在自己的钓线上，而钓杆、钓线又牢牢地抓在自己手里。放出诱饵就是为了钓鱼，我们不怕鱼儿上钩，怕的是没有大鱼上钩。

对于那些纯属试探、骚扰、只是咬饵摇晃，而没胆子吞饵上钩的鱼儿，钓者只会气定神闲地等待机会，而不会轻易提起钓杆的。目前钓鱼岛的局势就是这样，尽管有人隔三岔五地对钓鱼岛左顾右盼、上窜下跳，并频频制造事端、扩大国际影响，但是我们就把握一条：鱼儿不真正上钩，我们就不会采取真正行动。

诱饵只诱贪心的猎物，钓丝只捆上钩的大鱼。如不打消对钓鱼岛的诱饵之惑，那些饕餮之怪终将死无葬身之地。让我们试目以待！

资料链接：

钓鱼岛，又称钓鱼台（日本称尖阁列岛），是钓鱼列岛 8 个岛礁中最大的岛，面积约 4.3 平方公里。

钓鱼岛自古就是中国的领土。源自明朝永乐年的文献《顺风相送》及清朝乾隆年的《坤舆万国全图》皆称该岛为"钓鱼屿"，后人渐称之为钓鱼岛、钓鱼台。

普天之下，莫非王土。1893 年 10 月，慈禧太后下诏将钓鱼台岛、黄尾屿、赤尾屿三岛赏给邮传部尚书盛宣怀，因为盛“采自钓鱼台岛的药丸甚有效验，殊堪嘉许”。

第二次世界大战期间，钓鱼岛随琉球岛被美国管辖。1972 年 5 月 15 日，美国将琉球和钓鱼岛主权移交日本，目前由日本控制，但中国一直不予承认。

依据 1960 年生效的大陆架公约，钓鱼台列岛实为台湾大屯山之延伸，钓鱼台列岛应为台湾岛的一部分。

针对日本侵吞钓鱼岛的企图，中国大陆及台湾对钓鱼岛坚持声张主权，自 1970 年来以来，华人组织的民间团体曾多次开展“保钓运动”，登岛或试图登岛以具体行动宣示主权。

甲午一百二十年祭

2014年,是中日甲午战争120周年。

120年前的1894年(清光绪二十年,日本明治二十七年)7月25日,日本挑起丰岛海战,发动了侵略中国和朝鲜的甲午战争。这场战争以中国战败,北洋舰队全军覆没,清政府被迫签订丧权辱国的《马关条约》告终。此后,中国加速滑入长达半个多世纪的半殖民地半封建社会的深渊。

甲午回顾

前事不忘,后事之师。相对而言,中国在甲午战争前的一段时间,国内国际环境缓和,以“富国强兵”为目标的洋务运动已历经30年,取得明显效果。1888年,清朝已正式建立北洋水师,成为亚洲第一个强大的海军力量,国势并不比日本弱。加上当时,左宗棠胜利收复新疆,冯子材、刘永福相继取得镇南关大捷及越南河内大捷,大败俄、英、法军。在中日冲突中,中方在硬实力上一直占有优势,即使欧美列强也放缓了侵略脚步。

但日本自从明治维新“脱亚入欧”,走上资本主义道路以后,产业革命出现高潮。由于国内资源匮乏、市场狭小,加之封建残余势力及社会转型期的各种矛盾,以天皇为首的统治集团转而从对外扩张中寻求出路。

1887年,日渐强盛的日本制定了以赶超中国、侵略中国为中心的“大陆政策”。其第一步是攻占台湾,第二步是吞并朝鲜,第三步是进军满蒙,第四步是灭亡中国,第五步是征服亚洲,称霸世界,实现所谓的“八纮一宇”。而甲午战争就是日本实现“大陆政策”前两步的重要环节。

1890年后,日本以国家财政收入的60%来发展军力。明治天皇每年从自己的宫廷经费中拨出30万元,再从文武百官的薪金中抽出十分之一,补充造船费用,谋划进行一场以“国运相赌”的战争。1892年,日本提前完成扩军计划,拥有一支6.3万名常备兵、23万预备兵的陆军和一支总排水量7.2万吨的海军,同时出动间谍组织加紧对中国的情报搜集和渗透。

而这时的大清国却自满于洋务运动的初见成效,不思进取,得意轻敌,并未像日本那样变革国家制度，并进而导致政治腐败，官场派系明争暗斗，尔虞我诈，欺内媚外，国防军事外强中干，人民困苦。北洋水师正式建军后就再没有增添任何舰船，舰龄渐渐老化，与日本相比，火力弱，射速慢，航速迟缓。北洋舰队的大沽口、威海卫和旅顺三大基地基本停留在改良武器装备的低级阶段，陆海军总兵力虽多达80余万人，但编制落后，管理混乱，训练废弛，纪律松弛，战斗力低下。而且，1891年以后，北洋水师甚至连枪炮弹药都停止购买了，因为他们要将这些费用修建颐和园，庆祝最高统治者慈禧太后的六十大寿。

那时候，世界主要资本主义国家逐步向帝国主义过渡，日本的侵略行径在一定程度上得到西方列强的支持。美国希望日本成为其侵略中国和朝鲜的助手；英国企图利用日本牵制俄国在远东的势力；德国和法国企图趁日本侵华之机夺取新的利益。俄国虽然对中国东北和朝鲜怀有极大野心，但尚未准备就绪，因此对日本采取不干涉政策。列强默许或纵容的态度，成为日本实施侵略计划的有利条件。

根据日本的大陆政策，1872年，日本开始侵略中国附属国琉球，准备以琉球为跳板进攻台湾。1874年，发生了琉球漂民被台湾高山族杀死的“牡丹社事件”。日本人利用清朝官员的糊涂，竟称琉球是日本属邦，并以此为借口第一次武装侵略台湾。但当时日中实力悬殊，加上水土不服，日军失利。在美英等国的“调停”下，日本向清朝勒索白银50万两，才从台湾撤军。后来，由于清廷的软弱无能，日本于1879年完全并吞了琉球王国，改设为冲绳县。

随后，日本又按照其大陆政策的第二步，开始侵略中国的另一个属国——朝鲜。1876年，日本以武力打开朝鲜国门，强迫朝鲜签订《江华条约》，公然把朝鲜的宗主国大清国排斥在外。1882年，朝鲜发生壬午兵变，清军虽然压制住了日军，但日本还是如愿取得了在朝鲜的驻军权。1884年，袁世凯率清军击败日军，镇压了日本和朝鲜开化党发动的甲申政变。但昏庸的清政府还是同日本订立了《天津会议专条》，为后来的甲午战争埋下伏笔。

1890年，日本爆发经济危机，开战要求更加迫切。1894年6月8日，日本趁朝鲜爆发东学党起义，朝鲜政府军节节败退之机，派先遣队400人在仁川登陆，寻机发动侵略战争。东学党起义平定后，日军反而不断增多，1万多日军以“协助改革内政”为名赖在朝鲜不走，拖住了驻朝清军，为战争的爆发创造了条件。

1894年7月23日凌晨，日军突袭汉城王宫，挟持朝鲜国王李熙，解散朝鲜亲华政府，扶植国王生父李昰应上台摄政，唆使朝鲜亲日政府断绝与清朝的关系，并“委托”日军驱逐驻朝清军。

控制朝鲜以后，日本于7月25日不宣而战，在朝鲜丰岛海面袭击了北洋水师

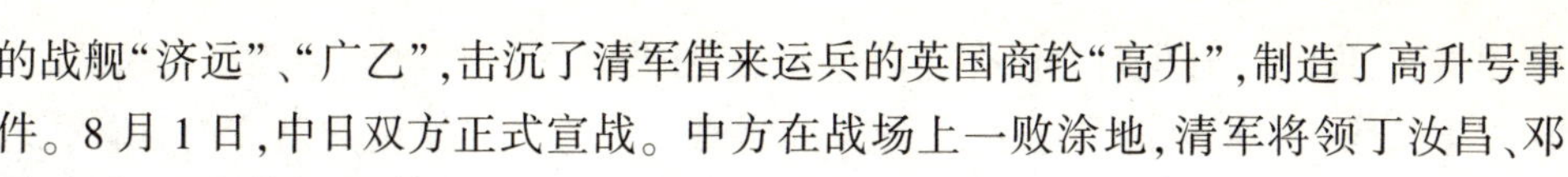

的战舰“济远”、“广乙”，击沉了清军借来运兵的英国商轮“高升”，制造了高升号事件。8月1日，中日双方正式宣战。中方在战场上一败涂地，清军将领丁汝昌、邓世昌、杨用霖等相继战败自杀。11月，日军侵入辽东。

慈禧太后恐慌其“龙兴之地”遭到兵燹之灾，又转请美国驻华公使出面调停。日方代表则以胜利者的姿态，提出十分苛刻的条款，继续威胁和讹诈。美国想方设法怂恿李鸿章接受条件，以便从中渔利。1895年4月17日，李鸿章代表清政府被迫与日本签订了丧权辱国的《马关条约》。

《马关条约》签订6天后，俄罗斯因日本占领辽东半岛，阻碍它向中国东北伸张势力，便联合法、德两国进行干涉，日本被迫放弃辽东半岛，但要中国以3000万两白银将其“赎回”。此一变数，使日本藉由战胜之机侵占满洲的企图被粉碎，也使俄国得以增强其在远东的势力，遏制了日本在朝鲜的扩张。日本为实现“大陆政策”的第二步和第三步，又于1904年重整军备，发动了日俄战争。

甲午一战，给中华民族带来空前严重的民族危机，极大加剧了中国社会的半殖民地化，给近代中国社会带来严重危害。首先是台湾岛及附属岛屿、澎湖列岛等大片领土的割让，进一步破坏了中国主权的完整。日本占领朝鲜、台湾后，在战略上对东北、华东构成了直接威胁，成为进攻中国大陆的跳板；其次是巨额赔款加重了中国人民的负担，加速了日本军国主义的发展。日本获得2.3亿两库平银的赔款和1亿日元的战利品，而当时日本的年度财政收入仅8000万日元，日本利用中国的巨额赔款发展自己，很快挤进了帝国主义列强的行列；其三是沙市、重庆、苏州、杭州通商口岸的开放，使帝国主义侵略势力深入到中国内地。其他列强“利益均沾”，先后在中国开设工厂，严重阻碍了中国民族资本主义的发展。

甲午战争对中国社会的震动很大，一向被中国看不起的“倭寇”竟全歼北洋水师，索得巨款，割走国土，一跃成为亚洲强国，而中国则一落千丈、国势颓微，举国上下信心丧失。

甲午战争的主战场在朝中一侧，日军属于跨海作战，补给线很长，必须从海上运输。中国虽是内线作战，但若集中海军主力，寻找有利时机主动出击，扰乱和切断敌军的海上交通，必要时进行决战，或有胜算。可惜，一切无可挽回。

甲午反思

由甲午之耻、甲午反思，联想到习近平总书记正在推动的反腐治贪和政治改革、军队改革等一系列大政方针，仿佛这每一针都在扎在当年甲午的软肋上。

当年，吏治腐败，是造成甲午惨败的首要因素。只要想一想，甲午海战时打出的假炮弹，你就知道我们为什么能痛下决心，在十八大后启动政治改革，提出了实现中华民族伟大复兴的中国梦，切实加大反腐败、“打老虎”的力度。而且首先改革党的纪委检查机制，在相继拿下一连串的“大老虎”和饕餮之徒之后，仍然没有对贪官污吏收手的意思。看来，攘外必先安内，我们要实现“干部清正、政府清廉、政治清明”的目标，还大有希望。

当年，奢靡享乐之风，是造成甲午惨败的又一重要原因。只要想一想，甲午海战时因为吸食鸦片而手无缚鸡之力的士兵，你就知道我们为什么能痛下决心，在十八大后深入开展了轰轰烈烈的“反四风”治奢运动，并为此出台了“八项规定”。而且在陆续惩治了众多典型案例、重挫了饮食娱乐行业之后，仍然没有对奢靡之风收手的意思。看来，我们要实现“民风纯朴”的目标，也还大有希望。

当年，军备松弛，是造成甲午惨败的直接原因。只要想一想，甲午海战时不堪一击的舰船，你就知道我们为什么能痛下决心，在十八大后大张旗鼓地开展国防和军队改革行动，进一步加大核战略、强军战略、强武战略、蓝海战略和积极防御战略的推进力度，以铁腕手段从严治军，以前所未有的力度、深度和广度，加快国防海防现代化建设，切实落实“政治合格、军事过硬”的要求，加强战略战术演练，深化现代军事斗争准备，确保关键时刻能打硬仗、能打胜仗，坚定捍卫国家主权、安全和发展利益。

当年，安而忘危、不思进取，是造成甲午惨败的另一原因。只要想一想，甲午海战敌军进攻时的仓皇应战，你就知道我们为什么能痛下决心，在十八大后果断成立国家安全委员会和全面深化改革领导小组，其目的之一当然是要增强国家忧患意识，加快改革开放步伐，做到安不忘危、居安思危，以积极防御的战略思想，以战略主动的姿态抢占安全制高点，使富国与强军相统一，增强国家实力与核心竞争力，随时准备应对各种严峻的挑战。

以史为鉴，可以知兴替。甲午之耻给我们留下了刻骨铭心的历史教训，也给我们带来了振聋发聩的历史启迪。我们反思历史，深刻自省，求新求变，富国强军，为的是在避免历史重演的基础上，建设有中国特色社会主义现代化强国，实现中华民族伟大复兴的中国梦！

（原载2014年4月21日中国作家网）

踏莎行

神笔洞记

阳山之阴有一山,名曰神笔山。山有一洞,人称神笔洞。山因洞名,洞因笔名。然神笔何所在?神笔为何物?关乎马良否?皆未可知也。

偶闻友人言及神笔之事,谓神山仙洞,有如椽之笔,有天书万卷,至神至奇,叹为观止!

吾一介书生,不好名利、不逐金钱,然极喜笔墨纸砚,惟求文章练达、妙笔生花。闻有如此神奇之笔,自然心痒难耐,急欲先睹为快。

盛夏周日,难得闲暇,遂率三五同仁欣然往之。驱车百里,登山入洞,果然别有洞天。洞内云雾氤氲,气息清新,凉爽怡人,暑乏全消。前行一二丈,导游叫入"天书门"。屈身而进,但见小桥流水,石林横空,霓虹朦胧,"天书"卷卷,行草楷篆自然天成,书中字迹标点若隐若现、如迷如幻。

正疑惑"天书"难读、何人所作,双目四顾间,见洞厅中央有一擎天玉柱,高三丈、粗两围,圆体尖端,刚劲笔直,犹如挥毫天幕,将洒浓墨重彩。众待发问,导游故作神秘道:"此乃镇洞之宝,千古神笔也!此笔吸纳宇宙之精华,书尽五十万年地球史,年寿高远,灵性十足!如诚心竭拜神笔,则心智开悟,文章练达,灵验异常。"众人闻言,深信不疑,吾亦默然祈祷:神笔保佑!

拜别神笔,踏阶而上。洞内一步一景,愈加美仑美奂、光怪陆离,偶有小笔断笔,为之惋惜。地上石笋簇拥,头顶钟乳倒挂,似人似物,千奇百怪。更有鲲鹏展翅、金石开花,有神女携龟、玉帝坐殿,也有飞瀑流长、冰锋闪寒,有古木枯根、银花怒放,也有呆鸟猛兽、星月闪耀……,凡此种种,不一而足。仿佛世间万物皆源于此、皆汇于此,未知何所生,焉知何所往?此诚奇迷之间,臆为洞中神笔所造也。

神笔乎?神仙乎?恍如仙境,晃如一梦。出得洞来,经夏风轻拂、热浪浸洗,脑中清凉仙梦顿然无踪。

天地玄黄,宇宙洪荒。略一思量,喀斯特之奇观,黄石神笔之神妙,皆系亿万年地质变迁、沧海桑田之造化也。

呜呼,神笔非笔,仅一石耳。然其笔力所及,万物跃然,鬼斧神工,美亦壮哉!

故万人景仰、万人慕名也。

此为记。

（原载2010年7月29日中国作家网）

（2010年8月10日《清远日报》转载）

凤凰山的石头

地球上有无数的山,上周末我们又征服了一座。中国有几十个凤凰山,这刚登顶的算是第一个。

我们这次登的凤凰山,是位于深圳福永的凤凰山,也是深圳的一座森林公园和风景名胜区。凤凰山海拔678米,方圆1.2公里,享有“凤山福水福盈地”的美誉。据说其最早的开发者为文氏后人,目的是纪念和缅怀一代名臣文天祥,山上有凤凰古庙可以作证。凤凰古庙距今800多年了,一直香火兴盛,据说挺灵验的。

说来,真是奇怪得有点让人不相信:儿子他妈刚从古庙里拜佛抽签出来,就接到一个电话,而电话所言,竟然与签上所言十分关联,仿如冥冥之中早有安排。这让我们又惊又喜,暗暗称奇!可惜我和儿子没有抽上一签,再加验证。儿子听说了他妈所说的奇妙之事,大大地发了一通“举头三尺有神灵”的感慨,还正经其事地教导我们“要多做善事多积德”。哈,听这小子的口气,倒好像我们是坏人儿似的。

除了拜佛抽签灵验得出奇之外,这次来凤凰山还有两点给我们留下了深刻的印象:一是山上的人多,是出奇的多。简直是游人如织、络绎不绝啊,连上山小路都摩肩接踵、水泄不通。陡一点的坡路上,前面的人可以踩到后面人的鼻子,而后面人的脸差点贴上前面人的屁股。真担心前面有人一不小心摔倒了,后面会出现多米诺骨牌效应。人多,就不说了,在中国哪儿都一样。

二是山上的石头大,也是出奇的大。这里的石头不是那种与山坡连为一体的山石,而好像都是单个的,一个个膀大腰圆、圆不隆咚的,是独立的又互不粘连,却又像人一样三个一堆、五个一群地拥挤着、热闹着。这些石头多而且大,就是大得出奇,小的有数吨之重,大的可能有数十吨甚至数百吨之重。在山坡上、山顶上,随处可见它们或立或坐或俯或卧的身影,还有些石头一半掩在土里,一半露在天外,真是千姿百态、不一而足。我不是地质学家,也说不清那是什么石质,颜色是浅黑或浅黄的那种,石头上有密集的颗粒状,有点水泥混凝土凝固后的感觉,有点芝麻巧克力的味道,又有点陨石的质感。到底是神马石头呢?这是上山带来的一大疑问。

从凤凰山的石头忽然想起达坂城的石头,哼着达坂城的石头,又哼起了凤凰山的石头:凤凰山的石头个头大呀,大得心惊又胆颤。凤凰山的石头多又圆呀,圆得有点像炮弹。

除了上面那一大疑问,我还带着一大担心。因为凤凰山基本是一座土山,真担心山顶上、山坡上那一个个硕大笨重的石头,如果一不小心滚了下来,后果会怎样?

但愿我的担心是杞人忧天!

阿弥陀佛,上天保佑!

(原载 2011 年 3 月 3 日中国作家网)

第一次驴行

农历八月十五，天清气朗，秋高气爽，千家万户都在喜度佳节哩。

我们一大早，却随一支三十多人的登山队坐上了一辆驶往排牙山的大巴车。

一

排牙山，地处深圳大鹏湾的大鹏半岛，海拔 707 米，为深圳第六高峰。山不在高，有仙则名。排牙山虽然不高也没仙，但她三面环海，风景秀丽，由于海风侵蚀，山上怪石嶙峋，造就了奇特的悬崖地貌。在山顶由南而望，酷似一排排错落有致的牙齿，而且那些牙齿还是雪白雪白的哦。所以，登排牙山也叫"去刷牙"。登排牙山的难度适中，属于登山爱好发烧友级的穿越型路线。这里登山，可以踏青、看野花，享受心旷神怡的惬意，还可感受悬崖绝壁的刺激和一览众山小的伟大！

听着美女领队神采飞扬的介绍，大家那颗被吊足了胃口的心早已飞到了排牙山上。但是大巴车丝毫不理会这些急切的心情，仍然以不超过 80 码的速度稳步前行。从深圳福田，一路经罗湖、过莲塘、到盐田，再到小梅沙、大梅沙，再到溪涌、坝岗滩，大约十点，大巴车终于停在了大鹏湾边的一个果园旁。说是果园，其实什么果子也没见。这个地方的地名很多，有叫坝光水库、水库果园的，也有叫灶盐林场的，领队说这里就是驴行排牙山的出发之地。

顺便解释一下，所谓驴行，就是肩扛背驮、前拖后推，像驴一样辛苦的旅行。

二

美女领队很年轻，身材苗条，皮肤白皙，自称曾征服过梧桐山、七娘山等众多险山峻岭。但是看看这三十多人的亲子队伍，老的老小的小，老的有五六十岁，小的则刚上八年级；再看看矗立在眼前的这座苍茫冷峻的排牙山，草深林密，路途凶险，我们真担心这美女领队统揽全局的能力。毕竟，人多，人员体质也参差不齐，而且大家背着大包小包，大部分人没有驴行登山的经验……

美女似乎看出了某些人的心思，她立定一站，叫了声老九、山泉水，还有个叫"时间的味道"的人，三人立马出现在美女面前。美女一一介绍，这三人都是资深驴友,老九是今天的向导,是有丰富经验的登山前辈,大家跟着他走准没错;山泉水、时间的味道和本次驴行组织者潘姐,负责中间协调协助,有困难找山泉,保证大家安全上山;我自己则负责殿后,保证一个都不少。哈哈哈,我们笑领队殿后,是不是想随时从半路上逃回去。美女笑说,你们就是逃,也要有熟悉路的吧,我这样安排最合理。

三

从果园的小径,又好像是人家的屋檐沟,我们这支队伍开始登山了。起初一段路,是一人多深的草丛,间有杂树、灌木和兰草、小花,地上还有一排引山泉水的铁管子,大家跟着向导沿着水管依次穿行,头顶的阳光在草丛中一闪一闪的,有人说这真是伏击日寇的好地方。可大家深一脚浅一脚的,不一会儿,就搞不清东南西北了。钻在草丛里,前面的人一过,惊飞出的几只黑白相间的花蚊子,马上叮着后面的人狠劲地亲热,先后有好几个女孩子和小伙子的胳膊上鼓出了一个个小红疙瘩,有的边走边抓,有的赶紧擦上风油精、花露水继续抓。我庆幸这蚊子只是在耳边嗡嗡,是对我太友好还是嫌我皮肉不够嫩呢,走了好久都没叮我,不知不觉间才突然感到脸上、胳膊上奇痒无比,只好变庆幸为恼怒,一边走一边抓,一会儿抓脸一会儿抓胳膊,脸上胳膊上都有了黑红不等的红道道。唉,那个狼狈啊,真后悔没有认真落实领队的《登山须知》。《须知》里特别要求大家穿长裤长袖,带风油精、花露水之类,而我穿的是短袖T袖,除了吃的喝的其他什么也没带。真是活该!

如此穿行了大约半小时,大部分人都是汗流浃背了,起初的兴奋和新奇,也逐渐被深山老林中的寂静、闷热和草叶的锯齿、嗡嗡有声的蚊子屏蔽了。除了跟随向导紧追不舍的几个八年级的男童鞋外,其他人离向导已经落下很大一段距离了,最后的离中间的又落下一段距离,一个队伍被分成三截。美女领队在对讲机中要求向导停下来等等,山泉水和时间的味道也不时在对讲机中要大家戒骄戒躁,我们不是比赛,安全第一。钻过一段草丛,又手脚并用地钻过一个竹子、藤蔓和荆棘、陡坡相杂的险要之地,耳边传来了溪流淙淙的山泉水声,缓缓移动的人们一下又来了精神。有人说,赶快到溪水边洗洗手、洗洗脸、尝尝泉水吧。但是,远在天边、近在眼前的山泉,一直被深不可测的荆棘丛阻隔着,无法靠近。向导在对讲机中说,顺着溪边山坡再爬十多分钟,就可横渡小溪喝山泉了。他说的十多分钟,实际是又过了大约半小时,大家终于来到了横渡小溪的位置。溪流不大,两步就可跨过,涓涓溪水,晶莹透亮,捧起一口,清凉甘洌,味道好过自带的矿泉水。有人就干脆倒了剩余的矿泉水,换上了新鲜的山泉水。

洗手、洗脸、喝山泉，人们一个个排队而过，这边的路从草丛变成了树林。地上的草少了，乱飞的花蚊子也少了，爬山的路径分外清晰和宽阔，基本不用再弓着身子走猫步了，大家抓着树枝树干努力登攀，行进速度大大加快。看着小路边一段段倒伏的枯树朽木，不断闪向身后，我套改了一句名诗：朽树侧畔驴友过，排牙山上万木春。

中午十二点，我们爬到半山的一个小山坡短暂休息。伸长脖子，回头张望，感觉走了许多路，原来只有长度并无高度，之前的路其实很平缓，只是穿越得比较困难而已。现在山坡上看，707 米的海拔，估计爬了不过 300 米，还远着呢。向导说，后边的路虽然还有 400 多米的海拔，但是长度比之前的要短，不太远啦。加油啊！上到山顶就可吃午餐了！

四

这次爬山，让我对 00 后的新生代多了一分赞许和肯定。这十多个八年级的孩子，不论男孩女孩，都表现得很坚强。有个小胖哥，可能平时运动不多，爬起山来较为吃力，穿行中，手和胳膊都被划出血口子，被花蚊子叮出小疙瘩，全身衣服都汗湿透了。但是再苦再累，他也没说不爬了，而是坚持到了最后，坚持爬上了顶峰；还有一个小女孩，应该属于林黛玉式的清瘦型，身材纤弱，这种爬山运动对她而言明显强度过大，但是她仍坚持在“还有多远”的追问中爬上了顶峰；当然，我家小子也很棒，他个头不大，却是运动型的，爬了几次梧桐山都没皱过眉头，这个小小排牙山更是不在话下。这支队伍中，除向导之外，他是排名第一的登山英雄。

爬呀，爬呀，中午一点的时候，我们准时登上山顶。对面山脚不远处，据说就是大亚湾核电站。根据日程安排，现在是山顶午餐时间。在山顶树荫下，大家纷纷拿出自带的干粮和水，包括鸡蛋、鸡腿、鱼干、牛肉干，还有面包、蛋糕、饺子、包子、饮料等等，铺在地上的报纸被摆了个满汉全席。大家互相请吃、互相吃请，边吃喝边说笑，那种开心的感觉，好像进入了共产主义社会。

五

吃喝完毕，爬山继续，我的流水账也要继续。

美女领队说，大家吃喝完了，要去“刷刷牙”啊。但是向导提醒，只能是体力好的才有资格去“刷牙”，因为峰顶的这段路程，多是悬崖峭壁，危险性大，需要十分小心，体力较弱的就原地休息吧。于是，为了安全，一半的人选择休息，还有一半的人跟随向导开始“刷牙”了。

上一个山头，下一个山头，穿过一片树林，再上一个山头，就到了排牙山的巅峰，这里立着一块写有“排牙山顶峰，海拔707米”的牌子。举目四望，北是澳头港，南是七娘山，海天一色，风光无限，大家纷纷在牌子边合影留念。而后，向导带着大家自东向西又下一个坡，上一个坡，来到又一个山顶。

山顶之路，仅容一人，左右两边都是悬崖峭壁、万丈深渊，颇有华山之险的味道。在山顶，海风一吹，估计高血压者会有头晕目眩之感。仔细观看，山顶的那些巨石，不经意地凌乱在那里，不经意地屹立在那里，又不经意地形成一排不太整齐的牙齿，雪白雪白的，在山顶海风的吹拂下呼呼作响。

当午的太阳明晃晃的，放射着它那永无穷尽的热量。令人惊奇的是，我们上到山顶后，头上始终有一大片乌云遮蔽烈日，而且从东到西，从西到东，那片云一直与我们形影相随。我和小伙伴们都惊呆了！

传统的下山路线原是从南面山脊小路直达山下的大坑水库，途经防空战壕、开水岩，越过一条溪流，再从一条隐蔽的小路直达大坑水库大坝。但由于排牙山南坡附近就是大亚湾核电站，人员出行受到限制，传统的下山出口已被封锁，而从西边下山的危险性更大，向导只好让我们原路返回。

六

这次爬山，驴友们还有一件事感动了我。那就是，大家的环保意识普遍增强，环保旅行已经成为自觉。我们上山时，已相互提醒：除了脚印什么也不要留下，途中不要乱扔垃圾，用完的塑料瓶、塑料袋要随身携带下山。午餐过后，垃圾猛增。几个帅哥自告奋勇，争抢着把大家的垃圾收集在一个蛇皮袋里，轮流背着下山，而且下山途中还一路把垃圾捡到袋中，那个蛇皮袋变得越来越大，就算爬行的那段路，几个帅哥也没有放弃捡垃圾、背垃圾。这种环保精神感天动地。

上山容易下山难。到山下一看，已是傍晚六点了。大家整整蓬乱的头发，擦擦黑汗泗流的脸庞，又在小商店随便补充了一点能量，不顾胳膊腿上的累累伤痕，便匆匆登上返程的大巴。

七

排牙山是我在深圳所爬过的最原始的一座山，也是我第一次驴行的所在。该山上下全程约20公里，我们这个非专业的驴友登山队，往返用了8小时，其中上山3小时，下山4小时，山顶赏景1小时。虽然辛苦、劳累，甚至伤痛，但整个驴行过程有惊无险。

感谢向导，感谢领队，感谢组织者，感谢大家的互助！

第一次驴行，给我留下了深刻的印象。

第一次驴行，给我们上了一堂生动的环保课。

第一次驴行，也让我们在这个中秋节过得很开心！

（原载2013年9月30日中国作家网）

清远意象

初次听说“清远”这个地方大约是在十年前，而且是在中国地图上。那时自然而然地容易对“清远”顾名思义，脑海中想像着那该是一个清秀悠远、静幽旷远，抑或天高皇帝远，一定是个清静自得的世外桃源吧！

也许我的感觉比较敏锐，所以我的臆测并不全错。当我有幸亲身走近清远，真实地面对清远时，并没有发现任何冷清荒远、天高地远的迹象。反之，当你走进清远，眼前风物一定会让你萌生一种心旷神怡、遐思万千的感触。你会在心底呢喃：啊，清远——一位近在眼前的梦中女郎，一座咫尺千里的南方城池，竟然带给你“看到的比想到的更美”的震撼！

这种震撼是有原因的，也是情不自禁的。经过最近十多年的跨越式发展，如今的清远正以“投资热土”和“广州后花园”的美好形象，以前所未有、继往开来的改革气派，迅速融入群星璀灿的南国都市圈。那随处可见的脚手架和钢筋、水泥，是清远建设如火如荼的真实写照；那一座座拔地而起的工业城与鳞次栉比的楼盘馆所，是清远百业俱兴的最好注脚；那三虹飞架的悠悠北江，一座比一座壮观的跨江大桥，是清远发展日新月异、蒸蒸日上的永久见证！

清远以江为界，有新城旧城之分。隔江相望，新旧两城各有千秋。一边是现代规划，一边是古老街巷；一边是时尚商厦，一边是传统店坊。旧城街道熙熙攘攘，新城建筑疏落有致，都掩饰不住这个城市的古典意蕴。新旧两城形分而神合，联袂演绎着这个城市独具风韵的繁华。再看那生意红火的街道和人气渐旺的购物城，正展现着这个城市发展强劲的灿烂前景。

夜幕降临，华灯齐放。逶迤北江数千米的滨江公园内，霓虹闪烁、人影绰约。劳累了一天的人们踱着休闲的脚步，三三两两地从四面八方汇聚而来。人们或立或卧，载歌载舞，或运动为乐，或聚首笑谈，也有热恋男女花前偎依、月下细语，而活泼好动的孩子们则在柔软的草地上打着滚儿、欢快地逐闹、嬉戏，整个公园洋溢着一派祥和、悠闲的氛围。听朋友说，如果赶上节假日，公园内还有免费的露天电影，这种很多地方很多人们早已久违的消遣，将使园内人潮汹涌、热闹非凡……

初到清远，我便不自觉地重新理解了“新兴旅游城市”的内涵，因为这里的青山秀水、淳厚民风，这里的点点滴滴总是那么令人心动。除了名闻遐迩的地下河、氤氲缥缈的矿温泉、气势磅礴的滑草场、古意幽幽的太和洞、刺激快意的高山漂流，除了风味独特的白切鸡、白切狗和红不让、糯米甜糟，除了风情万种的瑶族莎腰妹儿，除了意境独特的人文景观之外，印象最深刻的还是这座城市的勃勃生机和迷人魅力。

在我看来，勃然生机和活力，正是清远最根本、最核心的吸引力。朋友让我对清远作个比方，我想像着：清远就像一壶陈年的酒，清淳芬芳、悠远绵长；清远就似春天的风，清新惬意、轻柔妩媚；清远也如远山的草，清纯有加、青翠欲滴；清远更似北江的水，清冽明澈、源远流长！

哦，清远！尽管只初次与你接触了三两天，可是你的美丽、你的纯朴、你的清新、你的活力，已让我们这些北方来客久久不能释怀……

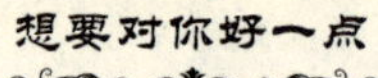

见识北京真正的鸟巢

北京的奥运鸟巢名闻遐迩，驰誉全球。可是，你见过北京真正的鸟巢，就是真正的可爱的鸟窝吗？为什么这样问？因为我也才刚刚见过。

由于时间比较充裕，在这次参观北京鸟巢体育馆，游逛大街小巷的过程中，我意外见识了身处闹市中的真正原生态的鸟巢。甚至，包括机场高速在内的几条高速公路边，也随处可见。这些鸟巢，无一例外地高挂树梢，不时有三两只小鸟在巢边叽叽喳喳，仰头一望，甚觉有趣。

最有意思的当属鸟巢体育馆旁边白杨树上的几个鸟巢，这些鸟巢与鸟巢体育馆遥遥相望，一小一大、一动一静，虽不成比例，却相映成趣。

如果说，奥运鸟巢展现了中国的大国风范、科技含量，展现了北京人广阔、开放的胸怀；树梢上的鸟巢则体现了中国的生态文明、环保理念，体现了北京人崇尚自然、爱鸟护鸟的人文情怀。

印象杭州

大诗人白居易曾感叹:“忆江南,最忆是杭州!”为什么呢?因为“江南好,风景旧曾谙。日出江花红胜火,春来江水绿如蓝,能不忆江南?”

大词人韦庄也在吟唱:“人人尽说江南好,游人只合江南老。春水碧于天,画船听雨眠。”……

读着前人留下的优美字句,我已无数次地神游杭州,但杭州的美到底什么样?她美到什么程度?心里一直是一片朦胧。百闻不如一见,带着这个美的悬念,终于在国庆长假来到这个美的所在。

上有天堂,下有苏杭。在我的印象中,杭州是江南风光的永远的经典。这里山美、水美、人更美,一切都那么美仑美奂、美不可言。君不见,从京杭运河到乾隆南巡的故事里,从大唐帝国到满汉一统的历史烟云中,一千多年来,始终不乏对杭州之美充满艳羡的描述!

杭州之美,首要的当是其秀美的西湖山水。“欲把西湖比西子,浓妆淡抹总相宜。”到过西湖的文人骚客,总免不了脱口而出地来上这么一句。其实,西湖的湖并不大,慢跶逍遥地,也许一天就能绕着湖边好好转一圈。但经过千百年的积淀,西湖的历史感太重了、文化味太浓了,你要想仔细品味,或许一辈子也品不完。苏堤、白堤、杨公堤、花港观鱼、钱塘观潮……每走一步都有一个荡气回肠的故事;飞来峰、灵隐寺、城隍阁、雷峰塔、宝石山……每到一处都有一串神奇动人的传说。不说别的,光是一个雷峰塔,就让白蛇娘子的传奇在人们的心坎上演绎了一千多年,至今仍然萦绕缠绵、绵绵不断……

山外青山楼外楼,西湖美景品不够。从春到冬,从冬到夏,从湖光到山色,从寺庙到街巷,西湖的每一处地方、每一种景致早都被文人墨客们体会得淋漓尽致。至于杭州之美、西湖之妙,真正是一言难尽,我等就不须赘言了。

秋风吹得游人醉,直把杭州印心头。看那河坊街、楼外楼、老字号,处处是熙熙攘攘,让人眼花缭乱;看那叫花鸡、东坡肉、西湖醋鱼,样样叫人大快朵颐,让人津津乐道……

啊,烟柳画桥,参差十万人家。亭榭歌台,钱塘自古繁华。盛世杭州,已然超乎千古,但愿西湖山水永留人间!

闲坐老舍茶馆

一个人外地出差，真是无聊透顶。办完正事，会完朋友，时间还早，而且明后天又是周末，正愁没得去处，看一份资料上把老舍茶馆说得挺有意思，就动了去看看的心思。说老舍茶馆是以人民艺术家老舍先生及其名剧命名的，是集茶、餐、书、艺、戏于一体的综合性大茶馆，也是一个修身养性、陶冶性情的好去处。老舍茶馆恰好离所在酒店也不远，打定主意那就去坐坐吧。

这是临近五一的一个日子，北京的天湛蓝湛蓝的，飘着团团白云，灿烂的阳光普照大地，令人心旷神怡。大街上车水马龙、人流如织，一派和谐之气。一幢幢大楼鳞次栉比、巍峨庄严，感觉京城的建筑就是气势不凡。一边慢慢走着，一边慢慢想着，想像着如果从天空俯视过来，一定会看到我像一个小黑点一样缓缓移动着，起点是建国门大街，一路移动到东单大街、王府井大街，然后是天安门广场、国家大剧院……

当我慢慢悠悠逛到老舍茶馆的时候，已是下午两点了，定睛一看，老舍茶馆到了。路边老树嫩叶的影子婆娑在茶馆的门口，有一番"大树底下好乘凉"的深意。转身四处张望，原来这茶馆就座落于北京前门大街，与天安门广场只有一路之隔。站在这个绝佳的位置，站在浓浓的树荫里，"老舍茶馆"的金字招牌分外醒目。

老舍茶馆，楼高三层，估计有 3000 平方米。整个茶馆，陈设古朴典雅，平易近人，凸显着博大精深的茶艺之道和雍容华贵的京城之韵，且有一种浓厚的佛教色彩，感觉如同走进一座老北京的民俗博物馆。进门一层主厅是茶馆的历史展厅，有茶馆创始人尹盛喜与美国前总统布什握手的铜像，周围是茶馆发展壮大的历史图片、历史风物及艺术摆件，侧厅是茶餐厅。二楼有茶叶展厅，主打产品是老舍茶馆的大碗茶，展厅侧里是一座四合院式的茶艺馆。一般人所说的老舍茶馆，应该是指三楼的综合厅，厅内整齐排列着实木的八仙桌、靠背椅，屋顶悬挂着盏盏宫灯，柜台上挂着标有龙井、乌龙等各式名茶的小木牌，墙壁上悬挂着书画楹联，布置得古香古色，散发着浓浓的文化艺术气息。

传承古国茶文化，弘扬民族艺术花。在老舍茶馆，不仅可品用各类名茶、宫廷细点、传统京味小吃、佳肴茶宴，而且可欣赏到一台汇聚京剧、曲艺、杂技、魔术、变脸等优秀民族艺术的精彩演出，或参与那些琴、棋、书、画等文化活动。置身这古筝悠扬、京味十足的环境里,如果一边品着浓浓香茶,一边赏着绝活技艺,定会愈显悠闲宁静、轻松惬意,让人真切体味"偷得浮生半日闲"的真义。

据说,自 1988 年开业以来,老舍茶馆已接待中外游客 300 多万人,其中包括 90 多位外国元首和众多社会名流。原国家主席杨尚昆、台湾国民党主席连战,美国前国务卿基辛格、日本前首相中曾根、柬埔寨首相洪森、泰国公主诗琳通等各国政要都曾是这里的座上宾。因此,这里实际已成了人们了解中国传统文化的一扇窗口,成了中外文化交流的一个舞台,也成了连接国内外友谊的一座桥梁。

在茶馆悠闲自得地转了一圈,在茶展厅漫不经心地品尝了服务员精心冲泡的几杯新茶,又很随意地购买了几盒大碗茶和龙井、红茶,蹭蹭下楼,出得门来。忽见门口启事牌上有下午三点相声演出的海报,这牌子应是早就放着的,奇怪自己进门时竟没注意,遂又转回去买了票,决定上楼尝试一下品茶赏戏的独特体验。

拿着演出票对号入座,向八仙桌上低头一看,哇噻,我竟坐了美国国务卿基辛格的位子!只见桌面玻璃下用毛笔字清楚地标注着"美国国务卿基辛格博士莅临"字样,不过前面还写有"一九九二年十二月二十一日"。再转身看看其他座位,原来美国前总统布什、日本前首相海布俊树、俄罗斯前总理普里马科夫这些大人物都紧紧坐在我身边呀。在一阵激动与兴奋中,头戴瓜皮帽、身穿宝蓝色对襟衫的服务员给我沏了一杯大碗茶。喝着茶水,想着心事,三点钟很快就要到了,来看演出的人越来越多,人们齐齐围住一张张八仙桌,吃茶品茗,有说有笑,好不热闹。

不一会儿,主持人报幕了,下午的节目有六个相声,演员都是老舍茶馆"青年汇"的名角新秀,有的还在电视上见过,只是名字没记太清。这些节目也是相当精彩的,一个接着一个,逗得人们捧腹大笑,而且中间没广告,果真让人忘了忧愁、乐不思蜀。

一个茶馆,就是一个小社会。遗憾的是,节目虽然精彩,其中不乏哲理和才思,但乐呵乐呵的很快就忘了。至于大碗茶,说实在的,它确实与别的茉莉花茶不同,但这茶里有一种特别的味道我并不喜欢,我只喜欢在此喝茶的那种氛围。

一代文豪老舍曾说:"没有民族风格的作品,是没有根的花,它不但在本乡本土活不下去,而且无论在哪里也活不下去。"我理解,这话不仅是对文学作品、对艺术作品,而且对一切事物都是适用的,包括茶馆。如果老舍茶馆没有独特的民族风格,肯定不会发展到今天这样成功。

挂念老舍茶馆,怀念老舍先生。

(原载 2011 年 5 月 12 日中国作家网)

登黄鹤楼

在北京,可说是“不到长城非好汉”。在武汉,可说是“不到黄鹤楼,到了武汉也不算”。

说来遗憾,身为湖北人,一次次路过武汉,一次次却与黄鹤楼失之交臂。

今年春节回老家,在武汉下了武广高铁,看看还有很长时间才有去襄阳的那班火车,于是利用等车的间隙,率领一家三口登上了慕名已久的黄鹤楼。

黄鹤楼位于武汉蛇山的黄鹤矶头,与武昌火车站仅有三站公交车的距离。如此之近,又如此之远,想想以前经常在武昌火车站等车的时候,为什么没想到去黄鹤楼。看来很多事情确实“不是做不到,而是想不到”。

黄鹤楼享有“天下江山第一楼”的美誉,与湖南岳阳楼、江西滕王阁、山东蓬莱阁并称中国四大名楼。

黄鹤楼始建于三国时期,传说是孙权为了军事目的而建,历代屡毁屡建。现楼为 1981 年重建,以清代“同治楼”为原型设计,楼有五层,相当于 16 层楼房,攒尖顶,层层飞檐,整个建筑挺拔独秀,辉煌瑰丽,具有独特的民族风格。

黄鹤楼一层大厅正壁是一幅白云黄鹤的巨幅壁画,两旁立柱悬挂有长达 7 米的楹联:“爽气西来,云雾扫开天地撼;大江东去,波涛洗净古今愁”。二至五层的大厅都有不同主题、各有特色,陈列有黄鹤楼的重要文献、诗词及绘画。主楼周围还建有胜象宝塔、碑廊、山门、牌坊、轩亭等建筑,收藏有历代诗词碑刻,种植有许多名花异木。

黄鹤楼雄踞长江之滨,蛇山之首,背倚万户林立的武昌城,面临汹涌浩荡的万里长江,相对古雅清俊的晴川阁,刚好位于长江和京广线的交叉处,即东西水路与南北陆路的交汇点。登楼而望,视野开阔,武汉三镇的旖旎风光历历在目,辽阔神州的锦绣山河遥遥在望,令人心旷神怡。

作为名传四海的游览胜地,历代名士崔颢、李白、白居易、贾岛、陆游、杨慎、张居正等,都先后到黄鹤楼吟诗作赋,留下了大量的诗歌、词作、楹联、碑记、文章。李白诗曰:“一为迁客去长沙,西望长安不见家。黄鹤楼中吹玉笛,江城五月落梅花”。

1927 年 2 月,毛泽东在白色恐怖的前夜,专门在武昌写下了著名的《菩萨蛮·

登黄鹤楼》:“茫茫九派流中国,沉沉一线穿南北。烟雨莽苍苍,龟蛇锁大江。黄鹤知何去? 剩有游人处。把酒酹滔滔,心潮逐浪高!”

而今天,昔人已乘黄鹤去,此地空余黄鹤楼。黄鹤一去不复返,白云千载空悠悠。

黄鹤楼已成千古绝唱,大武汉正现新的辉煌。

(原载2012年5月22日中国公路网)

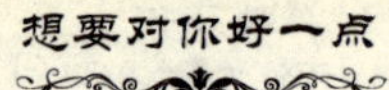

探访深圳发源地

深圳的发源地在哪里？在大鹏半岛！大鹏半岛有什么好看？大鹏所城！

大鹏所城，全称“大鹏守御千户所城”，始建于明洪武二十七年（公元1394年），是一个有着600多年历史、规模宏大、固若磐石的海防军事要塞。之所以叫“所城”，是因为这里曾驻扎过一个“卫所”的兵力。卫所是明朝军队的编制，一个卫统兵5600人。卫下有五个千户所，一个千户所统兵1120人。千户所下设十个百户所，一个百户所拥兵112人。

大鹏所城临海而建，东、西、南三面环水，山清水秀，位置优越，传说是大鹏鸟最喜爱的栖息之地，深圳又称“鹏城”即源于此。大鹏所城是岭南地区不可多见的明清古建筑，城池及房屋皆为砖木结构，占地约200亩。城外有一条宽5米、深3米的护城河，四周是坚固的城墙和城门。城内规划齐整，石径纵横，房屋、院落连叠不绝，气势恢宏。康熙年间，这里曾驻防一个水师营，有官兵931名，城墙上设有大炮168门。遥想当年，城外戒备森严，城内车水马龙，是何等的威仪与繁华！

史说“宋有杨家将，清有赖家帮”。大鹏所城也是历史上有名的“将军村”，著名民族英雄赖恩爵、刘起龙、刘黑仔等将领皆生于斯、长于斯、守于斯、战于斯。宋朝的“杨家将”妇孺皆知，清朝的“赖家帮”却不多闻。原来这个“赖家帮”，就是大鹏所城“三代五将”的赖氏家族，赖世超、赖英扬、赖信扬、赖恩爵、赖恩赐祖孙五将均有军功。赖恩爵将军曾在“九龙海战”中，率领中国水师官兵在香港九龙附近海面击退英殖民者的入侵，取得鸦片战争首战的胜利。

赖将军府是当时皇帝所赐，府第规模广大，房屋连绵成片，院落三进三出，好几十间房子。将军府现已辟为大鹏古城博物馆，展厅里陈列有所城模型、历史资料及几百年来抵御外侮的刀、枪、剑、炮等武器样品。

大鹏所城虽历经战火和风雨洗礼，但仍保存完好、风格古朴、威严雄伟，被誉为深圳八景之首。近年来，大鹏古城深厚的文化底蕴和历史价值吸引了越来越多人的关注，党和国家领导人曾专门至此考察，并将其列入广东省重点文物保护单位和爱国主义教育基地。目前深圳已启动大鹏古城开发计划，城内住民已分批迁离集中安置，城区将进行整体旅游开发。

我们参观时，已见成堆的建筑材料陆续进场，附近山间千年名刹东山寺新建佛殿的佛像也才刚刚就位。相信不久的将来，这里定当再现昔日古城的生机，重现昔日古城的辉煌。

漫游西樵山

秋雨潇潇,凉风习习,正是秋游赏景、漫步山水、放飞心灵、激发创意的好时节。我与深圳市室内设计师协会理事会成员,专程从深圳奔赴佛山西樵山麓,进行了一次独特的文化之旅暨设计采风活动。

一路欢声笑语,一路风雨兼程,理事会一行50余人于下午四时到达三水,下榻西樵山云影琼楼酒店。在云影琼楼畅所欲言地开过理事会议后,大家出席了荣冠公司的欢迎晚宴,在觥筹交错中联络感情、增进沟通,感觉心情特别舒畅。

第二天,空中仍然细雨濛濛,但空气清新、沁人心脾。这才发现,酒店四周荷塘片片、荷叶田田,荷花们有的心花怒放、有的含苞欲放、有的娇羞初放,一花一景,甚是好看。乘着兴致,我和设计师们冒雨游览了名闻遐迩的西樵山黄大仙圣地和黄飞鸿狮艺武馆等景点。

正所谓"山不在高,有仙则名",西樵山并不是很高,但却是"广东四大名山"之一,是国家级风景名胜区。依设计师们的理解,西樵山之所以闻名:一是西樵山有着6000多年的历史,创造有灿烂的"双肩石器"文明。专家考证,远在新石器时代中期,西樵山已是南方一个大规模的采石场和石器制造基地。出土有石砧、石锤、琢锤、石球砍砸器、刮削器、双肩石斧、双肩石锛、双肩石铲等具有"双肩石器文化"特色的大量文物;二是西樵山实为一座沉寂了亿万年的死火山,自然风光美不胜收,有72奇峰、42奇洞及众多的湖泊、泉瀑和深潭,山上林深苔厚,有着丰富的水资源。明清时期,大批的文人墨客隐居于此,使西樵山获得了"南粤理学名山"的雅号,被世人誉为"珠江文明的灯塔";三是西樵山的仙迹仙气,因应了"有仙则名"之说。西樵山有着众多的美丽传说,如石匠玉女的故事、花神茶仙的传说,最离奇有趣、历久弥新的故事当属黄大仙的传说。

传说,黄大仙本是玉皇大帝的宫前金龟。一天,金龟看到人间潇河无水,田禾被晒如干草,百姓饥渴待毙,就把天河的水偷放人间,大降阵雨,百姓始得救济。但金龟偷水降雨触犯"天条"被罚下凡,在一穷苦黄姓人家投胎成人,取名黄初平。黄初平性情聪慧,孝长尊幼,勤而好学,乡中父老都赞他圣贤。十五岁那年,黄初平跟随一道人在金华古洞理悟修道,经过五百四十年的修炼,始得正果修道成仙,驾

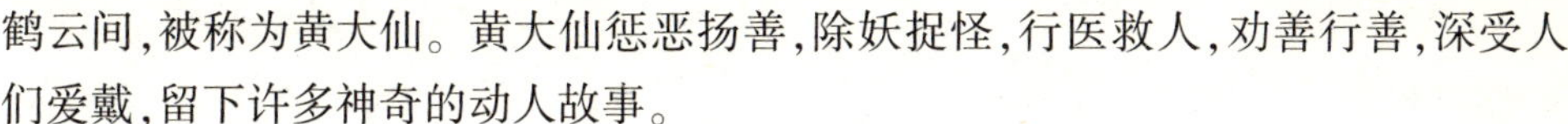

鹤云间，被称为黄大仙。黄大仙惩恶扬善，除妖捉怪，行医救人，劝善行善，深受人们爱戴，留下许多神奇的动人故事。

黄大仙圣地入门处有三座合和桥，据说走过此桥，能使人家庭和睦、生活美满。过了合和桥就是宽阔的八卦广场，广场中央纵横交错的花草绿化带，演绎出道教文化最具神秘色彩的太极八卦图。在山门平台往下看，犹如一幅天然图画，令人如入仙境、心旷神怡。从广场迎山前行，对面是一座倚山而立的28米高的圣像，黄大仙正襟而坐，庄严肃穆。圣像正前方约两百米处有一回音玄坛，玄坛中央是一幅双鱼太极图。此坛神秘而玄妙，在坛中央大声说话会有明显的回音缭绕耳边。相传在此坛许愿，并大喊一声"黄大仙"，一切会美梦成真。黄大仙圣像背靠青山，山上绿影叠翠，野花伴幽，如果沿着林间小道寻访仙人足迹，可看到黄大仙的脚印。相传这个脚印是黄大仙在西樵山显圣时留下的，脚印脚头微方，刚劲有力，传说踩一踩大仙脚印能使你平步青云。

游完黄大仙圣地，驱车一程，便到了声名远扬的黄飞鸿狮艺武馆。西樵是"南狮"、"南拳"的发源地，也是一代宗师黄飞鸿的故乡。黄飞鸿尚武爱国、德艺双馨，深得海内外华人的爱戴。黄飞鸿武馆为两层两进深三开间仿清代镬耳式建筑，设有黄飞鸿史料室、演武厅、百草堂、宝芝林堂、练功休息室、影视厅、演武天井等，武馆建筑别致，具有清末民初古建筑风格。设计师们在武馆仔细观看了各处厅堂和建筑，并欣赏了精彩的醒狮武术表演。

没有了生活的烦恼、忘却了工作的忙碌，大家在轻松惬意中，指点江山、品点景致，对一处处设计规划和人文景观进行了学习、观摩，并在美景吸引下纷纷留影，记下一个个美好瞬间。

尝过了水煮花生，吃过了马蹄(荸荠)、板栗等美食，设计师们在下午的归途中，又趁兴参观了佛山朗高陶瓷的大型展厅。朗高展厅的特色设计也给大家留下了深刻印象，使设计师们深受启发。

望西樵，意踌躇，山河表里乾坤图。心底下，大家是否在想：西樵之旅，也算不枉此行吧。

(原载2006年10月11日中华室内设计网)

探访高寒瑶乡

在南岭国家自然保护区的广东第一峰下，有一个瑶胞聚居地，这就是清远市阳山县的秤架瑶族自治乡。第一峰是广东的"珠穆朗玛"，常年平均气温不到20℃，冬季最低气温甚至达到零下10℃以下。所以，秤架乡也是广东最冷的高寒瑶乡。

岁末隆冬时节，记者攀行第一峰，途经秤架乡，对沿途几个瑶族村寨进行了走马观花式的随机探访。

下洞村

下洞村位于大山中部，是通往第一峰的第一个村寨。据下洞村的小伙子黄好荣介绍，该村离阳山县城约100公里，现有村民140多人，平常上山下山和进城，大家主要靠摩托车出行，所幸政府对整条山路进行了水泥硬化，虽然弯曲险峻，但习惯了也挺好走。

黄好荣说，村里田地较少，产有板栗、桃子和沙梨，所种粮食可保证自给自足，很多年轻人都在外地打工。他家兄弟四个，以前都在广州打工，三四年前兄弟们在家投资盖了一栋三层楼房，利用第一峰的旅游资源，开了一家农家乐，由他和二弟在家经营。

我们去看了他家的养鸡场、鱼塘，有上百只鸡和半亩鱼塘，都是绿色养殖，深受旅客欢迎。他就专门为自驾游旅客提供吃饭、住宿和售卖山货、特产及奇石的服务，年接待量上千人，每年有四五万元的收入。妻子是揭阳人，儿子2岁多。看样子，他们家已是村里数一数二的富裕户了。

南木村

下洞村上行两三公里，有一岔路口，左边通往太平洞村，右边通往南木村。我们先到了南木村，因为这个村子是个千年瑶寨，全是上了年代的一色的土砖木结构灰瓦房子，还有珍稀树种红豆杉。

据村口一位80多岁的老奶奶介绍，村口那棵古红豆杉，要两三个人合围才能抱住，那树在她爷爷的爷爷的时候就有这么粗。村里现有200多人，大家都是守着瑶寨种茶、种树，也有人做些特产、石头生意。老奶奶说，大家只求平平安安，不求大富大贵。

老人的言语之间，透露出对生活怀着十分恬淡的心态，我们也发现这里的老人都很健康、长寿。在我们聊天时，隔壁屋里还有一位八九十岁的老大爷，静静地坐在厨房灶门口烤火、抽烟。他听不懂我们的话，只能通过家人的翻译，大致听明白。老大爷也是乐意清贫的人，他很乐意我们给他照相。

太平洞村

南木村左上两公里，是太平洞村。该村发展水平比下洞和南木村要略好一点。我们走进路边其中一家农家乐，二楼客厅里沙发、彩电、洗衣机一应俱全，年轻的老板娘正和几个小孩子欣赏着网络电视播放的节目，屋内洋溢着幸福温馨、其乐融融的气氛。

村里小伙子黄初开介绍说，这几家农家乐是七八年前开的，第一家的老板就是本家伯伯。我们见到老板时，他正在后院里忙活着杀鸡拔毛，说要招待客人，一副和气生财的样子。老板谦虚，说每年有五六万元的纯收入。

农家乐的后边是一栋接一栋的民居。黄初开家是一栋老旧的三间瓦房，家有父母和兄弟姐妹，姐妹已出嫁，他则娶了四会的一个漂亮女孩为妻，儿子刚刚一岁零两个月。小两口和父母平时在第一峰边的石坑硿经营小旅店，也是为自驾游旅客提供吃饭、住宿、售卖奇石、特产、腌熏肉，兼带提供雨衣、风衣出租服务，收入还不错。

黄初开家的屋檐下有一个带孔的大木箱，他见我们好奇，便主动告诉说，那是野蜂在箱中筑巢酿蜜，每到春夏时节，箱子上有千百只野蜜蜂嗡嗡地飞进飞出，可热闹啦。而这种完全自然放养的野蜂蜜，也是格外的香甜。说得我们垂涎三尺，可惜早卖完了。

黄初开的弟弟小黄在云南大学读美术专业，刚巧放假在家，小黄对摄影和书法有一定见解，说中国画比摄影更能表现艺术之美，我赞同他的看法。

上洞村

从太平洞再上行六七公里，就是上洞村。村里有一家台湾商人投资的蝴蝶兰培育基地，大棚里的兰花争奇斗艳，味香扑鼻。值班员工告诉我们，这些兰花主要是用来提炼精油，产品在国际市场很是吃香。

上洞村离第一峰大概还有15公里，村里人口不多，也没有农家乐，路边几家小店主要做点高山野茶和特产生意，还有的村民就在兰花基地打工。由于客人稀少，一位大嫂样的老板娘正在店门口悠闲地喝茶、晒太阳。

石坑崆村

石坑崆，是真正的高寒瑶乡第一村。石坑崆只有三四户人家，他们所住的房子都是以前雷达部队遗弃的营房，现在也都在做些吃饭、住宿、卖特产的生意。

石坑崆与海拔1902米的第一峰只有百步之遥，有水泥路直通山顶。从这里俯视群山，崔嵬雄浑、峻峭秀丽。可惜此时天色已晚，西边一片红霞，万山也像昏昏欲睡，即将进入梦乡。

石坑崆的气温比山下村寨明显降低，山风一吹，令人瑟瑟发抖。当晚，我们就在黄初开的旅店住了下来。入夜，室内昏黄的灯光下，我们与主人一家烤着木碳火，喝着高山野茶，闲聊着第一峰的风光人文。主人说，秤架乡的名字，来自这山上的秤架大河谷，这里的电灯是自家发电站供电的。我们又奇怪了，是怎么发电的呢？原来，这山上水资源比较丰富，落差也较大，随便在县城买个水力发电机，放在小溪下，利用流水冲动电机，就可发电了。只是电压不够高，但手机充电还是不受影响的。

据黄初开介绍，如果运气好的话，寒冷的冬天，这里还能观赏到第一峰的冰凌冰挂和玉树琼枝、银装素裹的景象。聊着聊着，不觉已到10点。这时窗外山风呼啸，很是可怕。我们简单洗了把脸，就钻进了被窝。夜间，风声一点没有减弱，可恨呼啸山风害得我整夜未眠。早上6点，我们提前到峰顶观日出。哇，那景象大棒了，这里暂且不表。

秤架瑶乡总印象

秤架瑶乡是广东海拔最高的聚居区，但它位于第一峰的南山，除了山顶的石坑硿外，其他村寨的冬天还是比较暖和的。从初步走访的上洞、下洞、太平洞和南木村、石坑硿等5个瑶寨来看，第一感觉是这里的瑶胞普遍比较好客，为人热情坦诚，他们绝大部分都姓黄，甚至连他们家的那些狗狗也是清一色的黄毛、清一色的温顺，从不对来访客人吠叫和攻击。

与连南瑶胞最大的不同是，这里的瑶胞都没穿戴瑶族服饰。经了解，秤架瑶胞虽是瑶族，却是瑶族的客家人，是所谓的“过山瑶”。他们的生活方式、风俗习惯，现在已与汉人区别不大。

我们看到，秤架乡的几个瑶寨都在致富奔康的路上不断发展，但发展的步子还比较慢，几个寨子也明显地发展不平衡，比较富的人只是少数，大部分瑶胞的生活还比较贫困。政府应该从第一峰的旅游资源、高寒山区的地理条件和瑶乡特色产业等方面，为这些瑶胞发家致富提供更多指引，并为规模经营创造更多有利条件。

天灯传情

牛年元宵之夜，在烟花爆竹的喜庆喧闹声中，我与记者朋友信步来到江边赏月。

据说，今年的元宵之月是半个世纪来人们能见到的最大最圆的月亮，而且与平常所说的“十五的月亮十六的圆”的说法不同，此夜的月亮也罕见地出现了“十五的月亮十五的圆”的奇观。因此，来江边赏月的人成群结队、热闹非凡。

举目仰望，天上虽不时有绚丽的烟花忽隐忽现，但高空的月亮依然清澈明亮，似乎真的比平常大了许多、圆了许多，一向灿烂的星星也因此失色、稀疏了三分。

喜见神秘天灯

正与朋友们谈论着过年过节和星星月亮的闲话时，我突然发现几颗从未见过的大星星从远处的江边冉冉升起，而且越升越多，它们在天空缓缓流动排列成变换不定的各种形状，显得神秘而美妙。

那是什么呢？我在猜想着，同时叫朋友们注意看。联系到最近观看的电视剧《东方朔》，我猜想那些星星应该就是所谓的“天灯”，大家都口头称是，但也不敢肯定。于是，我们决定驱车前去，一察究竟。

来到天灯的发源地，只见这里人声鼎沸，男女老少个个悠然自乐，有的在燃放烟花爆竹，有的在放飞那神秘的灯笼。放灯笼的人先恭恭敬敬地用彩笔在灯笼上写着醒目的字句，然后小心翼翼地打开折叠的灯笼，又小心翼翼地点燃灯笼底部的燃料，小心托起又兴高采烈地放上天空。

挤进人群，看看卖灯笼地摊上的牌子，原来这种灯笼还真是我们猜想的天灯，不过人们在这里叫它许愿灯，灯笼上的字句就是人们写的许愿、祝福的话语。

天灯的来历

天灯即孔明灯，相传是三国时的诸葛孔明（诸葛亮）所发明。当年，诸葛孔明被司马懿围困于阳平，无法派兵出城求救。孔明算准风向，制成会飘浮的纸灯笼，系上求救的讯息，安然脱险，于是后世就称这种灯笼为孔明灯。

天灯有大有小,大的直径 2 米有余,小的就 20 厘米左右。天灯分为主体与支架两部分,主体大都以竹蔑编成,再用棉纸或纸糊成灯罩,灯笼底部的横架上,用铁丝捆扎了固体酒精或沾满豆油的布团,灯笼开口朝下。

人们放天灯多作为祈福之用。每逢喜庆日子或盛大节日,人们都要在灯上亲手写出自己的愿望,点燃的天灯冉冉升向苍穹,以祈求上天保佑生活幸福美满、蒸蒸日上。

放天灯应选择晴朗无风的夜晚,在空旷的地方进行。放灯时,一人拿住灯底的左右侧,另一人点燃燃料,灯笼便因内部空气受热膨胀变轻,逐渐增大的空气浮力便把它托了起来,当感到灯笼有上升之势时,即慢慢松开双手,灯笼便徐徐飞起,宛如一盏明灯闪烁在夜空。天灯的上升高度可达 1000 米左右,底部的燃料烧完后即自行降落。

天灯传情,却也引来警察

元宵节既是中国的团圆节,也是中国的情人节。在那些用天灯许愿祝福的人中,有大人、小孩祝愿自己、祝愿亲人身体健康、学业进步、工作顺利、财源滚滚的,也有情窦初开、涉入爱河的红男绿女共同祝愿情定今生、海枯石烂、白头偕老、永世不变的。在众多的灯笼中,我们看到一个女孩在灯笼上虔诚地祝愿妈妈开开心心、早日康复的情景,把我们都感动得够呛。

看着夜空中又大又亮的点点“繁星”,将人们美好的祝愿传达“上天”,人们仿佛已经心想事成、美梦成真,像孩子一样开心不已、忘乎所以。

不料,正在放天灯的高潮期,一辆警车急驰而至。几名警察下车看了看,高声提醒大家小心灯火,倒也没有多作干涉,随后便与人们乐成一团,直把现场汇成一片和谐欢乐的海洋……

人物志

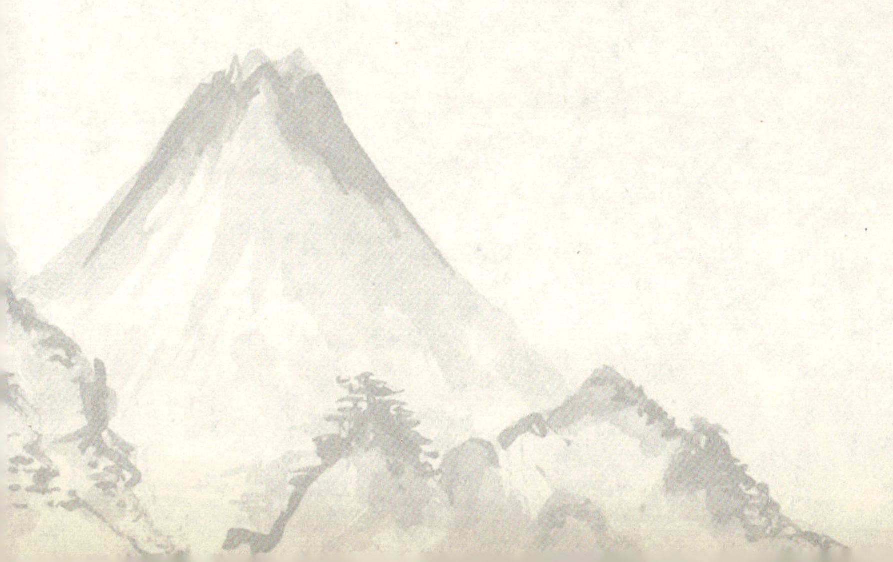

才女姜姐

姜姐，本名姜洁，是单位的财务部经理。她作风朴实、工作踏实、为人实诚，是一个人人称道的好干部、好同事，也是我所见过的少有的多才多艺之人。

会理发的财务经理

有一次，我们同事几个准备出去理发。忽听一姐们介绍生意似地说：

“你们要理发，怎不找姜姐呢？”

“哪个姜姐？”

“我们的财务经理姜洁呀！”

“啊？姜姐会理发？”几个哥们都惊奇得瞪大了眼睛。

“告诉你们吧，姜姐从结婚开始，她老公就没去过理发店呢，平时都是姜姐亲自给他梳剪打扮！你们没见过他老公吧，那不是简单的帅啊，而是相当的帅啊！”

“这这，这老公也太幸福了吧！”大家听了这番赞语，都表现得有点羡慕嫉妒恨了。

有才姜姐有“五绝”

因为财经重地、非请勿入，平时与姜姐除了工作交流，很少闲聊过。

第一次发现姜姐有才后，又通过聊天和同事介绍，才知道姜姐除了理财、轧账、会计核算之类的专业技能外，还不仅仅会理发呢，她会做的事多得多啦。

首先说吃的。比如，我们现在吃面包、寿司、糕点等美食，都是直接到面包坊、寿司店、超市去买，而姜姐她会自己做，而且色香味都不错，是能保你大快朵颐、尽享口福的那种。其他什么水饺、包子、老火靓汤之类的家常菜、家常饭，她更是随手拈来、不在话下。这是一绝吧！

再说穿的。姜姐会裁剪、缝制衣服。前些年，孩子从头到脚、穿的戴的，都是姜姐一手搞定，是女儿自豪的服装设计师。见了小朋友，女儿就经常给姜姐打广告：“看看这毛衣是我妈妈织的，漂亮吧。”“看看这裙子是我妈妈做的，好漂亮吧。”“看这手套是我妈妈打的，好暖和的哦”……于是，姜洁又有了“姜裁缝”的美名。这是姜姐的第二绝。

第三绝是什么呢？我觉得姜姐编排文艺节目虽不能与专业编导相提并论，但在我们同事看来也算一绝。每年单位安排各部门贡献联欢节目时，姜姐都要带领财务部的兄弟姐妹自编自演一两个。可别说，姜姐编排的节目效果都不错，吹拉弹唱、歌舞说笑，样样精彩，而且每年都能获得前三名的奖项。以至于大家都建议她开个"姜姐剧团"，说不定还能在繁荣群众文化的过程中，凭着精品节目一炮走红！

我认为姜姐的第四绝，就是写东西。比如平时由部门起草的请示、报告、通知、通报、规章制度，以及编排节目的台词等等，姜姐都是主笔。说实话，她写的东西与专业作家当然有距离，但是作为天天与阿拉伯数字打交道的财会人员，能写到她这个文字水平的，这么多年来我还真没见过几个(呵呵也许我太孤陋寡闻了)。

姜姐的最后一绝，我认为还是少不了她的老本行。前三绝都是业余方面、生活方面的，财务管理这一绝则是她的专业。如果不提这一绝，对于工作而言，就有点喧宾夺主、不务正业了。在财务管理上，姜姐有20多年的工作经验，再加上平常不断的学习充电和与时俱进，她现在已是单位不可多得的理财好手。

远的不说了，就说近的吧。近几年来，在国家银根紧缩的情况下，由于历史原因和项目建设的影响，单位的财务压力极大。姜姐从财务管理角度积极与单位领导出谋划策，并通过加强银企合作，实行多形式资金运作，加强资金调配使用监管和预算预控分析，强化费用审核监督，同时积极倡导艰苦奋斗、勤俭创业的作风，带动大家开展开源节流、增收节支活动，取得了显著的经济效益。近5年来，单位仅财务费用一项已累计节省数千万元，有效规避了经营风险，提高了资金使用效益，受到了股东单位和领导及同事的好评。

姜姐为什么这样有才呢？

对于大家关心的这个问题，我们也曾多次问过她。姜姐只是羞赧地说："这些也不算什么才不才啦，不过是稍微学了一点点而已。"

看看，我们的姜姐永远都是那么谦虚、那么有才。

(原载2014年2月16日《清远广播电视报》)

哥只是个传说

“不要迷恋哥，哥只是个传说。”不知何时，大海的QQ签名开始保持着这句曾经经典的台词。

今夜，大海的QQ仍如往常一样静静地占据着我的好友下拉列表的一个位子。让人悲悯的是，这个QQ已经永远地隐身了，而其主人竟然真的成了一个传说！难道这个签名，就是大海给我们的最后的留言？

一

“唉，发现太晚了，大海已到癌症晚期，干瘦得不像个人样，大概不过个把月光景了……”听到华强在电话那头担忧地说出这句话，我的心猛地一紧，接着是不住地颤栗。生命真是太脆弱了！

赶紧地，我不顾夜深时晚，电话联系到大海的妻子。估计她也没有睡觉，只是幽幽地诉说：“大海已经五六天不吃不喝，只靠打营养针过活着……感谢朋友们的关心……”

大海和华强都是我在铁路上的工友，也是一起扛过枪、一起下过乡、一起同过窗、一起喝过汤的铁哥们。但是对于劝慰的话，我一句也说不出，只是叮嘱大海妻子要想开点，不要计较钱，尽量给大海医治，弄点好吃好喝的好好照顾他，希望他能度过难关。而他的妻子也只一个劲地说“感谢朋友们的关心……”

大海是个帅哥，有一米七五的标准身材，且生性开朗，吃苦耐劳，踏实肯干，助人为乐，在艰苦的铁路工地上也锻炼出了为人豪爽的性格，因此当年身边也有不少粉丝。大海平时爱抽烟喝酒，但都不算过量的那种。由于颠沛流离的铁路环境，加上不规律的生活习惯，大海不幸患过乙肝，当年曾在铁路医院治了半年，也基本康复了。

后来，我先他离开铁路自谋出路，他后来也先后去了云南、福建的水电工地从事监工之类的工作，据说薪资待遇不错，几年来也还一直混得不错。

离开铁路后的十多年来，我们远隔数千里，已经很少联系了，只是春节回家能见个面、喝杯酒。平时都是偶尔打个电话问候一下，或者在QQ上问个好、道个早之类的简单聊两句。最近见到大海是在今年春节的时候，当时他只说身体小小的不舒服，在家休假，但身体气色都还不错，看不出有什么大病的样子。

没想到这么好的一个小伙子，怎么说不行就要不行了呢？

二

大海有个可爱的女儿，今年大概5岁吧。可他这一病却把多年积蓄花得精光，现在每天打营养针都要好几百块，妻子女儿都受到拖累，还有年迈的父母也只能急看着干着急。

想像着大海的危难处境，已经上床的我又赶紧地打开电脑，从网上给他汇了款，实在是希望他能多打两次营养针，能多挺一段时间，最好是出现奇迹，他突然康复过来什么事也没有，还能跟我们一帮兄弟喝个几杯。

大海喝酒有个习惯，就是太快、不赖酒，酒风好、酒品好。跟他在一起，经常是我的嘴唇才碰到杯，他的杯已经已经见底了。因此，有时大家需要找陪酒的，就喜欢把大海拉去捧场子。

只想着跟大海喝酒的事，却忘了想大海。稀里糊涂的也不知过了几天，直到周末的晚上翻电话号，才想起好久没联系，不知大海怎么样了。

于是，又赶紧地拨了他的号。奇怪，他的手机既没有声音也没有提示，既没有显示打通也没显示打不通，这是怎么回事？

三

不好！兆头不好！我赶紧给华强打了电话。

华强说："早不打晚不打，你真巧，我刚从大海家回来。"

"大海怎么样了？"我急切地问。

"走了！"

"走哪儿了？"

"我也不知走哪儿了，我帮他料理……完后事才……回来。"华强的声音哽咽着。

"他……真的……走啦？……"我悲从中来，张大了嘴巴，却无言以对。

大海今年才39岁，还年轻得很呢。可是却遗憾地英年早逝，壮志未酬，剩下的半个家又将如何应对？

我和华强商量，大家以后也要更加注意身体，要代大海多帮衬点。

四

“不要迷恋哥，哥只是个传说。”

深夜，泪光闪烁中，大海的QQ仍如往常一样寂静地占据着好友下拉列表的一个位子，寂静地向我表白，寂静地证明着自己的存在……

大海，你不只是个传说。你是我们真实的兄弟，你曾经给我们带来友情和快乐。

大海，走好！

（原载2013年7月12日中国作家网）

He,他的确是个奇迹

他,的确是个奇迹!

他是不幸的,29 岁的脑袋只有 4 岁的智商。

他又是幸运的,4 岁的智商却成就了蜚声国际的交响乐指挥的美誉。

他就是几年前曾经感动过许多人的那部纪录片《舟舟的世界》的主人公——舟舟。

舟舟出生时就比正常人多一条染色体,可说天生就是一个智障人。他说话含糊不清,书包里一直装着 3+2=5 的算术本,他不知道自己今年几岁,也搞不清 10 以上的数字是什么。但是当乐声响起时,憨态可掬的他却顿时神采飞扬,只见他如痴如狂地挥舞着指挥棒,不断划出一个个激昂、优美的弧线,而且手臂起落刚柔并济,还随着音乐现出或庄严或愉悦的表情,显得自信而优雅。此时,绝没人会想到他其实只是一个四五岁的孩子!

每一个生命,都有价值。每一个生命,都有尊严。这是欣赏舟舟交响乐音乐会的最大感动,相信更多的人也有这样的感动。

虽然我也善意地怀疑:舟舟是不是在乐队演奏的耳濡目染中,学会了这么个"比划比划"的技术?他是不是在反复学数数中,熟悉了 1、2、3、4、5、6、7 这几个数字的旋律?当然,我知道答案绝非这么简单。

他不懂乐谱,也不会唱歌,几年来却带着一支几十位精英的交响乐团,在国内外 60 多个大中城市成功演出 200 多场,甚至对《卡门》、《拉德斯基进行曲》这样的名曲,他都指挥得行云流水、恰到好处。一次两次成功可说他是"瞎猫碰上个死老鼠",但次次都成功对于他不能不说是上天的特别恩宠,不能不说是个天大的奇迹!

亲身体验了舟舟的神奇,我在对优秀残疾人深表敬意的同时,也对为人处世产生了几点小感悟:一是对"人善人欺天不欺,人恶人怕天不怕"的老古话更加深信不疑;二是对"有得必有失,有失必有得"的得失观有了新的认识;三是感受到了"先天不足后天补"的巨大魅力;四是坚信"人不可貌相,海水不斗量";五是终于明白了为什么很多能力平平的人却能得心应手地指挥一帮精英,因为他们都有不为人知的一技之长。

工地“老黄牛”

在国家重点工程洛三高速公路许沟特大桥工地上，有一个个头矮壮、身材敦实、黑红脸庞、花白头发、满身朴实、透着精干之气的人，不停地来回忙碌着。谁能相信，就是这位相貌平平、岗位平凡的筑路工竟是“火车头”奖章和“铁路大会战尖兵”奖章的获得者！要知道，能获此殊荣者是凤毛麟角，何况他曾两度拥有！所以，在工地、在公司、在总公司，他都是一个小名气的老先进、老党员、老革命。不过，他从没被头上荣耀的光环陶醉过，他从不倚老卖老。熟悉他的人更爱叫他“老黄牛”——一个实干家和奉献者的代名词，这就是名上有“福”有“财”，实则唯有责任唯知奉献的好党员、好干部——中铁十一局一处八队副队长孙福财同志。

时光飞逝，往事如烟。从当上铁道兵，成为筑路人开始，孙福财这一干就是20多年。20多年的摸爬滚打，20多年的风霜浸染，20多年的苦辣酸甜，20多年的默默奉献，他早已由昔日朴实稚嫩的“新兵蛋子”成长为如今刚毅稳健的老党员了。尽管他的实际年龄只有42岁，但由于长期的过度操劳、饱经沧桑，异常疲惫的身心硬是给他足足加了10岁！对此，他无怨无悔。

不管是否老了，孙福财从没有在乎这些。

他在乎的是：工程质量还不够高，安全生产还不够好。

他在乎的是：我是党的一块砖，我能为党为国做些什么？是铺路还是建厦？不论党让我做什么，我都将最大限度地尽力做好。即使不能为党旗添光加彩，也绝不会给党抹黑！

誓言般的语句，掷地有声。如此执着的追求，注定孙福财不是平庸之辈！不知不觉中，他早已成了党的先进分子和干部的好榜样。

许沟特大桥是洛三高速的重中之重和关键控制性工程，由于开工晚、任务重，加之技术要求高、施工难度大，工期压力极大。面对这种情况，孙福财和队领导都急了。经过一番研究讨论，孙福财主动请缨，挑起了分管大桥现场施工及日常管理事务的重担。为不负众望不砸牌子，保证施工生产的高效运行，孙福财从走进工地的第一天，就开始了忙前忙后没日没夜的工作。

在项目领导的指导支持下，孙福财一边向队领导出点子、提建议，制订完善相关管理措施，一边与有关技术人员组织开展技术攻关，优化施工方案。碰上某些关键工序的施工，他就陪着外籍监理一步不离地盯在现场。有时监理不在，他仍然严格按规范施工，最终赢得了监理方的信任，他们说："有老孙在，我们就放心！"

去年国庆节，12岁的女儿专程从湖北老家来看爸爸，孙福财与女儿打了个招呼就去了工地。等了一天一夜仍不见爸爸回来的女儿，委屈得泪花打转也没敢哭，因为凭先前经验，她知道爸爸一定是在工地忙忘了。

等孙福财一身灰浆地回来叫女儿时，工友告诉他，女儿刚被送往火车站准备回家了。他闻言鼻子一酸，衣服没换就连忙赶往车站，可是已经来不及向女儿说上一句安慰的话了，汽笛一鸣，火车启动了，只见女儿从车窗里向他挥着小手说："爸爸，我不怪你，你注意身体！"

身为共产党员，重要的是要有较强的党性观念和良好的政治修养。只有初中文化的孙福财对此一点也不陌生，他深知"打铁先要自身硬"的道理，坚持认真学习领会党的路线、方针、政策和政治理论、工程管理知识。无论对工作、学习、生活，他都时时处处以一个共产党员的标准要求自己，注重以自身的人格魅力来促进和影响周围的干部职工。他要求别人做到的，自己首先做到；他要求别人不做的，自己绝对不做。他憎恨媚上欺下，他讨厌溜须拍马，他反对阿谀奉承。用他的话来说："我的人格高于我的一切，任何以人格为代价牟取私利的事，我绝对不做。别看我衣襟朴素，但我也讲究个人形象，我认为个人形象不是靠衣装打扮得来的，而应该是靠正直为人、认真处事和这拳头大的良心换来的！"

在许沟特大桥，由于工程任务量大，临时招用了一批外部劳务配合施工，几个外施队的老板得知孙福财是个不可小视的"人物"后，纷纷与他拉关系、套近乎，意欲得到"关照"，但老孙不为金钱私利所动，不吃那一套，对方请吃、送礼，都被他严辞拒绝。他经常向这些老板说："我与你们都是平等合作的工作伙伴，你们的难处就是我的难处，我能解决的会尽力解决，我不能解决的，会请求上级积极处理。所以，我们之间并不存在谁关照谁的问题，只要大家能严格按规定、按程序办事，这就是最好的关照。"

许沟特大桥开工一年来，在工程质量、施工安全、工程进度、现场管理等方面，都在洛三线名列前茅，多次受到河南省领导、建设单位和外籍监理的好评，为企业创造了良好声誉。这其中，我们不能抹杀一个普通奉献者孙福财的那份努力。

（原载1998年第8期《河南交通建设》）

清远第一路的变迁

——广东省与清远市党委政府支持清连高速公路建设侧记

2011年1月25日，粤北人民翘首以盼的清连高速公路全线贯通运营。

北江湍湍奔南流，瑶山巍巍上云天。群山叠翠的静谧中蕴藏着春的气息，辞旧迎新的空气里传递着古老粤北的期盼。

将军山倚天凝望，杜步桥与山共舞。清连高速如巨龙，奔腾于北江，翱翔于南岭。“三连一阳”的瑶、壮、回、汉各族兄弟姐妹们，因为清连高速的全线贯通，对生活前景有了更大的奔头、更大的盼头。他们那一双双勤劳灵巧的手，由此将创造出更多的精神文明、物质文明；他们那一颗颗渴望致富的心，从此会更加富有、更加幸福。

历届政府的心头路

清远是一座年轻的城市，是广东省面积最大的地级市，也是广东省少数民族的主要聚居地之一。清远是华南地区的交通要塞，是粤北重要门户，毗邻湖南，区位优势明显。这里自古以民风纯朴、资源丰富而闻名天下，向有“秦汉岭南第一州”的美誉。但由于历史原因和地理环境的限制，这里的交通基础建设曾一度薄弱，公路通行能力十分有限。五年前，若要跑一趟连州，至少要颠颠簸簸五六个小时。如果遇上大堵车，跑上一天也许还是相去甚远。

中医上说：“痛则不通”。如果把这句话套用在交通建设上，则让清远人民切身体验了“不通则痛”的苦楚和郁闷。交通不便，直接导致的一个结果，就是资源开发不足，不论是旅游资源还是土特产等等，都是供大于求，给人一种“抱着金子没饭吃”的印象。受道路阻滞的影响，经济发展远未达到预期，在相当长的一段时间里，“欠发达地区”的帽子一直在清远人民的头上挥之不去……

“要想富，必修路”。人民行路难、经济发展慢的痛苦，让清远历届市委、政府看在眼里、急在心头，他们通过各种举措、各种努力，不断改善环境、发展经济，取得了越来越大的成绩。

改革开放以来，特别是进入新世纪以来，清远市各级党委政府和交通主管部门从全局发展战略和为民办实事、办好事的角度出发，痛下决心、下大气力，大张旗鼓修路建桥，全力整合市域交通网络，要坚决彻底改变这种“抱着金子没饭吃”的窘境。

区位优势赋予了清远承接产业梯度转移得天独厚的优势。承接转移，交通是关键。为突破交通“瓶颈”，清远开打了前所未有的交通建设大会战。“十一五”期间，清远市委、市政府大力实施“三化一园”发展战略，以提高道路通行能力为重点，先后成功实施了包括清连一级公路高速化改造工程在内的两个“八路一桥”项目等一批重要的交通基础设施建设，逐步让清远与珠三角发达地区联成一体，使清远以“广东投资热土”和“广州后花园”的独特魄力，成为接纳港澳台、辐射珠三角的前沿阵地，逐步实现兴工强农富市、促旅活商开源、统筹全面发展。

清远市前后两任市委书记陈用志、陈家记对交通建设事业的重视一脉相承，两位领导都曾信心满怀地公开放言：“清连高速建成后，必将对提升清远交通形象，完善全省路网结构，改善投资环境，承接产业转移，提速‘三连一阳’加工贸易走廊开发，发展壮大当地旅游业，辐射和带动粤北地区的经济发展，加快推进‘三化一园’战略，促进经济又好又快发展，实现富民强市发挥极其重要的作用。”

“清远第一路”的前尘往事

清连一级公路全长216公里，由南及北贯穿清远全境，是名副其实的“清远第一路”。这条公路1997年建成通车时，曾让400万清远人民为之兴奋、为之畅想。通车7年，为拉动经济发展发挥了重要作用。正当大山深处的人们要借“清远第一路”在经济发展上大展拳脚大干一番之时，谁知这条路却因长年重载交通和养护不及时的共同作用，而不堪重负而变得破破烂烂、惨不忍睹。

“从连州到广州竟然要跑一天！不能按时报关，我们简直是在烧钱！”一些建厂的老板心急如焚。

考察的商家忿忿不平：“跑一趟清连，轮胎轧破两条，车辆几乎瘫痪，何谈投资？何谈发展？”

“这路破破烂烂，这车簸簸颠颠，本来是要旅游休闲，认知来受罪几天。美景虽好，可惜路烂。”来旅游的客人也是一路怨叹。

清连一级公路的七年之痒，逐渐演变成切肤之痛！由于地处山区，地形复杂，弯多、坡长、坡陡，道路交通环境十分险峻，加上超载超重车辆较多，经常发生群死群伤的特大交通事故。仅阳山境内1999~2004年就发生各类交通事故980宗，死亡102人、伤243人。因重特大交通事故频繁，清连公路成为广东省当时唯一一条被国家公安部挂“黑牌”的公路。

路况太差，行车艰难，费时、耗力、不安全，发展梦断，人们不禁对“清远第一路”扼腕叹惜。

不通则痛！痛哉斯言！

破天荒的改造工程

为适应社会经济发展的需要，承担起北上南下大通道的重任，广东省交通运输厅和清远市委、市政府急省委省政府之所急，想粤北各族人民之所想，费尽心思、几经周折、精挑细选，最后才慎重决定由深圳高速公路股份有限公司（简称深高速）筹措资金，尽快实施清连一级公路高速化改造工程。

不久，清连高速化改造项目被省委、省政府确定为全省重点工程，市委、市政府将其定为富民强市工程、交通建设攻坚工程。清连高速化改造项目战线长、投资大，总投资超过100亿元。深高速董事长杨海称之为“深高速的半壁江山”。

作为“清远第一路”和清远“八路一桥”的重中之重，清连高速是清远市在“十五”、“十一五”新旧交替之际，启动的有史以来投资最大的基建项目，也是国内工程规模最大、施工难度最大的高速化改造项目。

所谓高速化改造，就是把原来的清连一级公路升级改造成标准的高速公路。2006年12月26日，时任省交通厅厅长张远贻及省质检站、基建处领导在清远市副市长许国、市交通局局长崔景涛、广东清连公路发展有限公司（简称清连公司）董事长吴亚德、时任总经理吴羡的陪同下检查清连项目进展情况时，张远贻将清连一级公路高速化改造称作是“破天荒的大事”，认为“这种将一整条普通公路而且是长达200多公里的山区公路，一次性升级改造成高速公路，在中国乃至全世界也是绝无仅有的”。

清连项目地处粤北山岭重丘区和溶岩发育区，地形复杂，施工条件恶劣，且建设期间必须边通车边施工，安全隐患多、技术难度大、管理跨度广，建设管理过程之艰难、项目建设风险之大，绝非行外人士所能想像。

深高速委派的项目总经理吴羡，一开始对项目实施心里没底，对项目建设管理忧心忡忡，甚至在项目筹备阶段的一年里患上了忧郁症，夙夜难眠。

“且不说项目投资风险暗礁潜伏，单是施工技术风险就够你招架的了！”清连公司总经理晁德志不无感慨地告诉记者：“如果把新建工程看作是在一张白纸上作画，那么升级改造就是把一张旧画不留痕迹地修改成一张完全不同的新画，其难度可想而知。”

项目报批一路绿灯

天下无难事，只怕有心人。在广东省、清远市各级党委、政府的高度重视和大力支持下，清连项目前期筹备工作紧锣密鼓迅速推进，项目报批工作可说是一路绿灯：

2005年4月18日，清连项目工可通过广东省交通厅评审。

同年9月14日，项目环评通过省环保局审查。

一个月后，项目用地预审、用地规划通过省国土资源厅审查。

又半个月后，项目水土保持方案通过省水利厅、林业局审查。

2005年12月26日15时18分，清连高速公路开工典礼在清远市郊的迳口隧道隆重举行，广东省人民政府游宁丰副省长出席典礼并发表了热情洋溢的讲话。这一年的最后一天，作为升级改造先行先试的试验路第五段开始动工。

2006年2月14日，清远市政府批准发布《征地拆迁补偿标准》。

时隔一周，时任清远市委书记陈用志视察了清连项目的试验路段，并兴致勃勃地走上新路面发表讲话。他希望市县各级党委政府"一切服从于清连高速，一切服务于清连高速，一切资源配置于清连高速"，全力做好协调支持工作，为清连高速尽快建成、尽快通车创造有利条件，带动"三连一阳"致富奔康的步伐。

3月29日，时任市长陈家记代表清远市政府在清连项目征地拆迁协议上签字。陈家记要求沿线各县(市)积极主动开展征拆工作，确保工程尽早全面开工。

4月4日，省发改委正式下发了清连项目核准批文。

5月13日，凤头岭至石潭段初步设计通过省交通厅审查，清连项目初步设计工作基本完成。

作为改革开放的前沿，省政府部门依法行政的自觉度和约束力，使他们即是面对紧张的工期，依然选择规范和依法行政。

"用地预审、环境评价、规划选地等专项评估同步交叉进行，为我们争取了大量的宝贵时间！从工可编制、专项评估等文件的上报，到批复、核准实际仅用半年多时间，这在过去几乎是不可能的。"省交通厅副厅长陈冠雄后来要求清连项目全面开工时，这样对清连公司董事长吴亚德说。

然而，深高速董事长杨海明确表示："求快并不等于不守规矩。再难我们也要办完相关手续再动工，手续审批不完善的项目，我们绝对不干。"

经过省市政府主管部门的通力协作，到2006年5月，全面开工的条件基本成熟。2006年6月，清连公司一纸开工令下，来自四面八方的施工队伍立即浩浩荡荡开赴清远,清远人民盼望已久的清连高速公路正式全面开工。

一时间,北江两岸,机器轰鸣,瑶山深处,红旗招展。清连高速公路200多公里的战线上,到处是一片热火朝天的施工场面,无所畏惧的建设者们顶烈日、冒酷暑,栉风沐雨、顽强拼搏,从此开始了1800个日日夜夜的艰苦奋战。

可亲可敬的指路人

清连项目的复杂程度及技术难度都远超预想,在工期紧、任务重、环境异常复杂、条件异常艰苦的情况下,省市各级党委、政府主动充当为修路人“指路”的角色,始终对清连项目高度重视,及时指点迷津,提供各种资源和支持。

从项目工可、初步设计、国土报批、红线放样等基础工作,再到征地拆迁、优化施工环境、保证质量安全、加快施工进度等目标任务,省委、省政府一直高度关注,并从宏观政策方面给予有力支持。

2007年4月2日,佟星副省长在清远市长陈家记、副市长许国的陪同下,冒着春寒细雨在清连项目工地视察。佟星要求省市交通主管部门和相关部门,要以推动项目建设为己任,打破常规、高效联审,及时对项目建设许可开辟“绿色通道”,并对项目建设各环节进行全程协调、指导和支持。

而在此前的1月10日,市委书记陈用志、市委常委黄礼华、副市长顾青波、许国,在清远公司董事长吴亚德、总经理吴羡的陪同下,已经到清连项目开始现场办公,及时调查解决了有关征地拆迁等影响工程建设的重大问题。陈用志要求市县政府部门和各级领导全力服务项目建设大局,切实做到“解决问题不留尾巴,协调矛盾不讲条件,服务工程不讲价钱,营造环境不设障碍”。

清远市政府迅速抽调精干力量,不断强化市、县协调机构的组织领导,对清连项目多措并举、抓紧抓实;市交通局、发改局、国土局及清新、阳山、连南、连州各县市党委政府、乡镇政府部门积极开展项目建设的具体协调、支持与配合工作,及时解决工程供水、供电、供料及征地拆迁、交通封闭等各种问题和困难,全力推进工程建设。

作为深高速的半壁江山。鉴于清连项目事关重大、困难较多,杨海董事长、吴亚德总裁专门与清连项目管理人员进行了多次长谈,“清连项目一生难得遇上一个,我们好不容易遇上了一个,就必须全力以赴把项目做到最好!”两位领导鼓励大家正视困难、迎接挑战,关注目标,关注结果,关注价值。同时强调“现场如战场,一线无小事。要求大家“认真做人,踏实做事”:一是明确绩效目标,责任到人;二是明确重点节点,为实现目标而努力;三要勇于担责,敢于拍板,充分发挥每个人的主观能动性；四是“建清连路，做清廉人”，一个都不能少。

针对项目建设中的“征拆难”、“封闭难”等问题，省交通运输厅与省市相关部门进行了多次沟通协调。2009 年 5 月 15 日，省交通厅厅长何忠友、副厅长陈冠雄会同清远市市长徐萍华、副市长许国等领导，在清远召开了又一次专题协调会。何忠友厅长就清连项目征拆阻工、交通安全设施被盗被毁等问题作了重要指示，要求发挥地方政府的主导作用，按政策足额提供征地拆迁补偿，将群众工作做足做细，特别是要算好“经济账”、“发展账”和“时间账”，提高对高速公路建设的认识。徐萍华市长督促沿线县（市）领导作出明确表态，要求从讲政治、讲大局的高度，通过耐心细致的工作，促使沿线群众明白高速公路建设“功在当代、利在千秋”，全力保障清连高速的“无障碍”建设和运营。

2008 年 11 月 27 日，市委书记陈家记、市长徐萍华、副市长许国在看完现场，听取相关部门关于清连高速公路交通安全设施被毁被盗的汇报后，强调指出：要抓领导责任，抓项目协调，抓现场督办，把支持高速公路建设作为市委市政府的政治任务来抓。要求县市政府部门一把手亲自抓，对具体协调问题限期解决。

针对高速公路非路口封闭困难的情况，市委、市政府被迫组织公安机关先后于 2009 年 5 月和 2011 年 1 月，在全线开展了两次集中打击无理阻工、破坏公路设施行为，强力推进非路口封闭的专项行动，为保障高速公路安全运营扫清了障碍。

为把好事办好，沿线各县区和相关部门加大了征地拆迁政策的宣传力度，县市协调办和国土部门的工作人员采取“提前介入、全面核查、同步监管”的方式，经常进村入户，让群众掌握政策，维护权益，通过合理征拆、人性化征拆，引导群众全力支持征拆，极大地减少了征拆纠纷，巩固了民族团结，确保了项目建设的顺利进行。

说到市里对清连高速的支持，清连公司总经理晁德志如数家珍：“清远市委、政府对清连高速建设一直十分关心，很多领导都曾多次亲临一线督查指导，特别是许国副市长经常深入工地督查、调研、现场办公，要求各级党委政府全力支持配合高速公路建设，高效解决建设中的问题和矛盾。市县重点办、协调办、公安部门及乡镇政府部门的领导也经常深入工地，了解建设情况，解决现场问题，依法维护施工环境，为清连建设保驾护航。沿线上下形成了一股尊重业主、尊重施工单位的和谐氛围。”

投之以桃，报之以李。群众的理解和政府的支持，让清连公司和广大建设者深受感动。他们在建好清连高速主线工程的没关系，积极修缮施工便道、村道，先后为沿线群众修建了 300 条辅道，辅道总长超过主线长度。很多辅道都是为便利沿线三两户农民的出行而专门修建的。同时，清连公司与各施工单位主动吸纳当地农民务工，使用当地合格的碎石、砂石、水泥等原材料，与沿线群众建立了融洽、和谐的工作关系。清连高速建设期间，共吸纳沿线农民工上万余人次，未出现克扣、拖欠农民工工资现象。

山区高速公路的典范

清连高速是典型的山区高速公路，工程质量、安全是社会关注的焦点，省交通厅自始至终对此密切关注、紧盯不放。何忠友厅长、陈冠雄副厅长、贾绍明副厅长、王富民总工程师、左智飞副总工程师等领导多次带领省质监站、造价站、基建处、科教处及相关部门负责人到清连项目检查指导，及时帮助解决一些重大质量技术难题，鼓励项目管理人员、技术人员以争创精品的决心，大胆创新、精细管理、严格把关，充分发挥业主、施工、监理、项目管理单位的作用，对工程质量、施工安全形成了全天候、全方位的立体管控网络，坚决贯彻“质量第一，确保安全”的方针，确保工程质量安全始终处于受控状态。

作为业界公认的公路建设的“百科全书”，清连高速建设期间遭遇了错综复杂的各种施工技术和建设管理难题。按照“总控管理”的思路，在认真完善质保安保体系、严格规范过程管理、全面落实“事前预控、事中监控、事后查控”的基础上，针对项目建设中的重大技术、管理难题，清连公司在省交通厅、科技厅的指导下，依托工程建设立项开展了“山区一级公路升级改造成套技术研究”课题，联合中交第一公路勘察设计研究院、长沙理工大学等单位先后开展了七大类 20 个子课题的专项技术研究和 23 个课题的专项咨询。同时成立了以中国公路学会前秘书长熊哲清、广东省公路学会副理事长陈见周、同济大学教授姚玲森、长安大学教授王秉纲、长沙理工大学教授张起森、中交第一公路勘设院院长吴明先为代表的，由国内外数十位知名专家组成的顾问团，及时为项目建设分难解忧。

通过技术攻关、创新工法，总结推广了既有旧路面多锤头碎石化技术、高边坡喷射混凝土防护新工艺、Y 形墩盖梁无支架整体吊装技术、桥面现浇层及铺装层铺设成品钢筋网片新工艺、传统架桥机拼装构造改进技术、远程视频监控技术等一系列新技术、新工艺和新的管理手段，及时解决了白须公 1 号隧道大型溶洞处治、杜步大桥挂篮施工和将军山隧道溶蚀洼地、沙冲高架桥桩基溶洞群处治的施工技术难题，妥善解决了制约质量、安全、进度、造价等方面的各种问题，使工程建设管理的科技含量和现代化水平不断提高。

通过充分运用现代管理理念和科研成果，清连高速先后克服了建设期间的水灾、雪灾、震灾不利影响和物价上涨、征拆矛盾等重重困难，取得了一系列重大创新成果，最终被建成一条亮点闪耀的科技路、创新路。

省人大财经委主任、原交通厅厅长张远贻在清连高速首期工程通车后现场调研时，对项目管理人员连说了“三个想不到”：想不到清连高速建设进度这么快，想不到清连高速质量这么好，想不到施工安全工作这样滴水不漏……

结合工作创新和实践总结，清连公司组织出版了《清连项目总控管理》、《山区一级公路升级改造成套技术》、《山区一级公路升级改造技术指南》等专著，在国家核心期刊发表论文上百篇，多项科技成果达到国际先进水平，有 2 项成果荣获省部科技进步一等奖，3 项成果荣获省部科技进步三等奖。

中国公路学会资深专家、原交通部科技司司长刘家镇和公路行业资深专家陈国靖，在实地考察清连高速后，对清连高速科技攻关与管理创新的成绩赞不绝口。专家认为，清连高速化改造和科技攻关，及时盘活了既有公路重大交通资源，保障了项目质量、安全和进度，改善了路域环境，实现了由“死亡之路”到“黄金通道”的质的变迁，同时节约用地 2 万多亩，减少直接投资 60 多亿元，创造了巨大的社会经济效益，堪称国内山区高速公路建设的典范！

瑶山深处的希望路

2011 年 1 月 25 日，是清连建设者和粤北人民值得铭记的日子。历时 5 年，全面建成的清连高速，从此将以“环境友好路、资源节约路、民族和谐路、安全优质路”的形象永久镶嵌在粤北大地。

五年苦战，一日功成，
一千八百日夜汗如雨。
车流浩荡，汽笛和鸣，
四百三十里路云和月。
穿山越岭，蜿蜒舞动，
清连高速如巨龙。
龙腾北江，福泽两岸，
龙飞南岭，祥被瑶山。
祥和与富强同步，
清连与辉煌永驻！

“清连高速安全便捷、行车经济，沿途风光奇秀、景色怡人。”新开通的清连高速，赢得无数人的青睐和赞誉。

“行走清连高速，一路美不胜收！”何忠友厅长不自觉地来了一句广告词，他对

阳山、连南、连州市的领导由衷感叹:"清连高速绝对是一条顺民心、合民意的民心路,是承载着粤北各族群众致富奔康的希望之路!"

面对清连高速全线通车后的发展前景,许国副市长也是豪情万丈:"清连高速公路建设组织有序,管理科学,安全措施到位。作为清远的'第一民心路'和拉动清远经济的'大动脉',清连高速必将极大推动清连地区的高速发展!"

致富奔康的发展路

路通,财通。高速路一通,当地经济马上活了,农副产品立马远销千里万里,老百姓得了实惠,又吸引越来越多的人投资置业,形成良性循环和可持续发展。

据专家研究评估,我国高速公路每 10 亿元的投资,可增加 30 亿元的 GDP。清连高速总投资突破百亿,对清远 GDP 的贡献应该已经超过 300 亿元。更为重要的是,清连高速等重大项目对带动清远经济发展、摆脱金融危机冲击的作用明显。清连高速分阶段建成通车后,立即成为清远市和"三连一阳"地区"扩内需、保增长、保稳定、保民生"的强大引擎,特别是对阳山和连州的利好影响最大。下面的一组组数据,足以印证此言不虚。

清连高速公路从阳山县穿境而过,将阳山与珠三角、三连地区紧密相连,使阳山迅速融入了广佛两小时都市经济生活圈。阳山县充分利用清连高速的这一有利优势,2010 年成功引进投资项目 79 个,合同投资 71 亿元,实际到位资金 16.5 亿元,其中利用外资 1231 万美元;全县实现规模以上工业总产值 42.3 亿元,比 2005 年增长 245.2%。清连高速的拉通还带旺了阳山县房地产业的迅猛发展。该县房地产企业由 2005 年的 1 家发展到目前的 13 家,商住小区和商业房地产销售火爆。

近两年,前往阳山观光考察、投资置业的客商纷至沓来。游客们对阳山县杜步镇深山峡谷之间的"华南第一高桥"——清连高速公路杜步 1 号特大桥叹为观止。2010 年,阳山县旅游接待总人数 253.4 万人次,旅游收入 9.6 亿元,分别比 2005 年增长 110.1%、111.1%。

连山县借助清连高速,以"双转移"为契机,不断改善投资环境。"十一五"期间,招商引资签约项目 71 个,合同引资 16.7 亿元,到位资金 4.5 亿元,比"十五"时期增长 17 倍。接待游客量从 2006 年的 5.1 万人次,猛增到 2010 年的 16.8 万人次,拉动消费 1 亿多元。

连州市在清连高速公路建成之时,提出了"开放连州、工业连州、生态连州、文化连州、和谐连州"的发展战略,五年来共签订招商引资项目 395 个,比"十五"时期增加 2 倍多;2010 年全市生产总值 104.77 亿元,比 2005 年增长近 2 倍;地方财政一般预算收入比2005年增长近3倍；工业总产值和规模以上工业增加值均比2005年增加3倍多；综合增长率在全省排名由2005年的28名上升到12名。

连南县立足功能定位和特色资源，发挥清连高速后发优势，积极发展民族文化旅游产业，促进县域经济再上新台阶。2010年签约投资项目13个，签约金额8.64亿元；全年接待游客50万人次，旅游综合收入1.26亿元，均比前几年成倍增长。连南“瑶族长鼓舞”，还通过清连高速亮相世博会，受到了全球关注。

随着清连高速的全线贯通，随着清远经济社会的全面快速发展，许国副市长向我们透露：省委省政府前不久已将清远定位为“大广州卫星城市、环珠三角高端产业新成长区、华南休闲宜居名城”。因此，清连高速的作用愈加重要。

（原载2011年1月25日《清远日报》）